ammann

Helen Meier

Lebenleben

Roman

Ammann Verlag

ISBN 3-250-10125-7

I

DIE GROSSMUTTER

Großmutter hockte auf einem unsichtbaren Stuhl. Das Kind drückte sich an ihren festen warmen Leib.

Großmutters Hände bewegten sich, sie strickte, immerzu strickte sie. Ihre Fäden waren nie zu Ende. Dazu erzählte sie Geschichten. Das Ende einer Geschichte war der Anfang der nächsten. Es waren wilde Gärten, fremde Landschaften, die Hände hatten, dem Kind ans Gesicht griffen, es waren Brunnentröge, aus deren Röhren faltete sich seidengewaltig das Wasser. Die Geschichten waren Häuser ohne Ausgang, Großmutter fand die Tür, das Kind sprang erleichtert auf ihren Schoß.

Großmutter trug weite Röcke, violettschwarze, braunblauschwarze, Sonntags glänzte der Rock, füllte das Treppenhaus. Sie ging zur Kirche, zurück blieb ihr Geruch, Knoblauch, Kernseife und Petersilie.

Sommersonntags war der Tag dick und süß, winters war er hell, und er trug eine blaue Schleife. Der Kachelofen machte Geräusche, Blasen platzten, Deckel klapperten, und bevor der Geruch aus ihm trocken verbrannte, öffnete sie das Törchen. Es war ein Fest, wenn das Kind bei Großmutter essen durfte, auf den Apfelwähen krustete brauner Zucker, unter der Schrumpelhaut der Bratäpfel quoll süßsaures Mus.

Das Kind hielt den Nacken steif, Augen zu, hatte Großmutter gesagt. Sie strich über seine Haare. Sein Kopf wurde hart und stark. Es fühlte die Kühle der Schere, die über die Stirne ging, und wie die Haare über die Augenlider rutschten. Großmutter legte die Hand an seine Ohrmuscheln, es drückte sich an die Hand. Sie legte die Hand auf den Kopf, der Kopf wuchs. Schnittlauchlocken, sagte Großmutter, warf die Fläumchen ins Feuer. Sie gab dem Kind einen Spiegel, glatt und schön glänzte es.

An Werktagen ging Großmutter in die erste Messe. In der Früh ging sie leise an den Kammern vorüber, die Treppe hinunter, der Rosenkranz klirrte im Täschchen an die Opfermünze. Sie ging auf dem Kiesweg durch den Garten, am Steinmäuerchen blühten weiße Nelken, warfen Schwälle von Düften, sie wucherten üppiger, je mehr sie ausgerissen wurden. Großmutter mußte zwischen zwei rötlichen Mirabellenbäumchen hindurchgehen, durch das weiße Tor, dessen Farbe abblätterte. Sie ging der hohen Klostermauer entlang in die dunkle Kirche der Kapuziner, in der es nach Kleidern, Wachs und alten Leibern roch.

Das Kind hörte die Gartenwerkzeuge der Kapuziner hinter der Klostermauer. Wenn es, den Fuß auf einen Stein, dann in ein Mauerloch gestützt, auf die Mauerkrone geklettert war, sah es auf geordnete Beete, Zwetschgenbäume, kleine Ställe, Bienenhäuser mit staubigen Farben. Es wurde hinuntergescheucht von einem der berockten Männer, der mit einem Stiel zu ihm heraufdrohte. Wenn es winters zur Schule ging, sah es im Schneeflaum, der über dem Pfad lag, die schwarzen Fußspuren der Großmutter, die in die Roratemesse gegangen war.

In der Klosterkirche waren Altargemälde mit düsteren Gestalten, dem Kind gefielen sie, sie reckten die Arme in die Höhe, die Ärmel der Kutten entblößten ausgemergelte Glieder, die Stricke um die Leiber hingen schlaff herab, fransten. Über dem runden Leib einer schönen Heiligen bauschte sich ein blaues Gewand, über die Schultern flossen ihre Haare, verzückte Augen weiteten sich zu Jesu hin, der in der Ecke des Raumes schwebte, sein offener Herzmuskel war von einem Strahlenkranz umgeben, sein blutleerer Zeigefinger zeigte auf das Herz.

Schnell wurden die Frauen alt, mit fünfzig hatten sie einen bedächtigen Gang, Brüste bis zum Bauch, geschwollene Beine. War es die unbegreifliche Stille, welche die Jahre in ihren Körpern staute? Wie hatte Großmutter die Abende verbracht, nachdem Holz nachgelegt war, der Pfannenrand vom Milchpelz gesäubert, die klammen Hände von den Leintüchern in der Oberdiele gelöst waren, nachdem die gestrige Zeitung gelesen, die Gesätze des Rosenkranzes gebetet? Bist du fertig, fragte das Kind, nein, Großmutter war es nicht, sie murmelte, bewegte die Lippen, als söge sie am Saft der Worte, vom Gebenedeitsein unter den Weibern, von der gebenedeiten Frucht des Leibes, sie schaukelte in den Worten wie in einer Wiege. Manchmal stieß sie einen gewaltigen Schnauf aus. Das Kind sah von der Großmutterstube auf die schwarzen Rebstöcke des Weinbergs, als verkrümmte Kreuze ragten sie aus dem Schnee. Die Reben standen auf dem Abhang unter der weißen Kirche mit der gewaltigen Kuppel. An den Weinberg schloß sich die Mauer des Friedhofs an. Die Holzkreuze mit den schrägen Dächlein glichen den Reben, regelmäßig geordnet, gepflegt in Reih und Glied.

Die Föhnstürme dauerten. Das Kind war in ihnen wie ein Blatt, eines aus den schlaff raschelnden Maisfeldern. Ein Feld gehörte Großmutter. Wenn die Erntejungfern in ihnen gewütet hatten, die Kolben mit den gelben, rotbraunen Bärten abgebrochen waren, wurden die abends in die Scheune eines Bauern gebracht. Großmutter saß inmitten des aufgetürmten Haufens, riß vom Mais die dürren Blätter. Drei Kolben mit rotvioletten Körnern nahm sie nach Hause und hängte sie über der Haustüre auf.

Das Kind staunte das Pferd der Maisfuhre an. Großmutter hatte kein eigenes, Vater schon gar nicht, Pferde hatten Bauern. Die rauschten mit den Heuwagen am Gartenzaun vorbei. Das Tier stand groß über dem Kind. Großmutter zeigte, wie man ein Zuckerstück gibt, das Kind spürte den müden Hauch und das samtene Maul.

Der Länge des Gartens zog sich das Spalier hin, grenzte den Garten ab. Die Birnen fielen hinüber ins fremde Land, die reifsten, besten. Großmutter stand mit dem Kind drüben im Gras, hielt den Korb, nickte bei jeder Birne, die das Kind aufgelesen hatte. Es rannte, um sie zum Nicken zu bringen, jetzt sollte bloß der Bauer kommen, der wagte nicht zu schimpfen, wenn Großmutter in der Wiese war.

In der Küche lag die Wäsche in Zainen, Großmutter bügelte, sie blies ihren Atem mit vorgeschobener Unterlippe durch die Nasenlöcher. Was ist das, fragte das Kind. Das sind spanische Krägen, sagte sie. Es legte sich die gerippten dicken Baumwollstreifen um den Hals, wunderte sich, daß beide Latzenden Knopflöcher hatten. Wo ist der Knopf, fragte es. Der ist im Himmel, sagte Großmutter. Wie trägt man diese Kragen? Sie lächelte, sagte nichts, fuhr fort mit Pusten. Aus den Leintüchern stieg mit klebrigem Geruch der Dampf.

Großmutter nähte Hohlsäume, den Stoff in einen runden Rahmen gespannt. Sie saß am Fenster und zählte die feinen Fäden, ihre Hand ging in die Luft, kehrte zurück, als mähe sie die Stille, als lege sie die Zeit zur Ewigkeit. Bis in die Nacht hinein wuchs der Schatten der Großmutter am Fensterkreuz.

Die Gartenbeete auf und ab ging sie, gab den dünnen Stielen Wasser, das Kind brachte kleine Kannen vom entfernten Brunnen an der Hauswand. Großmutter wartete auf die Spielzeuge, die Kannen des Kindes, verschränkte die Arme, schaute über die Apfelbäume zum Berg hinter der Wiese. Rasch verleidete es dem Kind, der Großmutter verleidete es nie, große Kannen schleppte sie an, füllte seine Spritzkännchen. Gerecht sein mußt du, jedes Pflänzchen hat denselben Durst, sagte sie.

Müde vom Blättern im Bilderbuch, in dem Nero den Heiligen nah ins Gesicht schaute, während sie an Pfählen über dem Feuer rösteten, in der Arena die Löwen im Sand kauerten, einer zum Sprung ansetzte auf die Betenden, mit offenem Rachen, fing des Kind zu zeichnen an, Mann, Frau,

Haus, Baum, Sonne. Der Mann ließ zwischen den Beinen Kot fallen, viel Kot spritzte herab, der Mann mußte stark die Beine spreizen, er lachte, der ganze Boden war voll brauner Haufen. Das ist nicht schön, sagte Großmutter, das darf man nicht zeichnen. Das Kind erschrak.

Du bist ein Fegnest, sagte sie, warum zeichnest du nichts mehr. Was soll ich denn zeichnen, ich weiß nicht was, sagte das Kind.

Der Kindergarten war kein Garten, er war ein düsterer Raum im Untergeschoß eines Schulhauses. Die Nonne trug eine schwarze Flügelhaube mit einem weißlichen Pergamentrand, der ihr Gesicht einschnürte, rötlich verquollen war der schiefe Mund, die Oberlippe paßte nicht auf die Unterlippe. Der Straßenschmutz war an den Schuhen der Kinder getrocknet, er lag auf dem Bretterboden. Die Kinder zerrten einander an den Kleidern, balgten, die Nonne zog sie aus den Falten ihrer Tracht, sie zerrte sie unter der Schürze hervor, zwei, die unter den Rock gekrochen waren, bekamen Schläge. Ihre Hand war eine große weiße Fläche.

Ein Knabe riß einem Mädchen das Schaukelpferd weg, er stupfte mit seinen Schuhen an den blaublätternden Bauch, in einem Pferdeauge steckte ein Nagel. Es gab nicht viel Spielzeug, auf der niederen Bank saßen die, die keines ergattert hatten, den Daumen im Mund. Einer pißte plötzlich hinter den Kasten, es rann in die Spalten der Diele. Die Nonne kam mit Tuch und Kessel, das Schmutzwasser leerte sie zum Fenster hinaus. Sie begann alle auf die Bank an der Wand zu scheuchen. Heftig, mit ausholenden Bewegungen, stieß sie den Besen von sich weg, der Rock wirbelte, die Haube bewegte sich in einem Wind. In der Vormittagspause stieg die Nonne auf ein kleines Podium, setzte sich, die Kinder setzten sich auf den Rand des Podestes. Sie beteten von den Engeln, die bereiten all des Himmels Seligkeiten. Darauf stürzten einige Kinder in den Gang, holten ihre Eßware, in Fettpapier gewickelt, die, die nichts hatten, schauten denen zu, die aßen, Brot mit Zucker bestreut. Es war still. Die Nonne aß mit kleinen hastigen Bissen, warf den unter ihr Sitzenden Brotstückchen zu, die Kinder falteten die Hände. Die Nonne erhob sich, sie klatschte, mit dem Schlag kam der Lärm.

Nie mehr gehe ich dorthin, sagte das Kind, alles wird einem weggerissen, alle schreien, und stinken tut es auch. Großmutter erzähl, sagte das Kind, es war einmal, es war einmal, denn damit brachte es Großmutter zum Erzählen.

Das Haus, in dem ein Toter war, war ein Totenhaus. Gern gingen die Kinder in ein Totenhaus, von Licht und Luft abgeschirmt, in dem eine Leiche aufgebahrt lag. Beim Eintreten wußten sie schon, welche Kammer es war. Der Geruch der Lilien und Nelken überfiel sie, als würden sie erwartet. Das gespritzte Weihwasser durfte das Gesicht des Toten nicht treffen, das Kind schüttelte das Buchszweiglein über die Laken, weißgestärkt lagen sie unter den gefalteten Händen. Bei den fünf Vaterunser zu den fünf Wunden Jesu horchte es auf die Frauen, kam nach der rechten Hand der linke Fuß oder waren sie schon bei der Seitenwunde, die schwarzgekleideten Frauen irrten sich nie. Die Frauen begannen nochmals, sie hörten nie auf, die Kinder äugten nach der Tür, die Gelegenheit hinauszugehen kam, wenn die sich Bekreuzigenden hinausgingen, zur Küche, unter deren Tür eine Brotzaine war, gefüllt mit frischgebackenen Brötchen. Die Austeilenden schauten manchmal streng, die Kinder hatten im Totenzimmer gekichert, nie lachte sichs besser, als wenn man nicht durfte, eine Grimasse, der Gang eines Mannes genügte, in ihnen die unwiderstehlichen Gluckser kommen zu lassen. Sie höhlten zuerst das Weiche aus dem Brot, freuten sich auf die Rinde. Das Kind stopfte das Weiche, zu einem Ball geknetet, in die Schürze, warf es auf dem Heimweg über die Mauer, Füchse fräßen Brot, hatte der Bruder gesagt. Wie Füchse hinter die Klostermauer kommen, wunderte das Kind nicht, vielleicht segelten sie mit steifem Schwanz über die Mauerkrone, wenn die Kapuziner durch das Labyrinth der Gänge tappten, um hinter dem Altarbild in ihren Gesang zu schweben.

Anlaß zu Lustbarkeiten war der Tod. Das Kind durfte Kranztragen. Einen schönen Kranz wollte es, einen mit einer goldumsäumten Schleife, es drehte ihn, damit die Zuschauer die Inschrift lesen konnten. Wenn der Kranz groß war, bekam es einen Gespanen, der auch tragen wollte, wer stärker daran zog, hatte die Zuschauer auf seiner Seite. Eine Münze oder einen Nußgipfel gab es für das Kranztragen.

Als der Herr, der stets mit Frack und Spazierstock durchs Dorf gegangen, begraben war, gab es für das Kranztragen eine Einladung in sein Haus. Alle saßen steif am Tisch. So eine mit Seide ausgeschlagene Stube hatte keines der Kinder je gesehen. Aus diesen dünnen Tassen konnte nicht getrunken werden, die Silbertellerchen, die feinen Messerchen waren zum Anschauen da. Die Haushälterin brachte Schüsseln mit Kuchen, Schalen mit Torten. Dann verschwand sie. Ein Mädchen schnellte vor, griff zu. Der Bann war gebrochen. Die Frau kam wieder, mit Nachschub. Sie fielen fast von den Stühlen, verachteten die Reste, die angebissenen, zerkrümelten. Das Gelächter wurde laut, die Spiele ausgelassen. Strampelnde Beine zerrten das Tischtuch herunter, die Tassen brachen. Eine Weile saßen alle still. Und dann wurden die Tummeleien wilder, niemand war im Haus, es gehörte ihnen.

Kaum unter der Erde, schrie die Haushälterin, und ihr tut schon so. Alle hinaus. Ach, du bist auch dabei, sagte sie, das werde ich deinem Vater sagen.

Für eine Weile war das Kind traurig.

Was die Großmutter zur Liebe gemeint hätte, Anna hätte es gerne gewußt, seitdem sie selbst Großmutter hätte sein können, wenn es anders gelaufen wäre. Es, welches es? Was hätte anders laufen können? Ja, was denn, die Liebe, las Anna. In der Zeit mit Eli hatte sie Hefteintragungen gemacht. Mit Eli wäre es noch die letzte Gelegenheit gewesen, las Anna. Was hatte sie denn damals geschrieben? Daß sie mit gelähmten Augenlidern, nach hinten gekugelten Augäpfeln herumgelaufen sei, als hüpfe sie im Luftmeer, doch habe sie die Wirklichkeit klarer als je zuvor gesehen, alles sei an den Platz gerückt. Wo der Tod verschwinde, verschwinde die Welt, las Anna, die Liebe sei das Einzige, was die Wirklichkeit garantiere, Liebe und Tod gehörten zusammen. Wie erst in der Nacht gewisse Düfte Duft würden, so sei die Abwesenheit des Geliebten nötig, die Nacht der Erscheinung, ihm Form zu geben, erst in seiner Abwesenheit sei die Erschaffung des Geliebten möglich.

Früh am Morgen, ehe das Kind wußte, ob es nicht regnete, begannen die Geräusche von den umliegenden Höfen. Die Bauern schälten die Buchenäste, stellten sie in Wasserkübel, rückten sie vor die Scheunenwände, die Frauen kehrten die Straßen. Das Kratzen der Besen drang durch die Ritzen der Fensterläden. Im Haus war es still, endlich gingen die Türen. Es wird schön, sagte die Mutter, die im Garten stand, zieh den weißen Rock noch nicht an, du wirst ihn schmutzig machen. Ihre Schere fuhr knackend in die saftigen Stengel, die Blüten waren Falter, sie zitterten im erwachenden Morgen. Sie erinnerten an etwas, was das Kind noch nicht wußte. Hol alle Vasen, rief Mutter. Sie schleppte den Tisch zum Gartentor, breitete das flatternde Tuch aus, beschwerte es mit Kerzenständern. Gläserne Flammen züngelten, unter dem Sonnenlicht wurden sie bald unsichtbar. Mutter brachte die rote Plüschdecke, legte sie auf die Steine im Garten, darauf stellte sie den silbernen Gottessohn. Das Kind hatte am Vortag Margeriten im hohen Gras gepflückt, mit Flieder und Pfingstrosen zusammen standen sie jetzt in Kübeln vor dem Haus.

Geschrei und Gedränge auf dem Schulplatz hatten sich gelegt, die Kinder gingen in Reihen, Geflüster, Ellbogenstöße, Musikfetzen besänftigten die Drängenden. Die

Schuhe scharrten im Kies. Die Buchenstauden entlang des Wegs zitterten, die Unterseite der Blätter verwandelte sich in Metall. Das Kind trug eine unendlichlange Schleppe. Durch das unkenntlich gewordene Dorf, vorbei an blumenbestreuten Treppen, verzierten Miststöcken ging die Prozession, das Kind in ihr. Auf dem Dorfplatz war der Altar eine goldene Pracht, beim Altar in der naßgemähten Klosterwiese sangen die Tessinerinnen aus dem Kosthaus, traurig und schön. Stolz ging das Kind am Elternhaus vorüber, nirgends war schöner geschmückt. Hinten, dort, wo das Gemurmel der Gebete sich verlor, wo der goldene Baldachin in der Weihrauchwolke schwebte, Glocken klingelten, verschleierte Marienträgerinnen wandelten, war *es*, hinter der Mauer der Frauen, umringt von mänteltragenden Priestern, verkleideten Knaben. Und endlich sah es alles ganz genau, die Monstranz, die weiße Scheibe, die Gott war.

In der Kirche schlugen die Klappen der Kniebänke auf den Boden, die verschwitzten Stirnen wurden kühl. Die lateinischen Worte waren staubbedeckte Vögel, die nicht mehr fliegen konnten, die Orgel ein rauschendes Schiff, die zarten Wellen des Weihrauchs zerstäubten.

Ein großes Loch im Bauch hatte das Kind, so hungrig war es. Am Abend lagen die Buchenstämme auf Haufen hinter den Ställen der Bauern. Die Straßen waren leer.

Anna erinnerte sich an die zeitlose Zeit des Kindes, stark, betäubend war sie gewesen, das Kind hatte keine Zeit für die Zeit gehabt, bewußtlos gegessen, getrunken hatte es sie, ein einziger Geruch war sie gewesen, Luft aus einem Baum, der mit seinen Zweigen die Erde trug. Als Anna in die Raserei der Liebe geraten war, war sie dieser Zeit nochmals am nächsten gekommen, noch einmal war sie zurückversetzt worden in jenen Zustand, der nie wahrgenommen werden kann, erst danach, wenn der Sturm vorüber ist, als welkes Blatt herunterfällt.

Das Kind ging durch den Dschungel der Wiesenkerbel, die kleine Schwester saß auf der Gartentreppe, hatte den Bär am Seil. Ich komme aus der Schule, sagte das Kind, die Schwester schob die Unterlippe vor. Das Kind ging in die Küche, Mutter hörte auf in der Pfanne zu rühren, ich komme aus der Schule, sagte das Kind. Es stieg die Treppe hoch, wo eine geschnitzte Holzstange sich drehen ließ, drehte es sie, Großmutter saß am Fenster, ich komme aus der Schule, Großmutter lachte, schlug sich auf die Schenkel, was hast du dort getan. Das Kind lachte, wußte nicht, was es getan hatte. Die Schule war voller Kinder gewesen, in unzähligen Reihen von Viererbänken. Jede Bank hatte eine Klappe, so lang wie die Bank, die aufzustellen, niederzulegen war, auf die achtzugeben war, die Finger nicht einzuklemmen. Ein eiserner Riegel hielt sie in der Schräge. Unten hatte die Klappe eine Holzleiste, auf die die Kinder ihre Büchlein legten, mit den Zahlen, mit den Buchstaben, mit winzigen Zeichnungen, ein Mädchen mit Zöpfen und einem Schultornister, daran eine Schnur mit einem Schwamm, ein Knabe mit Stiefeln und Peitsche auf einem Pferd. Der Schwamm des Kindes war in einer Büchse, die

Büchsen der anderen Kinder stanken, sie ließen Bohnen darin keimen. Stiefel kannten die Kinder nicht, hohe, schwere Schuhe hatten sie, mit Eisenplättchen beschlagen, die in die Bindung der Skier paßten. Sommers hatte niemand Schuhe. Kinder, die an Regentagen auch keine trugen, waren Bauernkinder oder Fabriklerkinder. Sie legten die Fußsohlen an die nackten Waden, aus den Haaren rann es in den Nacken, der Geruch ihrer trocknenden Hosen füllte den Raum. An der Seite des Zimmers waren Fenster, bis zur halben Höhe mit Milchglas. Die Kinder, ihre Gestalten, Bewegungen, ihr Stillsein, ihre Worte waren die Unterhaltung, das Spiel des Kindes Anna. Wie sie kratzten auf den Schiefertafeln, wie sie aufstanden, im Chor sangen, flüsterten, kicherten, Bildchen, Brotstücke herumreichten, geduckt hinter den Schrägklappen. Wie sie aus den Griffelschachteln Farbstifte klaubten, scharrten auf den Holzrosten der Bank, unter denen an Schneetagen rostige Lachen hervorkrochen. Im Mittelgang ging der weißhaarige Mann auf und ab, wenn er nicht vorne auf dem Podest an einem hohen Pult saß. Über ihm war das Bild eines Verhärmten unter einem Torbogen, der Langhaarige schaute seine Nase an, trug ein Mädchen auf den Armen, das den Kopf an seine Brust lehnte, seine Hand war auf einem Waisenknaben, aus der Schar der Waisenkinder, die sich an seine Schöße drückten. Wenn hinter den zwei schwarzen Wandtafelgestellen die Fenster offen standen, die Helle draußen eine gewalttätige Herrscherin war, das Gleißen des Kiesplatzes noch eine Weile zuckte, in den Kindern, erhitzt von der Nachmittagspause auf den Sitzen rutschend, es aus den Haaren feuchtete, sommernachmittags, wenn der Stock des Lehrers über die weißen Zeichen an der schwarzen Tafel hüpfte, während von draußen die Geräusche der Heuernte hereinfielen, ein fernes Gewitter rollte, sommernachmittags, im dumpf abgeschatteten Schulzimmer mit den Wänden, zur halben Höhe mit gräulichbemaltem Täfer belegt, schaute das Kind die Kinder an. Es schaute den bauchigen Mann an, seinen steifen weißen Kragen, der mit einer Handbewegung seine wilden Haare glättete, einen Namen rief, worauf eine Bankreihe wie auf Kommando aufstand, damit das Aufgerufene an den Schürzen der andern sich vorbeizwängen konnte, um nach vorne zu gehen, die Laute der Zeichen zu sagen, in der Art eines Singsangs.

Wenn das Kind Brot holen ging, mußte es durch eine enge Gasse, entlang einer Mauer. Wenn die Mauer endete, sah es in einen schmalen Garten hinein, voll von niederhängenden Pflanzen. Hinten, im Schatten versteckt, stand ein Bienenhaus. Manchmal sah es dort die Haare des Lehrers auf- und wegtauchen. Er blickte nie zur Gasse herüber, versunken ging er einer seltsamen Beschäftigung nach. Das Kind wagte nie stehenzubleiben, hätte der Mann es erblickt, wäre es erschrocken, den Lehrer durfte man nur in der Schule anschauen.

Die Schulzimmertüre ging auf, die Mädchen kamen an die Reihe, in den Keller hinunterzugehen. Die Waschräume rochen nach verfaultem Holz, nach Dampf. Eine kleine feiste Alte kam aus dem Duschraum, schwarze Haare klebten an ihr wie eine nasse Gummikappe, sie trug einen blauweißgestreiften Kattunrock und eine steife Schürze, die bis zu den Schuhen ging. Sie schubste die Mädchen hinter den gelbverblichenen Vorhang. Das Kind äugte, wie die anderen sich auszogen, zuerst die Strümpfe, die Unterhosen, dann mußte die Badehose heraufgezogen werden, erst dann kam der Pullover über den Kopf, das Gestältlein weg. Die Frau riß den Vorhang zur Seite, die Kinder versteckten ihre Unterwäsche unter den Kleidern. Denen, die noch im Hemd dastanden, warf sie nasse Badehosen zu. Schnell, sagte sie. Die Mädchen sprangen in die Kübel, falteten ihre Beinchen, sie kurbelte an den Hahnen, es zischte von der Decke herab. Die Mädchen kreischten, sprangen aus den Kübeln, kalt, kalt, riefen sie, heiß. Im Dampf hopsten sie auf der Flucht im Kreise. Einseifen, rief die Alte. Wenn sie nur nicht herkam, einen einzuseifen, unsanft tat sie es. An den Hälschen schwoll der Schaum, aber nun, da der Schrecken vorbei war, hätte nichts aufhören sollen. Nicht aufhören mit plantschen, die Köpfchen werfen wollten sie. So rasch, wie das Wasser gekommen war, hörte es auf. Die Mädchen, aus den Kübeln gescheucht, zitterten. Wer kein Tuch hatte, kam unter das Tuch der eiligen Alten. Das Kind hätte sich gefürchtet vor ihren reibenden Händen. Es hätte beim Ankleiden bedeckt bleiben sollen, man durfte nicht mit nichts dastehen. Du bist eine Sau, sagte die Alte.

Ich bade daheim, sagte das Kind, blieb fortan allein in den Mädchenbänken zurück. Wenn Mutter Wäsche hatte, saß Anna mit ihrer kleineren Schwester in der Badewanne in der Waschküche. Sie vermißte das Schreien der anderen, das Herzklopfen im Hals.

Die Wut der Liebe. Anna erinnerte sich, wie sie vor dem Telefonapparat gestanden war, in der Wohnung herumgewandert, auf das Klingeln gehorcht hatte, das nicht kam, das sie zu hören meinte, unaufhörlich hörte, sodaß sie zum Hörer stürzte, ihn wegriß, ihn zurück auf die Gabel warf, an die Wand schlug mit den Fäusten, eine Täferholzwand, wie geschaffen zum Trommeln. Sicher war er verunglückt, verunfallt mußte er sein, er fuhr wie ein Wahnsinniger, sie fuhr mit niemandem besser als mit ihm, sie merkte nie, daß er fuhr, wie der Erdball, der durch das All rast und niemand merkt, daß er rast, er fuhr wie in einer Wolke, ruhig lagen sie im Kern des Tornados, wandten einander das Gesicht zu, aber jetzt mußte es ihn erwischt haben, er lag im Krankenhaus, an Schläuchen, sie sah seinen einbandagierten Kopf, unter den Verbänden sickerte er dahin, wurde dünn, dünner, ein Blutwasser, weg war er, weg sein Lächeln, weg die Strahlung, weg die Sonne, die Augen der Welt, die Lippen, die Hände der Welt. Angst oder Wut, die beiden waren nie recht zu unterscheiden gewesen, wenn sie ihn zu sehen glaubte, soeben gestorben. Anna wußte nicht, was in den Spitälern geschah, keine Ahnung hatte sie, weder vom Leben noch vom Tod. Nachdem sie auf das Täfer getrommelt, geheult hatte, so laut sie vermochte, wurde sie ruhig. Gut also, so war es, er war tot, sie würde es auch bald sein, Sterben war schön, es war der einzige Trost in der Qual der Liebe, die durch nichts geheilt werden konnte. Sie erwartete die Todesnachricht, sie mußte nicht mehr auf das Klingeln horchen, sie konnte weggehen, spazieren gehen, in die Werkstatt gehen, Unterricht geben, sie war frei, der Tod hatte die Führung übernommen, sie mußte nichts mehr tun.

Nach Stunden, Tagen, Wochen küßte sie seine Stimme, hörte seine Erklärungen nicht, verzieh ihm zum voraus, alles inbegriffen, auch wenn er gesagt hätte, fertig, Schluß. Sie küßte den Hörer, warf das Kabel in die Luft. War sie nicht seine Mutter? Söhne hielten keine Versprechen, unzuverlässige Wimpernschläger waren sie, lächelnde Lügner, alle Mütter wissen das. Wozu sollen sich Söhne ändern? Was sie auch tun, nichttun, sind, nichtsind, die Liebe ihrer Mütter ist hart wie Wasser, hart wie die Brust, die sie säugt, Tag und Nacht. Die Mütter warten auf das Geklingel, das nicht kommt, sie sagen nie, daß sie warten, Tag und Nacht warten sie.

Erzähl Großmutter, erzähl, wenn sie doch erzählen würde, eine Hexe war einmal, unsterblich war sie, einmal war das Böse schön, die Liebe lieb, das Gute häßlich, die Königstochter lieber, der Königssohn liebster, der Baum bekam Blätter, die Milch war weiß, der Sommer heiß, der Teufel fuhr zur Hölle, die Kette war eine Kette, das Wort war die Welt, die Welt schmeckte bis in die Zehen hinab, hinauf bis zum Himmelsthron. Von Gottlieb, ihrem Sohn, erzählte Großmutter nie. Anna erfuhr es viel später. Von Großvater erzählte Großmutter nie. Anna erfuhr es, als Großmutter schon längst tot war.

Hatte Gottliebli über Halsweh gejammert, war mitten am Nachmittag in die Kammer gestiegen, auf sein Bett geklettert, in Kleidern dort gelegen, als seine Mutter ihn suchen gegangen, seine Schnürstiefel aufgenestelt hatte? Weil er die Füße mit den Schuhen auf das Deckbett gelegt, hatte sie ihn tadeln wollen, hatte sie auf seine Stirn die Hand gelegt, als sie sein Gesicht sah, fiebergerötet, gräulich um die Augen? Gottliebli, wird sie gesagt haben, was hast du. Der Bub wird keine Antwort gegeben, sie mit einem fremden Blick gestreift haben. Sie wird vom Fieber nicht sehr erschreckt worden sein, Kinder hatten Fieber, wie sie Läuse, Würmer hatten. Es gab keinen Doktor im Dorf, außerdem waren Doktoren für reiche Leute bestimmt. Sie wird ihm Lindenblütentee gegeben haben, die Flüssigkeit rann ihm aus dem Mund heraus, gegessen hatte er nicht mehr. Willst du ein Eilein, hatte sie gefragt, ein Bratwürstchen. Als er nach Luft zu röcheln begann, sein Gesicht blau anschwoll, der Großvater von der Schule weg ins nächste Dorf rannte, sie ihn umhergetragen, geschüttelt, die Finger durch den Schleim in seinen Rachen hinuntergebohrt, die Arme auf sein Brüstchen gedrückt hatte, als der Doktor hereingekommen war, vom Mann gestoßen, der ihm die Tasche getragen, war dem Bub ein Schwall Eiter aus Nase und Mund gebrochen. Sein harter Kinderkopf wurde der weiche Schädel des Todes, wurde ein Fremder mit den dünnen Gliedern eines Vierjährigen, der soeben gesagt hatte, wenn ich groß bin, werde ich ein Zeppelinfahrer sein.

Großmutter war später zum Doktor im Städtchen gelaufen, über die Ebene, von einem Berg zum andern Berg, mit nassen Unterröcken, als es den ganzen Juni geregnet hatte, der Bach hinter dem Schulhaus eine Säuglingsleiche und Stämme brachte, auch im August, als der Staub knöcheltief um den Steinbruch lag. Nein, hatte der Doktor, der in seinem großen Haus hinter dem schmiedeisernen Tor, in einem riesigen Zimmer zu suchen war, an einem Tischchen saß, vor sich ein leeres Blatt Papier, nein, sagte er, ich hätte nichts mehr tun können, auch wenn sie mich früher gerufen hätten, ich bin kein Chirurg, den Schnitt habe ich seit Jahren nicht mehr getan, er ist nicht erstickt, sein Herz war es.

Der Bauernfrau, deren Dreijährige durch das Abortloch hinuntergerutscht, im Güllenloch versunken war, half sie den Kinderkörper putzen, nein, sagte sie, es ist nicht erstickt, es hat es nicht gemerkt, es wurde betäubt, sonst hätte es violettes Blut, sehen Sie, es hat rotes, Großmutter legte das Messer beiseite. Wo haben Sie das gelernt, Frau Lehrer, fragte die Bauernfrau, holen Sie ein Pflaster, sagte Großmutter, wir wollen das Schnittchen zudecken.

Die älteste Tochter, die überallhin Mutter begleitete, weil sie wegen eines Kropfleidens damals nicht zur Schule mußte, erzählte es später der Mittleren, Julia, die es ihrerseits ihrer Tochter erzählte, Anna. Aber der einzige Bub, Herr Pfarrer, habe Großmutter gesagt, warum läßt Er so etwas zu. Der Pfarrer habe auf die fünf Mädchen geschaut, habe gesagt, Gottes Wille, unerforschlich sei Gottes Wille, die Großmutter habe gemeint, wenn Gott einfach alles zulasse, so sei er nicht unerforschlich. Der Pfarrer habe nichts mehr geantwortet, einfach nichts.

Die schwarze Photographie des Großvaters war groß an der Wand gehangen. Das Kind hatte sie nie genau angeschaut, zuerst war das Bild zu hoch oben, als es im Laufe der Jahre herunterrutschte, interessierte es Anna nicht. Später fand sie im Nachlaß der Mutter eine Blechrondelle, auf der dasselbe Photo war, in brauner Farbe. Es zeigte einen ernsten Mann mit Kulleraugen, das rechte Auge stand etwas schiefer als das linke, versuchte scharf zu blicken, wie wenn ein Kurzsichtiger sich anstrengte, das andere war fern jeder Anstrengung, träumerisch sah es am Beobachter vorbei in eine Ferne. Dünne Schnurrbarthaare hingen über weiche Lippen, über der Stirn hing eine Locke gekrausten Haares, das große Ohrlappen freiließ. Die Jacke des Sonntagsanzuges war durch einen Knopf zusammengehalten. Für die fallenden Schultern des Schmächtigen schien sie zu eng zu sein. Der hochstehende Kragen stützte den Hals des Mannes, der trotz seines besten Alters, er mußte damals etwa fünfunddreißig gewesen sein, drängend Müdes, Erschöpftes hergab. Mit neununddreißig Jahren war er auf einem Spaziergang umgefallen. Das Photo hatte versucht, das Nichtmehraufstehen begreiflich zu machen.

Annas Mutter sei in der Schule im Nachbardorf gewesen. Es habe an die Tür geklopft, eine Frau sei draußen gestanden. Alle Schüler hätten gehört, wie die Frau sagte, man bringe den Herrn Oberlehrer auf einem Fuhrwerk, er sei tot. Julia habe sofort ihre Hefte einpacken dürfen, von Ferne, springend auf der Landstraße, an der die Pappeln durch den Himmel fegten, habe sie den Leiterwagen, den Rücken des Fuhrmanns erblickt. Als sie dem Fuhrwerk nähergekommen sei, habe sie keinen Laut hervorgebracht. So sei sie hinter dem Toten hergelaufen. Er sei mit einem Leintuch bedeckt gewesen, die unbedeckten staubigen Schuhe hätten sich immer leicht bewegt.

Der Großvater hatte gewünscht, in seinem Heimatdorf begraben zu werden. Als die Herzbeschwerden zunahmen, sprach er davon zu Großmutter, die unwillig den Kopf schüttelte. Die große starke Frau konnte sich Kurzatmigkeit nicht einmal denken. Anna, die wünschte, in alle Winde zerstreut zu werden, diese Aschenzerstreuung ihrer Heimatlosigkeit am gemäßesten sei, wie sie zu Anton sagte, der wünschte, daß seine Urne in seinem Garten versenkt würde, empfand den damaligen Wunsch ihres Großvaters als absurd. Als hätten die Verwesenden einen Sinn für den Ort, an dem sie verfaulten, sagte Anna zu Anton, nach zehn Jahren ist man skelettiert, nach zwanzig sind die Knochen zumeist Staub, dann werden die Grabsteine entfernt, die Gräber eingeebnet für neue. Dieser Wunsch nach Auferstehung, sagte Anna zu Anton, dort aufzuerstehen, wo man die Wege kennt, was mich wundert, sagte sie zu Anton, ob die Großeltern und die Eltern in Wahrheit das geglaubt haben, was man ihnen zu glauben predigte oder ob ihr Schweigen das Schweigen des Nichtglaubens war.

Das Kind war oft auf dem Friedhof gestanden, sein Schulweg führte an ihm vorbei. Es sah den Totengräber in der Grube unten stehen, Erde heraufwerfen, in der manchmal eine Knochenschale lag. Der Totengräber hatte einen großen Kahlkopf, er trug ein grobes verwaschenes Hemd, die Hosenträger spannten sich über seinem Buckelrücken. Nie hatte er ein Wort gesprochen, es hatte immer nur das Knirschen der Schaufel, das Kollern der Erde gehört. Bis das Kind es nicht mehr aushielt, es über die Kieswege davonsprang, vorüber am Komposthaufen mit dem dumpfen Geruch von faulenden Gladiolen.

Die Familie der Großmutter zügelte dann drei Dörfer weiter, in das Dorf des Großvaters. Weil sie die Wohnung im Schulhaus räumen mußten, nicht ohne den Photographen kommen zu lassen, der das Haus ablichtete, mit jedem der fünf Mädchen aus einem Zimmer auf die Straße hinunterblickend, die Arme auf den Sims gelegt, alle in gleichen Sonntagsröcken mit Schulterrüschen, Schleifen im Haar, Eugenia, Emma, Julia, Claudia, Maria. Wenn Anna an das Geburtsdorf ihres Großvaters dachte, welches dann das Dorf ihrer Mutter wurde, erinnerte sie sich an verschiedene Stufen ihres Erinnerns, die von Abscheu, Ablehnung bis zu Bedauern und schönfärberischer Zuneigung hin- und hergingen. Jahrelang besuchte sie das Dorf nicht wieder, um es süchtig aufzusuchen, jeden Stadel zu bewundern, nachdem sie vorher zu Eli oder Anton gesagt hatte, jede Hütte sollte dort angezündet werden, um endlich das Antiquarische auszurotten, worauf Eli sagte, das habe längst die gleichmacherische Zeit besorgt, in jedem Haus, neumodisch aufgetakelt, stehe Fernseher, Badezimmer sei im Nebenstübli eingezwängt, jetzt entstehe der neue Mief, ärger als der alte. Das Haus, in dem ihre Mutter ein junges Mädchen gewesen war, sagte Anna, ist umgebaut worden, eine Garage mit Betonbalkon hat man davorgewuchtet, den Vorgarten gepflästert, Lastwagenpneus, mit Geranien gefüllt, liegen dort, im Hintergarten stehen ein Chlorwasserplanschbekken und eine Grilliervorrichtung.

Großmutter hatte auf dem Heimweg von der Messe die Milch vom Bauern geholt. Frau Lehrer, hatte er gesagt, gehen Sie über das Sägemehl, nein, die Klauenseuche ist noch nicht bei uns. Während das Kaffeewasser schäumte, dachte Großmutter an die Älteste, Eugenia, die in ein Kloster im Welschland eingetreten war und das Französischexamen bestanden hatte. Die zwei Jüngsten saßen am Küchentisch, aßen Johannisbeerkonfitürenbrot, und von Emma hatte sie schon lange keine Karte mehr bekommen, auf der stand, daß die Kurgäste bald abreisten und sie es dann weniger streng hätte. Die Mittlere, Julia, war weggegangen zu ihrer Lehrstelle in einer Druckerei. Die Großmutter wischte den Stubenboden, setzte sich an die Näharbeit. Den Mädchen, deren Aussteuer sie nähte, deren Leintücher sich zu ihren Füßen bauschten, hatte sie einen Zettel an die Türe geheftet: Bitte anklopfen. Sie saß an den weißen Tüchern, trug eine weiße Schürze, eine arme Königin, den Kopf leicht gebeugt, im breiten Gesicht lag ein leichtes Lächeln, ihre starken Haare hatte sie hochgekämmt.

Einige Jahre später wohnte Großmutter oben in Julias Haus, die Leintücher nähte sie jetzt für Julia. Sie hatte Scheu vor den Blumen, doch Julia wollte Flieder haben, sie schwärmte für Flieder. So pflanzte Großmutter Büsche, pflückte Bohnen, ihres Leibes wegen zog sie einen Schemel hinter sich her. Abends, um einen kleinen Spaziergang zu machen, ging sie zum Bildstöckli hinauf, ärgerte sich an den Wachsnelken.

Als Anna das Elternhaus zu räumen hatte, kamen ihr Schuhe von Großmutter in die Hände, kleine, feinledrige, schwarze Schnürschuhe. Anna war erstaunt, daß Großmutter so feine Füßchen gehabt hatte, die hochgewachsene, füllige Frau. Als Kind hatte Anna die Großmutterfüßchen nie gesehen.

Mit Annas Lieben geschah nach verschiedenen Zeiten dasselbe, Wiederbelebungsversuche an Toten. In der Galerie der Erinnerung hingen die am farbigsten, die dahingegangen waren, bevor die Einbildung zu malen aufgehört hatte. Die einsame Liebe, Leidenschaft derer, die allein, wie geheime Kranke lebten. Liebe gleich Geschlechtsakt war für Anna, die wahrscheinlich eine Minnesängerin war, ein Vergleich, der ihr nicht in den Sinn kam. Großmutter hatte nach dem zweiundvierzigsten Lebensjahr keinen Mann mehr gehabt, nach Zeugnis der Mutter, hatte die Farbe des Rockes nicht mehr gewechselt, hatte sie den Großvater geliebt? Das Kind hatte Großmutter als alte Frau gesehen, die nie das leiseste Zeichen von Geschlecht hergab, auch für das helle Gesicht eines Kindes nicht. Anna hatte später Hohlsaumleintücher, Tischdecken vom Stapel genommen, von dem die Schwestern reihum ihren Erbteil nahmen, Großmutters Augapfeldrehungen, die Luftbewegungen der

Hände, ihre schlafende Lust, die Nervenenden ihrer verschnittenen Wünsche waren in den gehäkelten Stilvögeln erstarrt, in den gestichelten Girlanden zu Ornamenten geworden.

Ich will nicht Schönheit, ich will Wahrheit, sagte Eli. Hast du nicht genug Wahrheit in deiner Arbeit, sagte Anna, ich friere, ich will mich anziehen. Das Schöne an dir ist dein Körper, deine Hinter- und Vorderbacken. Kannst du nicht, nur einmal, ein anderes Wort für schön finden, es langweilt mich. Sie fühlte ihre Lippen feuchten, seine Augen waren auf ihr gewesen, nicht die Augen eines Arztes, die Augen eines Mannes, dessen Pupillen weit werden, sich danach aber sofort verengen, weil er mit dem Werkzeug hantieren will. Eli legte das Zeichnungsblatt weg, stand auf, Anna schloß die Augen. Die Bewegungen Elis waren wie Pfauenfedernschläge. Warum kniest du bei deinem Hobby, sagte Anna, sie wußte, daß er jetzt wütend wurde. Er wäre, wie er beteuerte, gescheiter Zeichner denn Arzt geworden. Das Unschöne an dir ist dein Gesicht, sagte er, es ist ein Männergesicht, Machtdurst ist darin, die Ohren sind zu klein, die Nase zu groß, die Nasenwurzel zu eng. Zu, zu, zu, bin ich eine zu verkaufende Kuh, du grobschlächtiger Windhund. Keine Vergleiche, sagte Eli, Vergleiche beweisen die Schwäche der Sprache. Ich finde für dich den Namen eines Rosses, eines gutmütig gähnenden, das nach Haferschleim riecht, sagte Anna. Ich zeichne deinen schönen Körper und anstelle des Kopfes einen Blumenkohl oder einen Meerfisch, nein, ein Turbinenrad, sagte Eli. Bald erreiche ich dein Alter, wir werden zusammen alt. Anna fühlte die Falle der Versöhnung zuschnappen. Noch nie hatten sie sich geliebt. Ich habe Angst, hatte er gesagt, du wirst enttäuscht sein, du willst doch keinen schnellen Sex. Du willst alles, mit Haut und Haar. Ja, sagte sie, alles, Gedanken und Fußschweiß und Zeit und Zeichnung und die Möglichkeit, dich zu vergessen, ich will arbeiten. Sie waren im Schuppen gestanden, den Anna als Arbeitsraum eingerichtet hatte. Im vorgeburtlichen Zustand habe ich schon gezeichnet, nur ein Stummer kann zeichnen, die Sprache, die Verfälscherin ist noch nicht auf der Bühne, gebrauche Sprache und der Sündenfall ist geschehen, die Verwirrung fängt an, mit einem Zeichnungstrick stürzt dir die Welt zu Füßen. Quatsch nicht, sagte Anna, die Sprache ist das, was ich suche, die Sprache der Sprache, die Auslegung der Sprache durch ein stummes Material, die Auslegung des Mannes durch die Frau. Anna schlüpfte in ein Übergewand, schleppte die Schraubzwinge mit dem Stein zur Maschine, zog sich Schutzbrille, Gehörschutz an, Handschuhe, schob den Stein unter den Bohrer, drückte den Hebel herunter, ein Saugrohr sog den Staub ab. Was soll das? Eli sprang weg, dieser infernalische Lärm, bist du verrückt. Vier Steine, aus Granit, Lavez, Sandstein, Verrucano sollen ausgehöhlt werden, dünne Wände bekommen, ineinanderverschalt sollen sie werden, von oben einsehbar, zu verrükken, doch nicht mehr auseinander zu reißen, ich arbeite schon lange daran, die Versuche enden in Splittern und Trümmern. Einer ist halb gelungen, sie ging zu einem Gestell, hob Eli einen gehöhlten Stein entgegen, aber er ist noch nicht dünn genug, sagte sie. Die Zeit der Stoffetzen ist vorbei, sagte Eli, das war zumindest etwas Weiches, wie hältst du diesen Krach aus? In der Schule ist es sauber und still, sagte sie. Warum machst du das, sagte er, warum machst du deine Zeichnereien, sagte sie. Weil ich die Medizin nicht verstehe, weil ich ein Medikamentenverschreiber bin, der nicht weiß, was er verschreibt, und wie das wirkt, was er verschreibt, ich weiß nicht, warum eine Zelle lebt oder stirbt, warum das, was ich in die Vene spritze, den Virus findet, der hunderttausendfach kleiner eine Leber gärt, ich weiß nicht, warum die einen Zellen im Unterleib platzen, wuchern, ersticken, andere in das Gehirn wandern, Halluzinationen auslösen, warum eine Materie einen Gedanken machen kann, warum der eine Mensch auf seinem eigenen Feuer geröstet wird, der andere bloß warme Hände bekommt, warum der eine früh erkrankt, der andere noch mit neunzig auf seinen Kuchen wartet. Anna fühlte Elis Härte, wie er sofort ein wenig zurückwich. Warum können wir es nicht einmal miteinander versuchen, sagte sie. Einmal ist gut, sagte er, einmal ist nichts, ich bin zu leicht für dich, ich würde deinen Hintern zu wenig streicheln, deinen, wie sag ichs, zu wenig saugen, hast du bemerkt, wie wir keine anderen als grobe anatomische Bezeichnungen haben? Wir haben keine Sprache für die Liebe, sagte Anna. Was entscheidet, sagte Eli, ein Virus streut sich aus, ein Virus kapselt sich ein, einer ist bösartig, einer ist zahm, derselbe ist nicht derselbe, wer steht hinter wem, Krankheit hatte einst einen Namen, einen Farbnamen, Scharlach, einen Tiernamen, Krebs, heute ist Krankheit eine Buchstaben- und Zahlenkombination, HTLV7, XRS3, nichts ist gelöst, sagte Eli, bloß vergessen.

Was hatte Großmutter abends gemacht, als sie im Hause ihrer Tochter Julia wohnte, oben in drei Zimmern und einer Küche, abends, wenn das Heu roch, später die Rosen. Julia hatte einen Garten mit geheimen Ecken, Obstbäumen, Wegen, Blumenverstecken, auch Gemüsebeeten, denn der Schwiegersohn war ein Schullehrer, mit kleinem Gehalt, der Kinder wurden zusehends mehr. Was hatte sie abends gemacht, wenn die Wäsche gebügelt, die Setzlinge begossen, die Beeren eingekocht, im Sommer konnte sie es sicher hinnehmen, aber im Spätwinter, im Frühherbst, im Vorfrühling, was war ihr Wunschprogramm, der Wildwester, was war ihr Kriminalfall? Hat sie ihre Schühlein geputzt, die Haarsträhne hinter die Ohrlappen gestrichen, ist unter die Weißtanne gesessen, hat die Dunkelheit angeschaut, den Moosrasen, der wie ein Teich öligwarm in die Tiefe glitt? Was hatte Großmutter mit den Schreien getan? Den Schreien der Nachmittagsliebe, dem Schrei des Steineschleifens, des Steinefindens im Geröll, was tat sie mit dem Schrei des Vormittags, wenn die Morgenkühle der Mittagshitze entwischt, was tat sie mit den Schreien, die keine Schreie wurden? Das Kind hatte Großmutter nie weinen gesehen.

Es hatte Läuse aus der Schule heimgebracht, sie legte ein Packpapier auf dem Küchentisch aus. Sie hielt dem Kind den Nacken fest, es mußte seinen Kopf beugen, sie strich mit dem Lauskamm durch die Haare, die Tierchen fielen auf das Papier, rannten, Großmutter zerdrückte sie mit dem Daumennagel, sie platzten mit kleinem Geräusch. Auf dem Papier blieben rote Flecken, das Papier wurde immer wieder hervorgeholt. Großmutters Finger fuhren über die Kopfhaut, wühlten in den Haaren, unnachgiebig hielt sie das Kind fest, befahl, die Augen zu schließen, damit das Seifenwasser nicht brenne. Hast du Läuslein, sagte Großmutter, nein, das Knie tut weh, sagte das Kind, zeig, wo?, vor dem Knie kamen die Haare an die Reihe.

Die schwere große Landschaft des Sommers, sinkende Straßen mit gelben Bändern, Mohn hinter Zäunen, Bäumen versponnen im Schleier der Hitze. Uralter Sommer, Moos auf der Uhr, fette Begonien, blätternder Gartentisch, Rosenbaumgewitter, Lilienflüche, Schnauf der Nacht. Von der Talhofwiese kamen die Hammerschläge, dort bauten sie die Bühne. Im Schulhaus gab es keinen Unterricht, die Schulzimmer waren ausgeräumt für das Nähen und Anproben von Kleidern für das Fest. Groß und hell wie nie zuvor waren die Zimmer, Frauen verschoben in ihnen Stoffballen auf Tischplatten, Oberstufenknaben malten weiße Tupfen, gaben die roten Hüte reihum, trugen sie in den Gang zum Trocknen. Jungfern, die jedem Schüler das Maß nahmen, hatten Zentimeter um die Hälse, riefen Namen, Bleistiftstummel zwischen den Lippen. Das Kind hörte die Arbeitslehrerin zum ersten Mal lachen. Neben den graugelben Tuchstoren, welche die Sonne abhielten, standen die Fensterflügel weit in die Räume herein.

Das Gummiband, sagte das Kind, wenn es den Vater sah, der an den Kolonnen der Schüler vorbeieilte. Blasmusik pendelte durch die Luft, Hunderte von scharrenden Kinderfüßen wirbelten Staub auf, Abstand halten, rief der Vater, der vorbeieilte, nie hörte er, was das Kind sagte. Der Gummi, sagte das Kind, als die Achterreihen vor der Festwiese stillstanden, die Blasmusik eine Girlande um die Bäume schwang. Es hielt den Finger zwischen die einschneidende Gummischnur und den Hals.

Die Mädchen sind Pilze mit Hüten, hatte der Lehrer gesagt, die Knaben sind Zwerge mit Kappen. Schwarz standen die Reihen der Zuschauer am Straßenrand. Das Gummiband, hatte es gesagt, als sie an Vater vorbeimarschiert waren, doch der achtete nicht auf das Kind. Er wies den Knaben, welche an einer Stange das Zeichen der Schulklasse trugen, die Plätze vor der Bühne an. Warum hast du den Hut nicht einfach abgenommen, sagte die Großmutter. Das war dem Kind nicht eingefallen, nein, sagte es, das hätten alle gesehen, es staunte, Großmutter wußte nicht, wie es in der Schule war.

Seit Anna alt geworden ist, haßt sie den Sommer, der die Verdammung der Frau zum Fleisch boshaft sichtbar macht. Was der Mann in seinem einen Glied verbergen kann, muß die Frau ausbreiten, die Landschaft ihres Leibes. Das Alter ist ein schlechter Geruch, den sie nie mehr wegbringt, jeder Zentimeter ihres Körpers trägt das Zeichen der Zeit. Anna beginnt in Gedanken die Großmutter zu beneiden, die ihre Röcke nicht mehr ausziehen mußte. Nein, sagt sie zur Gemeindehelferin, sie müssen mich nicht mehr einladen kommen, ersparen sie sich die Mühe, ich vermeide die Gesellschaft alter Leute. Aber wir haben es immer lustig, sagt die Helferin, auf der letzten Reise sind wir an zwei Orten ausgestiegen, haben Kuchen gegessen, Videoaufnahmen haben wir von uns gemacht, die Leute genießen es sehr. Ich möchte, sagte Anna, ich wäre dumm oder sehr klug geworden, um das Alter zu parieren, meine Augen an den lebendigen Tod zu gewöhnen, kommen Sie nächstes Jahr wieder, wir werden sehen.

Anna verschließt die Wohnungstür. Seit sie nicht mehr in Antons Haus wohnt, sieht sie nicht mehr nach, ob der Kochherd ausgeschaltet ist. Ihr Wanderstock schlägt auf das Trottoir, sie geht zur Garage, stellt die Wanderschuhe auf den Nebensitz. Ihre starke Fahrbrille hat sie vergessen. Auch wenn sie die Schilder nicht mehr sieht, diese Strecke hätte sie blind fahren können. Sie macht jeden Tag, bei jedem Wetter, eine Wanderung auf einem Waldweg, der entlang eines Hügels über dem See durch Lichtungen, die den Blick freilassen, wieder zum Ausgangspunkt zurückführt. Winters ist gepfadet, in der Nähe sind ein paar Bauernhöfe, im Herbst sind Holzer am Werk, manchmal ist es sehr heiß, besonders, wenn sie neue Plätze kahlgeschlagen haben. Wenigstens schwitze ich noch, denkt Anna. Sie erinnert sich, daß Anton gesagt hatte, der beste Schweiß ist der Liebesschweiß, es ist kein Schweiß, es ist ein Duft.

Das Kind spreizte die Beine vom Fahrrad weg. Es saß auf dem Gepäckträger, vor ihm auf dem Sattel die Frau in einem weißen Faltenjupe unter einem Sommerhut. Die Sonne war auf ihren Köpfen ein glashartes Feuer, die Asphaltstraße schwarz, dort, wo der Teer aufgeweicht war, glänzte er. Die Frau schnaufte wie ein Roß, manchmal sank das Hinterrad in eine Straßendelle ein. Die Pappeln glitzerten. Einmal, zweimal zuckte der blendende Stahl eines Autos an ihnen vorbei. Die Frau fuhr mit dem Kind ins Strandbad. Der Strand war eine Wiese mit Erlen besetzt, das Meer ein Becken voll Bläue, die dem Kind in den Magen schlug. Es keuchte, die Frau hob es an ihr kaltes Fleisch, drückte gegen die Gewalt des Wassers. Sie legte das Kind auf den Bauch, auf den Rücken, hinter den Ohren drang die Nässe ungewohnt über den Kopf, die Welt veränderte die Lage. Komm heraus, sagte die Frau, du schlotterst. Nur noch einmal, von einem Rand zum andern Rand. Jetzt kann ich schwimmen, sagte das Kind. Noch nicht, sagte die Frau, du darfst mit den Füßen nie auf den Boden.

Während der Jahre, in denen Anna nicht dick werden wollte, keinen Faßbauch bekommen wie Großmutter, bedauerte sie, nicht so viel von Mutters Kuchen gegessen zu haben, bis die Völle ihr für alle Zeiten genügt hätte, damals im Strandbad, als ihr Körperchen schmal und dünn gewesen war. Großmutter hatte es besser gehabt, die war gewesen, wie sie gewesen war, hatte dem Leben seinen Lauf gelassen, war nie auf eine Waage gestanden. Die Geschichte vom fehlenden Becher und fehlendem Wein hatte Anna Anton erzählt. Der hatte nicht gewußt, von was sie sprach. Er hatte immer gesagt, du bist recht, wie du bist. Das war das Gute, das Schlechte an Anton gewesen. Er war zufrieden mit der Natur, wie sie war, tölpelhaft, zweifellos richtig. Anna hatte sich oft gewünscht, ein Mann zu sein. Männer fragten nie, ob ihr Körper paßte, mehr noch, schön war, den Vorurteilen, der Mode entsprach. Eines meinte Anna zu wissen, was als Kind geschah, geschah für immer.

Den Mann im dunklen Anzug, dessen schönes Klavierspiel vom Nebengarten herüberdrang, vom neuen Haus, das eines Morgens dagestanden war, sah das Kind, versteckt im Reblaub der Gartenlaube. Der Mann ging abends spazieren, mit verschränkten Armen unter den Obstbäumen, wie sonst keine Männer gingen. Das Kind hörte sein Spiel und den Gesang der Frau. Sie sang, als legte sie sich über die Töne des Mannes, triumphierend, ein Sturm über dem Feuer. Das Kind wußte es, die zwei taten miteinander das, was verboten war, was das Kind nicht wußte, gewußt hätte, wenn man es ließe, was Vater und Mutter nie taten, nie getan hatten, tun würden, das, was überall versteckt, nie gefunden wurde, was immer verheimlicht war, das Schreckliche, Freudige, das Einzige.

Die Schuhe des Bauern stiegen im Kirschbaum auf einer Leiter von Sprosse zu Sprosse. Dort, wo sie ganz eng wurde, blieben die Schuhe stehen. Das Kind lehnte am Stamm. Es war von den Mädchen in der Scheune weggelaufen, die spielten mit Puppen, es haßte Puppen. Es hätte gern von den Kirschen aus dem Korb gegessen, getraute sich nicht, der Mann würde schimpfen. Er hatte ihm auch verboten, auf die zweite Leiter zu steigen, es wäre gerne in den Baum geklettert. Es legte die Hand an die Rinde, drehte sich im Kreis, rechtsum, linksum, hockte ins Gras. Entfernt hörte es eine gedehnte, schwache Stimme, die zählte, zehn, zwanzig, dreißig, nun würden sie sich verstecken, im Heu, die beißenden Beine ruhig halten, auf das Tappen horchen. Der Baum zischte, wurde eine harte Kugel, spritzte auseinander, ein Klumpen fiel herab, der Mann lag auf dem Boden. Seine Schuhe lagen quer über der zersplitterten Sprosse.

Das Weinen der Mädchen, von der Bauernfrau ins Haus gejagt, verstummte. Du gehst heim, hatte sie zum Kind gesagt. Es rannte zum Baum, stieg die Leiter hinauf, kletterte auf einen Ast, zog die Beine hoch.

Das Auto hielt drüben auf der Straße, die Staubwolke legte sich. Das mußte der Doktor sein. Er kam über die Wiese, nicht sehr schnell, die Bauersfrau neben ihm. Hört auf herumzurennen, sagte er, wir brauchen eine Tür zum Tragen. Er nahm die Hand des Mannes, habt ihr Gefühl, sagte er, er faßte seinen Fuß, die Kirschen sind schön heuer. Er kramte in der Tasche, seine Schere schnitt durch das Hosenbein, zerschnitt die Hosenträger, er riß den Hemdenstoff weg, seine Hände gingen über den Körper des Bauern, eine Nadel stieß in sein Fleisch. Dann hockte sich der Doktor ins Gras, schaute in den Baum herauf, es hat noch viele oben, sagte er, seine Augen begegneten den Augen des Kindes, er lächelte. Er legte den Zeigefinger auf seinen Mund, das Kind machte dieselbe Gebärde. Eine Weile war es ganz still, der Baum schwankte weich. So war das, der Klavierspieler war ein Doktor, ein Herr, den nichts verängstigte, er machte Musik und das Zerbrochene ganz. Aber es hatte Angst vor ihm, nie mehr wollte es ihm begegnen. Als die Wiese leer war, ging es schnell die Leiter hinunter, rannte weg.

Den ganzen Sommer hörte es ihn Klavier spielen, abends, wenn die Vögel, als wären es Enten, im Reblaub raschelten.

Sofort hatte es das gesehen. Der Mann neben der Frau war nicht der Doktor, der war kleiner, dieser Mann war groß, trug eine Pelzmütze, der Doktor trug nie etwas auf dem Kopf. Umschlungen waren sie am Kind vorbeigeschwankt, der Mann glitt einmal aus, die Frau riß ihn an sich, schmale Schuhe hatte er getragen. Auf seinem Pelzmantel war Schnee gelegen. Am Ende des Pfades hatten sie angehalten, sich umgedreht, waren langsam zurückgekommen, mit der einen Hand machte der Mann sanfte Schwimmbewegungen, sie lehnte sich mit geschlossenen Augen an ihn. Das Kind hatte sich ihnen in den Weg gestellt, sie sahen es nicht, sie schwankten an ihm vorbei, als wäre jeder Schritt ein letzter vor dem Versinken. Den ganzen nächsten Abend hatte das Kind auf die zwei blind Versinkenden gewartet, die so schön waren.

Nur er hatte ein Auto, er und der Viehdoktor, sonst niemand. In der Einfahrt zu seinem Haus stand es, an der Hecke. Das Kind klopfte an die Scheibe, der Doktor kurbelte sie herunter. An der Klostermauer, sagte es. Es schaute ihn an. Er schaute es nicht an. Sein Gesicht war verzerrt. Der Mann drehte die Scheibe hinauf, dann herunter, morgen um dieselbe Zeit, sagte er, griff in die Tasche, hielt einen Schokoladestengel heraus. Es rührte sich nicht. Der Mann ließ das Ding fallen, fuhr weg. Das Hinterteil schlug an eine Schneewächte, rutschte um den Rank, die Scheinwerfer verloren sich.

Vom Licht geblendet, kniff es die Augen zu. Nun, sagte des Doktors Stimme. Im Täli, sagte das Kind. Dieser Name war ihm zuerst eingefallen. Gestern war es von dem Fremden bemerkt worden, er hatte ihm zugelächelt, sein Lächeln war dem Kind wie ein Seidenschal über den bloßen Bauch gerutscht. Es verriet den Ort nicht, sein schwankendes Geheimnis, seine stummen Lieben: welche bevorzugte es, die zum finsteren Doktor oder die zum leichtfüßigen Fremden?

Von der Holzterrasse des Hauses hatte Anna über die Pflanzungen gesehen, die Anton angelegt hatte. Um das Gelände vielgestaltiger zu machen, hatte er Erde hergebracht, Hügel geformt. Der Sommerflor erwies sich als unzuverlässig, wo Anton Rotes vorgesehen hatte, blühte Gelbes, wo er blau dachte, erschien nichts oder eine staudenartige Pflanze, die lila blühte. Es gab Winter, in denen die Mäuse alle gesteckten Zwiebeln auffraßen, dafür wucherten im Frühjahr altmodische Vergißmeinnicht. Laß sie versamen, sagte Anna, sie erinnern mich an den Garten daheim. Man glaubt die Zeit vertilge alles, dann wird eine Blume unsterblich, hat alle Tötungen überlebt. Sie liebte es, Anton zuzusehen. Er war ein bedächtiger Gärtner, tat von Hand, wozu andere Maschinen benutzten. Er tat es wie im Spiel, stieß Schubkarren, brauchte Spaten und Setzholz, mischte Erde mit Sieb und Schaufel, er tat es ernsthaft, kindhaft, planlos, jederzeit unterbrechbar. Sie half ihm beim Abdecken der Treibbeete, beim Gießen. Sein Land brachte wenig ein, es reute ihn, Blühendes zu schneiden, erst gegen den Herbst zu überkam ihn die Lust des Rodens, er räumte in den Beeten, Lupinen, Rittersporne fielen, das Neue braucht Platz, sagte er, Wicken wurden gebündelt. Er belieferte Hauswarte von Banken und eine Firma, die im nächsten Dorf einen Vergnügungspark unterhielt. Sie sollten die Lieferungen planmäßiger machen, meinte der Chef der Schmuckabteilung, Anton vergaß den Termin. Seinen Lebensunterhalt verdiente er mit gelegentlichen Entwürfen für Gartenanlagen bei Neubauten. Du bist reich, sagte Anna, wenn Anton seine mageren Einkünfte erwähnte, du hast Land, wieviel Aren sind es. Er wußte es nicht genau. Du gehörst zur Generation, die Land besitzt, wie meine Großmutter, sagte sie, Land, wie man Haut besitzt, wie man Luft atmet. Mein Vater war Gärtner, sagte Anton, ein besserer als ich. Anna liebte die Art, wie er ein Werkzeug in die Hand nahm, das Blatt der Sense prüfte. Sie schaute seinem Schauen zu, er rettete eine geknickte Sonnenblume mit einem Stützdraht. Das Schauen befriedigte sie, als wäre sie am Malen eines wichtigen Bildes. Du weißt nicht, wie lebendig du bist, meinte Anna. Anton lachte, was man nicht weiß, macht einem nicht heiß. Leben ist Leben, wenn man nichts darüber denkt, sagte sich Anna, es läßt sich mit ein paar ruhigen Handbewegungen verbringen, sehend, was gepflanzt ist, essend, was geerntet ist.

Anton erinnerte Anna an Vater. Der hatte auch die Gießkannen der Größe nach geordnet, die Rechen der Länge nach aufgehängt, hatte über die Lichtschalter gestrichen, damit kein unnützer Strom verbraucht wurde. Anton prüfte das Schloß der Terrassentüre, er malte die Fensterrahmen. Das Haus gehörte Anna, obwohl es Anton gehörte. Nimm Blumen herein, so viel du willst, sagte Anton, nein, sagte Anna, nichts darf geschnitten werden, vielleicht kommt es nie wieder. Alles Land war Annas Land. Lange Zeit hatte sie in einem Mietblock wohnen müssen. Es waren zehn gleiche Blöcke gewesen. Dazwischen Streifen von kurzgeschnittenem Rasen, von dem sie ein Ekzem bekommen hatte, als sie nachts barfuß darüber gelaufen war. In den Rasen waren Betonplatten eingelassen, auf denen die Jungen Motorradfahren geübt hatten. Sie hatte die Transistors, die Fernseher der anderen Mieter gehört, den Streit der Eheleute nebenan, die die Teller in den Abwasch schmetterten.

Die Zeit mit Eli erzählte sie Anton nie, wozu auch. Eli war nicht der Rede wert. Sie war in Elis Wohnung gegangen, er war am Zeichentisch gesessen, hatte sie nicht angesehen, nie berührt hatte er sie, mit dem Streifen seiner Lippen über ihre Wangen sie zur Freundschaft verurteilt. In der Zeichnung, im sausenden Strich, der nicht zittert, ohne den leisesten Zweifel der Abweichung, im kompakten Schwung der Dinge, eines Steins, eines Berges, ist die Welt gefaßt, sie kniet vor dir, sagte Eli. In seinen Mappen sammelten sich die Blätter, Hochgebirge, Steinmeere, Geröllhalden, Kiesgruben, Moränehügel, Straßenpflästerungen, südliche Gassen, sizilianische Wüsten, nordische Trümmerhaufen, vulkanische Erstarrnis. Du wiederholst dich, sagte Anna, diese Zeichnung hast du schon einmal gemacht. Bist du blind, sagte Eli, das ist ein Teil einer Serie, Teil eines endlosen Ganzen, eingefangene Zeit, die Zeitlosigkeit des Gesteins. Zeit ist das Warten auf Erinnerung, sagte Anna.

Mit Eli hatte Anna immer schöne Gespräche gehabt, Gespräche, die sie in eine hungrige Wut brachten. Sie lief Anton bei seinen Arbeiten im Garten nach, erzählte ihm, was ihr in den Sinn kam. Anton antwortete meistens nichts, manchmal hatte sie den Eindruck, er höre ihr nicht zu, was sie nicht störte. Die Hauptsache war, sie konnte hinter seinem Rücken stehen. Auch Bergwanderungen hatte sie mit Anton gemacht, alle Orte wußte sie noch, wo sie mit Anton gewesen war. Wenn Anna neben Eli ging, sah sie nichts, keine Landschaft, keine Menschen, sie sah ihn, alles andere war schattenhaft, die Schatten hätte sie herziehen, greifen wollen, schaut her, welch Geliebten ich habe, jede Frau hätte sie umarmen mögen, schau, meinen Schönen. Anton hatte früher eine Frau gehabt, die war gestorben. Was wußte Anna von Anton? Was wußte sie von ihm, abgesehen davon, daß er sommers im Garten war? Wußte je ein Mensch von einem andern etwas? Vielleicht war er nicht das, was er schien, zufrieden, glücklich. Vielleicht tobten in seinem Innern Verzweiflungen, gräßliche Sinnlosigkeiten. Er redete nicht von ihnen, er werkte sie in die Erde ein.

An Eli liebte sie die Art, wie er die Hüften bewegte, wie er ging, leicht, als triebe ihn Musik. Obwohl er nie irgendwelchen Sport ausübte, hatte er die zarte Beweglichkeit eines Knaben. Die Bewegung des Körpers kommt aus dem Kristall, ist der nicht geschliffen, holpert der Hampelmann, an Männern mußt du die Schultern beachten, das Becken, bei Frauen mußt du auf das Gesäß schauen. Woher hast du diese schönen Muskeln, sagte er, legte ihr die Hand darauf, sah sie an, lächelte, das Lächeln brach sein Gesicht auf, als läge er unter ihr. Was macht deine Arbeit, sagte er, ich habe schon lange nichts mehr versucht, sagte sie. Elis Macht erstaunte sie nicht mehr. Er verursachte eine Spaltung, was außen geschah, war unwichtig, unwichtig war, ob er sie liebte oder nicht liebte. Sie ging durch leuchtende Visionen, sie wurde Welt, die war, wie sie war.

Den Nähstein hatte Großmutter gemacht, einen dunkelroten mit weißen Sternen, einen Backstein hatte sie mit Wollresten umwickelt, in ein dickes Tuch eingenäht, der Nähstein war das einzige, was Anna in dieser Schule gefiel. Anna sollte an einem groben Hemd den Stoff einrollen, das Gerollte annähen, die Naht sah einem Wurm ähnlich. Sie haßte Näharbeiten, alles haßte sie, was in diesem Zimmer mit den rosagemalten Wänden gemacht wurde. An einem der langen Tische saß die Lehrerin, inspizierte die Hemdennaht. Wenn die Stiche zu grob waren, zu krumm, befahl sie Verbesserung, der Wurm wurde immer häßlicher. Die Mädchen, die bei der Lehrerin warten mußten, legten ihr Fäden auf den Rücken, eines steckte ihr Nadeln in den

Haarbürzel, die Mädchen kicherten, die Lehrerin drehte sich um, erwischte eine Freche. Anna genoß die Abwechslung, entsetzte sich über die Antwort der Getadelten, bewunderte sie, nie hätte sie so etwas gewagt. Manchmal hatte Anna ihre Bravheit gekitzelt, die gab nichts her. Sie wartete auf das Elfuhrläuten, wenn sie sich auf den Nachmittag freute, wurde es bald elf. Sie hatte den schönsten Nähstein der ganzen Klasse.

Die Türe war verschlossen, als wäre niemand zu Hause. Mutter öffnete, weißt du es schon, fragte sie. Ihr Gesicht zerfloß. Großmutter ist gestorben. Nein, sagte Anna. An der Hand des Vaters stieg sie die Treppe hoch. Die Türe der Großmutter hatte oben Glasscheiben, die immer hell waren, sie waren dunkel. In der Schlafkammer lag sie, hoch aufgebahrt. Ihr Gesicht war groß, die Lippen waren geschwollen, um den Kopf trug sie eine Binde. Auf dem Leintuch über der Stickerei lagen die gefalteten Hände. Sie hatten blaue Fingernägel, blaue Finger. Den Vater hatte Anna noch nie weinen gesehen, sein Gesicht war verzerrt, erschrocken hörte sie dem seltsamen Weinen zu. Sie hätte auch gerne geweint, es wäre vielleicht richtig gewesen, jetzt zu weinen, mit trockenen Augen starrte sie die Großmutter an, die dalag, als ginge sie nichts mehr etwas an. Das war nicht Großmutter, dieses dicke Gesicht hatte sie nie gehabt, diese gräßlichen Hände auch nicht, den strengen Mund. Anna schämte sich für den Vater, der hinter vorgehaltener Hand nicht aufhörte mit seinem gräßlichen Weinen. Mit steifem Nacken stand sie neben ihm, hatte nur einen Wunsch, daß dieser Mann aufhörte zu weinen. Mutter kam herein, dunkelte mit den Fensterläden das Zimmer ab, zündete Kerzen an. Der schneidendblaue Tag draußen brach von Anna weg. Von nun an war die Welt geteilt. Sie ging allein die Treppe hinunter. Die Geschwister waren aus der Schule gekommen. Jedes schaute das andere an. Anna saß an ihrem Platz am Küchentisch, hörte durch die Glaswände der Stummheit die Stummheit der anderen und daß Mutter von Zeit zu Zeit die Luft einzog, als hätte sie Atemnot.

Was noch, Großmutter? Nichts, Großmutter. Was noch, was noch? dachte Anna. Daß man Jahre danach im oberen Treppenhaus schwarze Spuren sah vom Sarg, der schwer war, von den Sargträgern um die Rundung des Geländers gestemmt werden mußte, an den Wänden schleifte. Daß das Kind noch manchmal die Treppe hinaufsprang und auf dem dritten Absatz beim Waschkämmerchen kam es ihm in den Sinn, daß Großmutter nicht mehr oben war. Daß die Eltern Totenbildchen drucken ließen, mit einem Bild, auf dem Großmutter viel jünger aussah und auf dem stand: Gedenket im Gebete unserer lieben, unvergeßlichen Mutter. Was du uns allen warst hienieden, vergelt Dirs Gott im ewigen Frieden. Deine Hand, o Gott, hat uns auf Erden getrennt, Deine barmherzige Hand wolle uns im Himmel vereinen. Der Sarg wurde im Garten aufgebahrt, an einem Herbstmorgen. Man glaubte, ihn nicht durch die enge Kehrtwende im oberen Gang tragen zu können, schleppte ihn viel zu früh herunter, der erwarteten Leute wegen, die vor dem Begräbnis in die Totenkammern gingen, die fünf

Vaterunser zu den fünf Wunden Jesu zu beten, zudem das Glaubensbekenntnis, Weihwasser zu sprengen, zu warten, bis jemand aus der Familie sagte, vergelts Gott, geb euch der Herr im Himmel den Lohn dafür.

Photographien ließ man machen vom Grab, als die Blumen noch frisch waren, auf der Grabmitte die Kränze, auf der Seite die Blumenstöcke, ganz vorne die Schnittblumen in Vasen. Mutter weinte daheim am Morgen, auf dem Friedhof nicht mehr, Vater weinte zu Annas Erleichterung nicht. Anna weinte nicht. Später, als das Grab aufhörte einzusinken, setzte man Großvaters Grabstein darauf, ihn umkehrend, so daß man vorne lesen konnte, wie lange Großmutter und hinten, wie lange Großvater gelebt hatte. Geduld, in der späteren Meinung Annas, war die hauptsächlichste Eigenschaft Großmutters gewesen, sie hatte Zeit, als ob es keine Zeit gäbe, unendlich Zeit, was dasselbe ist wie Geduld.

Was noch? was noch? Schändlich wäre es, von Großmutter etwas zu vergessen. Nur etwas, und sie ist ganz vergessen, dachte Anna. Daß sie Geschichten erzählt hat. Daß sie wollenes Zeug gestrickt hat. Daß sie auf dem Stuhl mit der geraden Rückenlehne den Rosenkranz gebetet hat, wahrscheinlich alle Tage, zumindest dann, als sie bei Julia, ihrer Tochter wohnte, deren Mann auf dem Acker ein Haus bauen ließ. Daß sie eine Bauerntochter war, die es nicht litt, ganz ohne Land zu sein, ihr Heimweh zu erleichtern, nach ihrer Gegend, die anders war als die Großvaters, die Berge nicht so nah, als drückten sie die Menschen zu Stein. Daß sie an Weihnachten das Christkind spielte, als sähe sie die Kerzen zum ersten Mal. Daß sie sich ihrer Darmwinde erleichterte, nein, hatte sie entrüstet geantwortet, das war der Stuhl, der hat geknarrt. Daß sie ihrem Mann, der in den Schulferien wanderte, um über die Burgruinen einen Vortrag im Schoße des Lehrervereins halten zu können, die Socken geflickt, die Blechflasche mit Pfefferminztee gefüllt hatte. Daß ihr, wie Mutter später sagte, sehr wahrscheinlich die Angst den Stein auf das Herz wälzte, zwei Wochen nach Kriegsausbruch starb sie, man hatte schon angefangen, Pläne für die Flucht zu machen, Wolldecken in die Rucksäcke zu legen. Daß sie schwarze lange Röcke trug, dem Kind Anna Kindergarten war, Hexenmeisterin, Königin, schönste Frau auf Gottes Erdboden, Augenblick, Unsterblichkeit.

II

DAS HAUS

Liebe ist ein Gebäude. Mit Maßlosigkeit wird an ihm gebaut. Die Fundamente sind die Wünsche der Kindheit, als das Kind glaubte, das Zentrum Gottes zu sein. Die Zimmer sind die Ausschmückungen dieser Wünsche. Die Treppenhäuser sind die Windräume, in denen Gott zum Dach gewirbelt wird. Das Dach ist der Andere, der Geliebte, der Gott umschließt. Was das Kind begehrt hat, selbst das, was Gott nicht geahnt hat, soll sichtbar werden. Der Drang, den Geliebten zu beherrschen, ihn beherrschend zu bedienen, ist die Anmaßung, ein Gebäude aus der Idee in die Form zu bringen, begehbar, tastbar zu machen, den Geruch des Gartens zu riechen, ein Garten, der das Zurückwachsen des Hauses zur Pflanze ist. Das Gebäude der Liebe ist geschlossen, es gibt kein Bedürfnis es zu verändern, daraus herauszutreten, alles ist so, wie es richtig ist.

Daß der Geliebte nicht zum Haus paßte, ist undenkbar, der Geliebte hat sich der Liebe anzugleichen, er muß auf ihr sein als volle Entsprechung. Der Tod ist der Liebe am nächsten. Er hetzt die maßlosen Wünsche in einen Punkt, die Energie dieses Punktes ist das schwarze Loch im All, das Nichts. Die Liebe will die Illumination des Gebäudes, das Anzünden der Lichter, die offenen Fenster, die das Haus zum Schweben bringen, der Tod drängt zum Schließen der

Türen, zum letzten Farbanstrich, letzten Ziegelstein, erst das kompakt Geschlossene ist zur Explosion bereit.

Wer erträgt den Anblick des Häßlichen, den Verlust am Anfang der Welt. Liebende und Liebender sind in ihren Körper gesperrt. Hier auf diesem Planeten wird die Illusion zu Stein, hier ist der abscheuliche Schrei des schmutzigen Lebens, die Nützlichkeit, das Keuchen des Tieres, das Stampfen der Atemmaschine. Hier gilt die Vernichtung der Liebe, hier gilt Eiablage, Samenspritze, scheußliche Geburt.

Zeitlich und räumlich verschoben sind Liebender und Liebende, in Idee und Materie verschoben, zwei sind nicht eins und eins. Die Seele hat keine Geschlechtsorgane, die Seele paßt zu keiner anderen Seele. Die Lust hat keine Anatomie, ewig ist der andere dort, wo der andere nicht ist. Kein Zeichen erreicht den anderen. Nichts bringt den ersten Augenblick zurück, der kaum ist, vorbei ist, nur bewußtlos kann er sein, als Wange an Wange lehnte, erstes Lächeln eine Rose und auch schon vorbei, Duft und Gesicht vorbei. Zurück bleibt Erinnerung, inneres Tafelbild, gemalt mit Wasserfarbe, unter der tödlichen Mittagssonne einer stillstehenden Erde.

Seit Anna sich alt fühlt, liest sie von Zeit zu Zeit in den Heften, in die sie einst geschrieben hatte, wann wußte sie nicht mehr genau, wahrscheinlich war es in der Zeit mit Eli gewesen. Sie liest mit Scham und Verwunderung, mit denen man verstaubte Briefe liest. Eli mußte ein Donnerwetter gewesen sein und Anna ein spätes Mauerblümchen, daß er sie zu solch einem Geschreibsel hatte verführen können. Anton war ein Gärtner gewesen. Er schrieb nichts, sprach nicht viel. Auf das kam es nicht an, Liebe war eine Welt der Stummen, bei den Stummen gedieh sie nicht schlecht.

Seit Tagen erfüllte Hast das Haus. Mutter stürmte in den Zimmern herum, warf Leintücher aus den Kästen, Winterkleider, Sommerzeug lagen auf Haufen. Anna hatte Vater im Militärgewand gesehen, seine Mütze war steif auf dem Kopf gestanden, die Knöpfe hatten geglänzt. Er war fort. Mutter hörte Nachrichten. Sie saß unter dem Radio, einem halbkreisförmigen Kästchen auf einem Holzgestell am Stubentäfer. Sie war vom Stecken der Frühkartoffeln weggelaufen, kratzte mit erdigen Händen im Haar, legte den Zeigefinger an die Unterkieferzähne. Aus dem Radio kam eine keifende Stimme, manchmal ins Schreien kippend, unterbrochen von dumpfem Geraune, einem Gebrüll wie aus verschlammten Kehlen. Der Bruder brachte auf einem Leiterwagen zwei Holztruhen, in die eine kamen Kleider, Wäsche, in die andere Büchsen, Gläser mit Eingemachtem, Mehlpakete. Wenn die Deutschen kommen, müssen wir fliehen, sagte Mutter. Bruder und Schwester gingen mit den Truhen weg. Mutter rief ihnen nach. Wo war Vater. Wohin gingen die Geschwister. Was war Krieg. Was das Gerumpel im Berg, eine Festung, sagte Mutter, die Sprengungen dauerten den ganzen Tag, Staubwolken quollen aus der Wand jenseits des Tales.

Das Kind erwachte, es war still. Es stand auf, öffnete die Türen, ging von Zimmer zu Zimmer, im unteren Stock hingen vor allen Fenstern schwarze Tücher, das Licht der Glühlampen war grau. In der Küche faulten Birnen. Anna rief, die Rufe kamen ausgehöhlt zurück, lagen wie zerstampfte Mäuse in den schwarzen Ecken. Nun waren alle gestorben. Sie lagen droben in Großmutters Wohnung, eiskalt. Anna setzte sich auf die Treppe, fühlte erstmals die Kälte des Lebens, seine barbarische Antwortlosigkeit. Ein Wind weckte sie. Er kam, mit fahlem Licht, von der halboffenen Haustüre. Mutter saß mit Bruder und Schwester am Küchentisch, gezeichnet von der Nacht. Die Geschwister hätten die Holzkisten in eine weitabgelegene Hütte im Bergtal bringen sollen, Vater hatte die Hütte, eine Unterkunft für die Flucht, gemietet. Sie waren in ein Sperrgebiet geraten, waren von Soldaten aufgegriffen worden. Mutter hatte sie auf Umwegen gefunden, auf Rat eines Bauern, der auf dem Heimweg von der Alp gewesen war.

Wenn Anna von der Schule heimkam, wartete Mutter nicht mehr auf sie. Am Kochherd nicht mehr in den Pfannen rührend, wartete sie nicht auf Anna, vor dem Tor des Kachelofens kniend, wartete sie nicht auf Anna, das Treppenhaus bohnernd, Weichseln pflückend, wartete sie nicht mehr. Sie saß im vordersten Zimmer, schrieb Zahlen, schrieb Namen, sie rechnete, von oben nach unten, von unten nach oben zählte sie, sie verglich die Zahlen mit denen auf einem Zettelhaufen, sie stützte das Kinn in die linke Hand. Auf einem Tisch waren Schachteln mit gelben Kuverts, Mutter murmelte das Alphabet. Im Kassenschrank war viel Geld, die Münzen geordnet. Arbeiter mit staubroten Schuhen kamen ins Haus, sie rochen nach Karbit, nestelten an ihren schmutzigen Rucksäcken. Steh auf den Sack, sagten sie zu ihren Kindern, die sich an die Hosenbeine der Männer drückten. Mutter hatte zur Schonung des Bodens einen alten Teppichläufer hingelegt. Sie arbeitete für eine Baufirma, Festungsbau, Straßenbau. Anna, aus der Schule gekommen, lehnte an den Stuhl mit der runden Lehne, auf dem Mutter saß, am Schreibtisch mit der grünen Mappe, an dem sonst Vater gesessen, Briefe getippt hatte, mit zwei raschen Zeigefingern, die er auf die Tasten herunterstach. Anna legte den Kopf auf ihren Oberarm, legte den Arm um Mutters gebeugten Hals. Mutter gab keine Antwort, murmelte Zahlen, griff zum Telefonhörer, stieß mit einer schlaffen Hand das Kind weg. Anna leerte die Zettel aus einer Schachtel auf den Boden. Mutter schalt sie, nannte sie kindisch, sperrte sie hinaus. Die kleine Schwester rief. Anna gab keine Antwort. Das Haus war leer, wie geräumt. Nie wußte Anna, wo die anderen waren. Die älteren Geschwister kamen heim zum Essen, gingen irgendwohin, sagten nichts. Der Bruder verschwand zu fremden Knaben, flickte ihnen die Velos. Die Schwester setzte sich hinter die Bücher, schwieg.

Das Dorf veränderte sich. Lastwagen voll Kies stäubten um die Ränke. Am Brunnen bei der Wirtschaft standen abends Soldaten, wußten nicht wohin mit den Händen, sie legten sie steif an die grünen Käppi, die sie zwischen Gurt und Jacke geschoben hatten, ihre Schuhe rochen nach

Wichse. Sie sprachen mit den Frauen, lachten, als würden sie gezwungen zu lachen, dann lachten sie wie freiwillig.

Anna entdeckte die Leidenschaft des Lesens. Das Lesen wurde unterbrochen von wilden Bewegungsspielen im Freien. Abends kamen zwei Buben aus der Nachbarschaft, hatten noch Milch- und Mistgeruch, und sie hatte Nachbarmädchen aufgetrieben. In gehetzte Ballspiele warf sich Anna. Müßt ihr schon gehen, bleibt doch noch, sagte sie, was konnte sie ihnen versprechen, damit sie noch blieben, bis es ganz dunkel geworden war, und sie erhitzt, betäubt heimsprang. Nähe mir den Rock ganz kurz, sagte sie zu Mutter, schneide ihn ab, ich will keinen Stoff um die Beine. Alle Abende war sie fiebrig beschäftigt, die Mädchen herzulocken, die Buben anzuwerben, zu hoffen, sie kämen. Kamen die Ferien, die Buben mit den Stallarbeiten unabkömmliche Wichtigtuer, kletterte Anna in die Föhrenzweige, auf den Boskopbaum, rannte allein in der Wiese herum, bugsierte den Ball, bodigte ihn, wünschte sich viele Mitspieler, ein Knabe zu sein. Dann wäre sie zu den Pfadfindern gegangen, mit Rucksack, Zelt und Kochtopf. Sie kaufte einen Ledergurt mit einer Schnalle, die dem Uniformgurt am ähnlichsten sah, trug Kniestrümpfe, einen Schlapphut. Abenteuerbücher holte sie jeden Sonntag aus der Pfarrbibliothek, Schmuggler in Masuren, in Grönland vermißt, der Schatz im Hölloch, aus Feuerland entronnen. Nach tagelangen Expeditionen auf dem Rücken der Phantasie, fiel sie berauscht vom Sattel, leicht und süß wie das Glück. An dir ist ein Bub verloren gegangen, sagte Mutter.

Sie möchte Hosen tragen, sagte sie zu Jungfer Babette, die zweimal im Jahr auf die Stör kam, Mädchenkleider zu nähen.

Vater kam aus dem Militär heim. Mit einer weitausholenden Bewegung hing er den Hut mit dem goldenen Streifen an den Ständer im Hausgang. Er war jetzt Leutnant, roch nach Rauch und Leder, trug eine schöne Uniform. Er besaß eine für den Werktag, eine für den Sonntag, trug schwarzglänzende Stiefel, hatte einen Soldaten, der sie ihm putzte. Er zeigte, wie er mit Hilfe des Stiefelknechts die engen Röhren von den Füßen brachte. Knapp saß die Knopfjacke, der Ledergurt über dem leichtgewölbten Bauch. Bei den Sprengtruppen am Rhein war er gewesen. Wie man eine Brücke zur Sprengung bereitmacht, hatte er gelernt, ohne daß der Feind es merkt, wie man einen Trupp Soldaten, mit Minen in der Hand, nahe der Brücke postiert, hatte er gelernt. Wie mit Sturmbooten über den Fluß zu setzen ist, daß an der genau richtigen Stelle gelandet werden kann, wie über die Strebungen unten an der Brücke zu klettern ist, ohne daß der Feind es sieht, wußte er. Wie die Minen zu werfen sind, wußte er auch. Als er wieder fort mußte, wollte Anna mit ihm gehen, sie trug ihre Hosen, hohe Stiefel, zwei Pullover. Das nächste Mal, lachte Vater, zusammen mit dem Klingeln des Fahrrades verklang das Lachen. Als er um den Rank der oberen Straße gefahren war, blieb für Anna nichts, als zur langweiligen Mutter zurückzukehren, zu den Geschwistern, die keine Ahnung hatten, was für ein Abenteurer sie war.

Wenn Anton verreist war, fühlte Anna sich gestört, bekam Durchfälle, Magenbeschwerden, sobald er wieder im Garten erschien, besserte sich ihr Zustand ohne Umschweife. Anton wohnte in seinem Elternhaus, am Rande der Gärtnerei, in einem braungebeizten Chalet, kaum zu glauben für Anna, daß es das noch gab. Du arbeitest wie im Spiel, sagte Anna, das beruhigt mich, die Absicht ist der Teufel, sagte sie, warum kann ich nicht ohne Teufel sein. Sie hatte mit der Bearbeitung von Steinen aufgehört, sie knetete Ton. Sie füllte Tonformen mit Gips, wenn der Gips trocken war, schlug sie den Ton weg, bemalte den Gips, nichts Rechtes, sagte sie. Was soll ich tun, wenn du nicht da bist, muß ich etwas tun. Sobald Anton zurückkehrte, wurde Anna ruhig. Sie beobachtete ihn. Sie sah zu, wie er Holz scheitete, unter dem Schuppenvordach, wo er Schnee geschaufelt hatte, sah zu, wie er schreinerte. Gemüse, Früchte, die er ihr brachte, versetzten sie in arkadische Freuden, sie tobte in der Küche herum, kochte aufwendige Mahlzeiten. Ich bin satt, als ob ich mich selber gegessen hätte, sagte sie. So sollte das Leben sein, dachte sie, schläfrig sollte es sein, der Genuß eines guten Mahls, Jahreszeit um Jahreszeit ein leichtes Vorbeigehen, ein Dahingleiten auf einem beladenen Kahn, ein grünes Licht in den Augen. Ihre Angst war eine kissenartig eingesperrte Ballung im Hinterkopf.

Die Jahreszeiten, nie waren sie stärker gewesen, als in der Zeit mit Anton. Kindheitszeiten waren sie gewesen, Frühling, Frühling, Herbst, Herbst. Zungenzeit, Hautzeit, über den blinden Himmel fuhren sie, als Drachen aus der Erde gestiegen, keuchende Klappergestelle, Schiffe der Sehnsucht, Anna im Schlepptau, gepeinigt. Sommer hängt mir zum Hals heraus, sagte sie zu Anton, diese Stumpfheit, die klebrige Hitze, die Schaustellerei des Verfaulenden. Anton gab keine Antwort. Gestalten wie Anton haben keine Antwort zu geben, das ist nicht ihre Aufgabe.

Anna zerschlug alle Gipsformen, es gab Staub, viel Getöse. Die Gitterfiguren ließ sie, wie sie waren, löchrig, mit nichts gefüllt. Der Sommer hat zu viele Enden, die nässenden Tomaten, grauende Pfirsiche, Früchte, deren Saft wie Blut ist, warum trocknen sie nicht ein, verschwinden einfach, sagte sie. Anton war ein Bild der Gesundheit, er hatte strahlende, straffe Haut, feine Hände, trotz der Erdarbeit. Anton war älter als Anna. Anna fand, daß sie immer Grund zur Sorge hätte mit Älteren, Angst, sie durch Tod zu verlieren.

Anna erinnerte sich an ihre Lesewut, die seit ihrer Kindheit andauerte, wahllos hatte sie in der Jugend alles verschlungen, was ihr unter die Finger gekommen war. Wie eine Alkoholikerin hatte sie keinen Geschmack gehabt, keine Vorlieben, alles hatte gedient, sie in den Zustand der Selbstvergessenheit, des Selbstgenusses zu stoßen, in die Lösung vom Ich, das Wegschleichen der Trauer, das Wegrücken von Welt. Tagelang, nächtelang hatte sie gelesen, vergessen wie spät es war, welcher Tag es war, das Essen vergessen. Mit wirren Schlafüberfällen war sie vom Lesen weggeholt worden, ihre steifen Muskeln hatten zu schmerzen begonnen. Im Stehen hatte sie hastig etwas gefuttert, hatte nichts geschmeckt, benebelt vom Gelesenen, berauscht von dem, was sie noch lesen würde. Später war sie dann wählerischer mit dem zu Verschlingenden geworden. Das Lesen war das Einzige gewesen, was das Leben erträglich gemacht hatte, die einzige Speise, die sie erhielt, das Licht, das die Ödnis auslöschte. Das Lesen und die Liebe. In Büchern war die Liebe nie der erbarmungslose Kampf gegen den Tod. Nie war die Welt ein Platz, auf dem nichts geschah als die Häufung des Staubs, die Maschinerie von Fraß und Ausscheidung. In den Büchern geschah etwas, im Leben nie, in Büchern schwang die Zeit im Zeitraffertempo vorüber, mit Fluten von Gefühlen, mit interessanten Menschen, Geschehnissen, mit Erdbeben, Vulkanausbrüchen. In Annas Leben geschah nichts. Jahre waren Niemandsjahre. Öde wie Schnee, so welk wie Laub, fade wie der Himmel. Hätte sie die Bücher nicht gehabt, Anna wäre früh gestorben an Langeweile. Das Wortlose, Ereignislose war das Leben. In den Büchern war das tote Leben vertrieben, ausgetrieben mit der Sprachpeitsche. In Büchern war der Fraß der Zeit, die Erstickung der Wünsche gerächt, Unsinn verwandelt in Sinn. Das Kommen, Warten, Sterben wurde Sehen, Sprechen und Siegen.

Anna, aus Langeweile, erschaffte Eli. Sie ließ ihn seine Bewegungen eines Tänzers machen, der in der gewichtslosen Luft, mit Instrumenten aus Luft, die Luft als Teppich brauchte. Sie verwendete viel Sorgfalt auf sein Lächeln. Die Frau sei verflucht, in den Augen des Mannes sich selbst zu werden, der Mann entstehe in der Pupille der Frau, er stehe

Kopf auf ihrer Netzhaut, erst in ihrem Gehirn würde er in die Stehlage gedreht. Wenn eine Antwort zu einer Frage passen würde, wäre die Liebe erledigt, nur die dauernd fehlende Antwort triebe die zwei gegeneinander, las Anna in den Heften. Es waren gehäuselte Schulhefte, die ihre Schüler brauchten, wenn sie schreiben lernten, zum ersten Mal die Zeichen für das Zeichenlose lernten. Aus den Seiten dieser abgegriffenen dünnen Hefte erstand später noch einmal Eli, als eine Art von Geist-Erscheinung. In Wirklichkeit war die Zeit mit ihm kurz gewesen, hatte nicht mehr als ein paar Monate gedauert. Dann war Eli verschwunden, einfach weg. Aber erst einige Zeit später begriff Anna. Er hatte den Kranken gespielt, um verschwinden zu können. Oft war Anna an seiner ehemaligen Wohnung vorbeigegangen, hatte zu den Fenstern hinaufgeschaut. Als einmal Licht gebrannt hatte, war sie hinaufgegangen, eine junge Frau kam öffnen, wußte nichts vom Mieter, der vor ihr da gewohnt hatte.

Die Liebe sei ein Buch über sich selbst, las Anna, nichts erführe man darin über den anderen, alles über sich. Die Liebe gliche alten Frauen. Landfrauen, die nicht aufhörten auf dem Land zu leben, obwohl es schon längst kaputt sei, ein Güllenloch. Alles sei um sie gestorben, Katzen ersoffen, Hunde verlocht, Kinder verloren, aber sie seien da, niemand wisse recht, warum sie da seien. Niemand wisse ihr Geheimnis, wie eine Rüstung sei es um sie, auf dem dünnen Haarknoten, auf den straffen grauen Haaren läge ein Schein, von dem sie selbst nichts wüßten. Die Liebe ähnelte diesen Landfrauen, die nie stürben, denn wenn sie es täten, täten sie es, ohne daß es jemand merkte.

Anna erinnerte sich der Familie als eines zufällig zusammengekommenen Haufens von Menschen, die sich in einer Pension trafen, um irgendwo zu sein. Der Vorname und das Geschlecht der Personen waren bekannt, das Gesicht auch, die Haarfarbe, der Platz am Eßtisch, die Art, wie die Suppe gelöffelt wurde. Die Pensionäre waren nicht redselig, klagten nie, lachten über Trauriges. Das Verschwiegene war ein Gebirge, das nicht überstiegen wurde, hinter dem sich jeder versteckte, schamvoll, als hätte er ein häßliches Gebrechen. Familienausflüge gab es selten, wenn Vater nicht abwesend war, der Bruder nicht verschwunden, die eine Schwester nicht bei Freundinnen, die andere nicht unauffindbar, Anna nicht am Lesen, Mutter nicht am Lesen, wenn Vater einen Plan ausheckte, als Versuch, den Haufen zusammenzuhalten. Die jüngste Schwester marschierte in der Nähe des Vaters, Anna ging in der Nähe der Mutter, der Bruder lief voraus, die ältere Schwester versuchte, mit dem Bruder Schritt zu halten, die andere ging dort, wo Anna sie nicht sah.

Der Stausee wirkte sehr kalt und fremd, Wasser war in ihm zusammengekommen, das nicht zusammengehörte, aus verschiedensten Bächen, eisige, verstockte. Die Ufer sahen aus wie Riesenschnecken mit runzliger Haut, häßlich und nackt. Auf der Staumauer, über die sie marschierten, waren Schienen für Rollwagen gelegt. Mutter stolperte, fiel hin, schürfte sich das Bein an der Stelle auf, die immer violettrötlich war, mit hauchdünner Haut bespannt, das Blut rann ihr in die Schuhe. Vater schimpfte wütend. Dann lobte er die grandiose Stauung. Anna dachte, also so war das: Die Beine bekam man vom Kinderhaben, die Kinder stierten dumpf, der Mann genierte sich, niemand half einem aufstehen, das Blut verklebte mit dem Staub auf den Strümpfen. Kinder waren böse, Männer waren böser, alle hätten hinuntergestoßen werden sollen in den schwarzen Schlamm des Staubeckens. Böse Gedanken wurden bestraft. Anna mochte sie nicht denken, am besten war es, nichts zu denken.

Liebe sei das Gesicht der Einsamkeit, las Anna in den Heften, in die sie einst geschrieben hatte, als sie noch nicht alt gewesen war, als sie das Alter erst gesehen hatte, wie im Herbst der Winter gesehen wird, Liebe sei das Gesicht des eigenen ergebnislosen Lebens. Die Liebe sei der Versuch, den Einzelkampf zu beenden, das Urteil aufzuheben, das jeden zur Einsamkeit verurteilt habe. Jeder Atemzug einer Liebenden sei ein Kampf gegen die Trauer, gegen die unbewegliche Ferne des anderen, gegen seine unaufhebbare Andersartigkeit, sein Verschwinden, die Verschiedenheit seines Abstandes zum Tod. Auch dürfe sie nicht auf die Probe gestellt werden, sie liebe es, in den feinen Gefilden der Schönheit sich aufzuhalten, wenn der Körper alt werde, werde sie vielleicht Notwendigkeit oder Gewohnheit, aber kaum mehr Liebe sein. Sie sei der Versuch, in das Gesetz den Wahnsinn zu bringen, den Traum dauernder Ekstase.

Wie Anna das gelesen hat, spürt sie den Wunsch, die Hefte sofort zu verbrennen. Sie will es später tun. Sie hofft, sie würde merken, bevor sie stirbt, daß sie stirbt. Die Alte, die sie im Pflegeheim gesehen hat, wird es nicht mehr merken, sie lutscht am Schnuller nie endenden Alters. Anna besucht jetzt verschiedene Pflegeheime. Sie wird sich nie entscheiden können in eines einzutreten, sie hofft, einfach umfallen zu können, wie Mutter, die gesund und tot gewesen war.

Die Mutter Annas war eine Köchin, nicht, daß sie das Kochen eigens gelernt hätte, sie tat es aus Neigung, wahrscheinlich aus Leidenschaft oder Freudenschaft. Es entsprach ihrem Wesen. Sie trug dazu eine weiße Schürze. Lange hatte Anna als Kind gemeint, Mutter zaubere, ein paar Lufttätscheleien, die schönsten Speisen standen auf dem Tisch. Nie sah Anna Mutter Lebensmittel herschleppen, sie mußte es nachts getan haben. Sie rannte auch nicht in der Küche herum, schletzte Pfannen, alles ging ruhig, geordnet, der Reihe nach, wie wenn Klavier gespielt wurde. In der Erinnerung sah Anna die Familie am Tisch sitzen, sonntags die Kaffeemaschine in der Mitte, bei der, wie bei einem Fäßchen, ein Hahn aufzudrehen war. Anna hatte sich an Linzertorte überessen, erbrach sich, Mutter machte ihr eine Aprikosentorte. Der Favorit Annas war eine Apfeltorte, deren Puderzuckeräpfel mit Zitronensaft getränkt waren. Annas spätere Versuche, den Rindsbraten mit Zwiebeln aus der Vergangenheit zu retten, aus dem erinnerten Geruch die Gewürze zu erraten, mißlangen. Der Ofentopf, in dem das Fleisch garte, mußte mit dem anderen

Küchenrat verhökert worden sein. Mutter war nie in Eile gewesen. Der ganze Garten verneigte sich vor ihr, Beeren hüpften ihr in die Hände, Blumen verzögerten das Verwelken. Mutter verschenkte Zeit. Alle Beschenkten saßen am Eßtisch.

Nein Kind, sagte Mutter, wenn Anna Wünsche hatte, das können wir nicht bezahlen, an Stelle der Wünsche gab es das Jäten und Strätzeln. Der Halunke, der nachts durch das Kellerfenster kam, fiel auf die Gläser mit den sterilisierten Birnen, stürzte mit ihnen vom Tisch, das Gescherbel, das Gepflotsche vertrieb ihn. Gelées und Konfitüren verteilte Anna nach Mutters Beerdigung an die Trauergäste, alle mit Mutters steiler Schrift angeschrieben, eine Hurde im Keller war voll gewesen davon, geordnet nach Sorten. Ich muß jeden Franken ein paarmal umdrehen, sagte Mutter, Anna merkte das Drehen nicht. Als Mutter da war, war alles da, als sie starb, war nichts mehr da.

Vater hatte wieder einmal etwas gekauft, nicht sternenübersäte Polsterstühle aus dem Warenhaus in der Stadt, die von den Töchtern stirnetupfend wieder zur Bahn gebracht wurden, Vater hatte diesmal einen Wingert gekauft. Mutter stand um vier Uhr auf, hatte eine Stunde Wegzeit, dann Arbeitszeit in den Reben, bis es heiß wurde, danach kam sie wieder heim, tat, als ob nichts geschehen wäre. Anna, daheim in den Ferien, verleidete so das Ausschlafen. Sie schimpfte, ob denn das alles nötig sei, dann ging sie mit. Mutter meinte, sie gehe lieber allein, dann könne sie auf dem Weg ausruhen, außerdem reiße Anna die falschen Schosse ab, binde die falschen auf.

Wenn Anna zum Frühstück kam, war in der Waschküche alles gut eingefädelt. Leintücher sotten im Waschhafen, Laugengeruch drang aus dem Unterhaus, im Spültrog lag der erste Sutt ausgewunden. Wie hat Mutter das alles gemacht, fragte Anna später die Schwester. Die wußte es auch nicht. Niemand wußte, wie sie die Stufen des Treppenhauses glänzend hielt, daß Anna mit den Stöckelschuhen dem Geländer entlang gehen mußte, um nicht auszugleiten.

Anna war damals sehr aufgeregt gewesen, noch nie hatte sie aus dem Ausland heimtelefoniert. Es war Silvester, der Herr des Landgutes, auf dem sie Küchenmädchen war, hatte ihr den Anruf vorbestellt. Als das Klingelzeichen kam und Anna die ferne Stimme von Mutter hörte, die tönte, als schmerze sie etwas, hatte Anna gefragt, ob sie krank sei. Nein, sie sei nur mit dem Fuß zu fest an die Türschwelle gestoßen, weil sie sich beeilt habe, als das Klingeln ertönte. Anna hatte gemeint, ihr gehe es gut, sie habe noch nie im Leben so gut gegessen wie sie hier äße. Sie hatte den fernen Atem der Mutter gehört, und Mutter hatte kein Wort mehr gesagt. Ob sie noch da sei, hatte Anna gefragt, ja, war nach einer langen Weile Mutters Stimme gekommen. Anna war aufgeregt gewesen, sie hatte die Worte suchen müssen, die andere Sprache war ihr immer in die Quere gekommen, die Sprache, die sie mit Aufbietung aller Kraft gelernt hatte, um nicht vor Heimweh umzukommen. Anna hatte gewünscht, daß es ihr gut gefalle, und sie hatte das Gefallen zu erfinden, beim einzigen Telefongespräch mit Mutter, dabei gefiel ihr überhaupt nichts, am wenigsten das Essen, Rüben und Kohl aus dem Wasser, Teigfladen über fettigem Gekröse, künstlichfarbene Wackelpuddings, nach nichts schmekkend. Als dann Mutter tot war, war diese Hilfslüge, diese Erfindung des besten Essens, das Anna je gehabt hätte, in jenem Land, das Mutter nie gesehen hatte, dieses fürchterlichen Essens, das von ihr nie hätte gekocht werden können, eine Ungeheuerlichkeit, die Anna quälte. Das kleine Schweigen bei jenem längst vergangenen Telefon hörte nicht auf zu schweigen. Anna empfand diese Verleugnung von Mutters Kunst, diese Beleidigung ihres Geschmacks als Schuld. Die Kunst war ihr, Anna, gewidmet gewesen. Nur ein einziges Lieblingsessen konnte sie bei Mutters Talenten nicht haben, zumal von einem Gericht mehrere Variationen möglich waren, je nach Stimmung bevorzugt wurden. Anna schloß die Augen, hinter den Lidern sah sie Mutters Fruchtkuchen im Vorhaus an der Auskühlung, die Fruchtsalate dämmerten bis zur Reife im Schatten der zweiten Stube, in der nur an Festtagen getafelt wurde.

Eigentlich begann Mutter sich erst in den letzten Jahren mit Blumenzucht zu beschäftigen. Sie verschickte mit feuchten Zeitungen belegte Schachteln voll Blumen an Bekannte. Willst du auch, hatte Mutter gesagt, Anna wollte nie. In den Sarg wurden dann nicht ihre Astern gelegt, die dem Spalier entlang, violettdunkelrot, blaßlila düsterten, ein Bündel Treibhausrosen, duftlose, kam in ihre Hände. Sie kamen vom Haus der Nachbarin, die Mutter immer knapp gegrüßt hatte, Mutter gehörte nicht zu den Besseren, die Besseren waren die Reichen.

Liebe sei Erinnerung, las Anna in den Heften, die sie wieder las, als sie alt geworden, ihre Gefühlsverluste betrauerte. In der Zeit, als sie hoffte, Eli würde mit ihr zusammenleben, hatte sie geschrieben, Liebe sei nur in der Rückschau möglich. Wenn das Geliebte vor einem stünde, sei man blind, die Augen seien gefüllt mit Schein, wenn das Geliebte verschwunden sei, werde das Gefühl klar, Augen begännen zu sehen, das Gewicht des Verlorenen werde gewogen, die Form des Schwindenden werde dann erst fest. Der Tod gäbe ihr die Liebe zurück. Der Tod des Geliebten zerschneide, was nie zusammengehörte, das Leben und die Angst davor. Jetzt erwarte sie den Tod, damit er die Erinnerung auslösche, die unerträgliche Liebe.

Im Herbst kamen die Kuhherden von den Alpen, aus dem Tal wälzten sie sich ins Dorf herunter. Zwischen den Hörnern trugen die Kühe Türme aus Blumen und farbigen Bändern. Ihre Köpfe schwankten unter dem Gewicht der Glocken. Unaufhörliches Glockenläuten lag dann um das Haus.

Die Mutter brauchte Mist für den Garten. Die Kinder suchten ihn auf der Straße. Roßmist sahen sie von weitem, Haufen aus vertrockneten Äpfeln. Kuhfladen nahmen sie nur, wenn sie trocken waren, langsam kratzte die Schaufel unter die grüngraue Scheibe, wenn die zerbrach, pflatschte der dünne Brei heraus. Vor dem Roßmist grauste es Anna nicht.

Nachts in der Kammer hörte Anna das Laub, aus dem die Früchte fielen, auf dem Weg vom Geäst zum Boden machten sie Geräusche, als sei der Himmel ein Baum. Der Nebel, der seidene Schal des Baumes, floh am Morgen über die Berge davon.

Den Herbst, wie gerettet aus der Kindheit, genießt Anna, jetzt, wo sie alt ist. Abschied muß leicht sein. Das Glucksen einer Zwetschge, das Knacken eines Blattes, an einem Seidenfaden hängt der Atem. Alle sind im Herbst gestorben, alle Särge haben in der trockenen Bläue gestanden. Wenn Anna vom Friedhof wegging, war der Kastanienbaum neben der Kirchentüre eine gelbe Fahne, ein Heer gleichmütiger Gespenster raschelte auf den Feldern, schwenkte das Dürretuch. Auf dem schönen Berg jenseits des Tales lag erster Schnee. Der Keller des Hauses war voller Vorräte. In den Kästen war noch lange Mutters Geruch, eine Mischung aus Lavendel, Seife und ganz leichtem sauberem Schweiß, der ausbricht, wenn man sich freut.

Ich kann nicht schlafen, hatte das Kind gerufen. Du mußt nur die Augen schließen, dann kannst du es, antwortete die Mutter. Es war erstaunt, also die Augen mußte es schließen. Es schloß sie zum ersten Mal. Es fühlte die Augenlider, die Schiebedeckel waren, zum ersten Mal sah es die ovale Nacht, die Kreisel schlug. Sie hatten herumgetobt, Kissen geschleudert, waren auf der Kante des Gitterbetts gelaufen.

Anna war ausgeglitten, wie ein Messer hatte die schmale Leiste ihr zwischen die Beine geschlagen. Hör auf zu heulen, hatte der Bruder gesagt, du kommst nie zum Zirkus. Aus einem Lächlein gibts ein Bächlein, sagte Mutter. Nie mehr lachen wollte Anna. Wenn sie lachte, geschah ein Unglück. Mit dem Fahrrad war sie gestürzt, mit Vaters Rad, bei dem sie mit dem einen Fuß unter der Querstange durch das Pedal treten mußte. Damit das Bein nicht mit Kettensalbe verschmiert wurde, mußte es weit hinausgebogen werden. Ein Hund war ihr nachgerannt, hatte sie am Faltenjupe gepackt, ihn zerrissen, den besten Jupe, den sie je getragen, mit dem sich wirbeln ließ.

Nachdem die Kreideworte an der Schulwandtafel nicht mehr zu lesen waren, das Augenkneifen nichts half, die guten Schüler aber in der hintersten Bank saßen, sprach der Vater heimlich mit dem Lehrer. Die, welche es können, sitzen von jetzt an vorne, sagte der Lehrer. Die ganze lange Bankreihe zügelte nach vorn. Die Umstellung der Werte nützte nichts, Anna mußte eine Brille tragen. Sie weinte. Mutter sagte, alle gescheiten Menschen tragen Brillen. Jetzt muß ich immer auf die Gläser aufpassen, sagte Anna, wagte nicht den Kopf zu drehen, der Nacken schmerzte. Tu, als ob nichts wäre, sagte Mutter, legte ihr Watte hinter die Ohren. Alles ist schwarz umkreist, sagte Anna.

Sie stürzte sich mit Begier in die Krankheit, die verhaßte Brille lag in der Schublade. Vier Frauen in roten Röcken und mit schwarzen langen Haaren hielten die vier Zipfel einer weichen Decke, auf der sie geschaukelt wurde. Der

Rhythmus des Schaukelns wechselte. Als Anna den Rhythmus kannte, lächelten die Frauen, verschwanden. Mutter brachte Butterschnittchen mit Gelée, Duft kam durch die Kammertüre.

Anna saß am Küchentisch, zupfte Beeren von den Stielen, Mutter legte die Beeren in ein feines Säckchen. Sie preßte die Beeren aus, unter ihren Händen veränderte sich das birnenförmige Säckchen. Wenn sie nicht drückte, hing es schlaff herunter, wenn sie die Finger zusammenpressend darüber schob, wurde es prallvoll, platzte, der rotglänzende Saft rann aus ihm, tropfte dickflüssig in die Schüssel. Vater kam herein, Mutter lachte, warf ihm einen seltsamen Blick zu. Der Blick und das kehlige Lachen beschäftigten Anna. Sie beschloß, es dorthin zu tun, wo die anderen Rätsel waren, die verschlossene Kammertür der Eltern, an die sie in Gewitternächten polterte, wenn die Blitze ihre Kammerwände zerhackten.

Die Kraft der Kindheit, noch habe ich sie ungenützt in mir, sagte Anna zu Eli, die Kraft, die von Frühling zu Frühling springt mit den Muskeln der Lebenswut. Anna sah die unerhörte Stille, die über dem Land lag, wie auf Kupferstichen, scharf, unbeweglich, jeder Gegenstand eine feste Gestalt, als sei der Felssturz des Ewigen darübergedonnert. Du verfälschst deine Jugend, sagte Eli, so schön war sie nicht. Nein, sagte Anna, sie war schrecklich. Das Gefühl, unter dem Leben zu liegen, von ihm geschoben zu werden, das Gefühl, mit ihm nicht Schritt zu halten, trotz allen Rennens es zu versäumen, weil es immer dort ist, wo man nicht ist, dieses Gefühl hatte man in der Kindheit nicht. Alle Gefühle hatte man, aber dieses nicht, sagte Anna zu Eli.

Das Gefühl, das Leben nicht mehr beißen zu können, hatte Anna erst nach dem Unfall. Eli hätte sie das nie erzählen können. Hätte sie das Unglück in der Kindheit getroffen, vielleicht hätte Mutter es ändern können. Aber damals war Anna in dem Alter gewesen, in dem sie zu schweigen begann, steinerne Wände baute, Gräben aushob, damit kein Wort die dünne Haut durchstoße.

Anlaß und Ziel der Bergwanderung waren in Annas Gehirn gelöscht, das Aussehen und die Stellung der Felsplatte genau registriert. Das schiefergraue glimmernde Licht auf ihr, die Rille, die sich splitternd schwärzlich quer darüber hinzog. Ein paar Grade weniger schräg geneigt, hätte sich Anna vielleicht nicht die Zähne eingeschlagen. Sie hatte die gekippten Schaufeln der Vorderzähne mit der Zunge erst gespürt, als sie wieder auf den Beinen stand und das Haar aus dem Gesicht zurückgeworfen hatte. Dann erst war der schneidende Schmerz durch sie gefahren. Das Unannehmbare. Das Entstelltsein. Das Nie-mehr-lachen-können. Nie-mehr-küssen-können. Das Nie-mehr-in-den-Apfelbeißen. Die ganze Ladung des Niemehr schlug in einer einzigen Sekunde in Anna ein. Sie setzte sich, barg das Gesicht in den Händen. Ein Schulkamerad begleitete sie durch den Wald abwärts. Er gab das Plaudern auf. Nachts, in der Mädchenpension, kam es wieder, wieder, die schräge Felsplatte, die ihr ins Gesicht schlug, die auf sie zustürzte, auf die sie stürzte, die Zunge, die an die scharfe Kante zuckte, die zerschlagenen drei weißen Messerchen des Glücks. Der Zahnarzt sagte, die Wurzeln sind auch kaputt. Der Deutschlehrer fragte, ist das Unheil noch sichtbar. Anna schaute in den Spiegel. Sie übte ein neues Reden ein, ein neues Lachen. Die neue Angst übte sie nicht ein. Sie gewöhnte sich daran. Sie gewöhnte sich an das neue Mundgefühl. Sie gewöhnte sich zu wissen, daß die anderen es wußten. Sie sah das, was die anderen sahen. Sie lernte sich zu sehen mit den Augen der anderen. Die anderen, die anders waren. Ihr Gesicht, in dem der Mund der Mittelpunkt wurde, wurde der Mittelpunkt der Welt. Eine Welt, die geschieden war, verschieden von der der anderen. Anna, zahnlos, begann das Nachgebildete zu schätzen, hinter dem sie sich verstecken konnte. Sie verbot sich das Zubeißen. Wenn die anderen die Vorderzähne in die Äpfel schlugen, schaute sie weg. Sie bereitete sich maßgerechte Fleischstücke, schob sie verschämt in das hinein, was einst ihr Mund gewesen war, jetzt eine neue Funktion hatte, die der Attrappe. Sie entzog sich dem Gebissenwerden, da sie nicht hätte zurückbeißen können.

Welches war das einschneidendste Erlebnis deiner Jugend, frage ich jeden Menschen, mit dem ich es länger als üblich zu tun habe, sagte Eli. Ich weiß es nicht, antwortete Anna, es gab dazumal vieles, was mich veränderte, ich wüßte nichts genaues mehr, vielleicht das neue Gefühl der Einsamkeit, die endgültige Verabschiedung des Kindes. Nicht, daß das Kind nicht in einer Einsamkeit wäre, es ist eine Einzelheit, keine Einsamkeit, die das Kind hat, es hat die absolute Forderung des Lebens, das zäh die ihm gemäße

Nahrung findet, sagte Anna und Eli, dein Fetisch, die Kindheit. Im Dorf gab es drei Sterbeglocken, sagte Anna, eine tiefe, für einen Mann, eine mittlere, die so gewöhnlich war, daß sie kaum gehört wurde im allgemeinen Gebimmel des Mittags und der Vesper, das war eine für die Frau, und eine kleine, ganz helle, läutete für ein Kind, eine für die Jugend gab es nicht.

Es gab eine Zeit für das Kind: die Hauszeit. Es hatte eine ungewöhnlich große Schachtel mit einem Klappdeckel aufgestöbert, sie war unterteilt in kleine Fächer, die Schachtel wurde das Büro. Es bettelte Papiere, zerschnitt sie in kleine Stücke, machte darauf Zeichen, faltete die Zettel auf verschiedene Weise, legte sie in die Fächer. Jedes Zeichen bedeutete ein Geheimnis. Mutter, irgendwo im Haus ihren Beschäftigungen nachgehend, war der liebe Gott, alles wußte der liebe Gott, jede Bewegung, jedes Wort, nur das Geheimnis nicht. Das Kind wußte es auch nicht, aber das Geheimnis war in ihm, es spürte es.

Anna legte sich auf Nina, die Schwester zappelte, Anna drückte sie so lange, bis sie steif und hart wurde, wer hielt es länger aus, gestreckt, Bauch auf Bauch, Anna quer auf Nina, ohne Mucks, Ninas Bauch nie so hart und groß wie Annas.

Sie rannten durch die Gänge, eine oben, eine unten, eine versteckte die Katze, die andere suchte sie, in den Kästen, unter den Betten, Nina rief, kratz mich nicht, ich bin Anna, Anna rief, rupf die Böse, am Schwanz, am Schwanz, grub ihre Wange ins farbige Fell.

Am längsten dauerte das Heiligenspiel. Die Mädchen wechselten die Altarseiten, bimmelten mit kleinen Glokken, beugten die Knie, murmelten, singsangten, verbeugten sich, trugen Bücher umher, ließen aus Krüglein Wasser über die Hände laufen, Dominusvobiscumetcumspiritutuo kyrieeleisonkyrieeleison peromniasaeculasaeculorum etcumspiritutuotuo Gloriainexcelsisdeo inexcelsisdeo Agnusdeiagnusdeideideidei quitollispeccatamundi tollispeccatamundi saeculasaeculorum itemissaest estestest Amenamenamenamen.

Es gab eine Zeit, es war die Dorfzeit. Aus dem Laden, mit dem Geruch nach Kaffee, Süßstengel, Muskatnuß, zu dem es vier Stufen hinabzusteigen hatte, wollte es, kurz geweilt, nicht mehr hinaus, es berührte die Halskette mit den farbigen Glaskugeln. Die dicke Frau mit den öligen Haaren, die im Dunkeln saß, schlug die gelben Augendeckel auf, erhob sich seufzend, flüsterte, geh jetzt, schob ihm ein rotes Zeltchen über den Ladentisch. Das Kind nahm es aus Höflichkeit, warf es draußen weg. Nicht einmal Mutter durfte jetzt seine Speisen berühren, nicht mit dem Finger, nicht mit dem Löffel, der in ihrem Mund gewesen war.

Der Bach, gefaßt in einem Kanal, floß schnell und tief, als hätte er keinen Grund, das Wasser war schwarz, manchmal graublau, die Kälte daraus war wie ein sanftes Schlagen vor die Brust. Auf dem Platz vor dem Tobel, der sich von hier aus in den Berg hinter dem Dorf fraß, vor dem großen grauen Gebäude mit den vielen geschlossenen Fenstern, saß ein Alter starr auf einem Felsbrocken, mit einem grauen

Gesicht, die Hände wie Krallen auf dem Stein. Am gegenüberliegenden Ende des Platzes, an der Sonne neben dem offenen Tor der Sägerei, durch das Männer mit Eisenhaken Baumstämme schleppten, saß eine kleine Alte, eilig an einem Knäuel strickend. Das Kind empfand die beiden Gestalten als zusammengehörend, eine nahm der anderen das Unheimliche, keine durfte fehlen, keine fehlte.

Wenn die Sägerei stillstand, streifte das Kind um die Bretterstapel, hohe Türme von Wärme, von Kräutern umwuchert. In die Maschinenhöhle wagte es sich nicht hinein. Den Kanal mied es. In ihm war einmal ein Knabe ertrunken.

Ein Bauernmädchen sah Gespenster, auf dem Friedhof sei ihm eine Gestalt begegnet, die mit kalten Händen nach ihm gegriffen habe. Die Mutter des Mädchens meinte, das sei ein Nachbar, schon zu Lebzeiten sei er ein Unflat gewesen. Niemand unter den Schulmädchen wußte genaues über einen Unflat. Dieselbe Mutter meinte, vom Schwarzbrot, das es jetzt anstelle des Weißen gab, bekomme man Bauchschmerzen, da habe es Schweinegrütze drin, auch sei die Verdunkelung der Häuser eine Gefahr, Unzüchtler hätten es nun leicht. Was Unzüchtler waren, die Mädchen wußten es nicht.

Anna adoptierte fremde Gräber, um mehr wässern zu können, Kindergräber mit Kränzen aus winzigen Glaskügelchen, glitzerhafte Versteinerungen farbigen Grausens, gehörten ihr. Sie sah gerne die Photographien auf den Holzkreuzen an, Gesichter, die in die Ferne gingen, sich auflösten und trotzdem sagten sie, ich war, ich war, ich war. An einem Spätherbsttag, als das Kind durch die Gräberreihen hüpfte, sah es auf dem unteren Teil des Friedhofs, dort, wo die Zypressen standen, eine reglose, hohe Gestalt, mit einem Gesicht aus Nebel, mit Augenlöchern, schwarzer Mundspalte und Armen, die ihm zuwinkten. Anna rannte, stürzte, das Bein hatte ein Heftpflaster mehr. Der Mutter erzählte sie nichts, die hätte sie nur ausgelacht. Das Bauernmädchen wurde eine Zeitlang seine Freundin. Da sie den Weg über den Friedhof mieden, begleitete eine die andere nach Hause, einmal links an der Kirche vorbei, einmal rechts.

Es gab eine Zeit, die Schulzeit. Mutter, was soll ich schreiben, der Frühling heißt der Titel. Kaum ist der Winter vorüber, da blühen die Bäume, sagte die Mutter, auf den Wiesen sprießt das Gras, die Sonne lockt die Bienen hervor und im Garten duftet der Flieder, endlich können wir die Fenster öffnen, der Lenz ist da, oheirassa. Ach so, so mußte man Aufsätze schreiben. Das Muster wiederholte sich, Anna wußte Bescheid. Mutter hätte gerne geholfen, hast du keine Aufsätze, fragte sie, komm wir schreiben einen über den Herbst, nein, sagte das Kind, den haben wir schon gehabt. Anna ging nicht ungern zur Schule, die Schule war nicht wichtig, eine Beschäftigung, bei der man meistens zum voraus wußte was kam, langweilig wie Geschirrabtrocknen, Unkrautjäten, aber nicht so langweilig, daß es nicht wegen der Mitschüler Neuigkeiten gab. Das Zettelschreiben und das Flüstern, das Weitergeben des Geschriebenen unter der Bank von Hand zu Hand, das Erhalten einer Nachricht, deren Lesen noch etwas verzögert wurde durch den steten Blick auf den Lehrer, der sich überraschend umdrehen konnte, auf der Wandtafel blaue Linien zog, welche Flüsse bedeuteten, braune, zentimeterlange Striche in gleichmäßigem Abstand bedeuteten Gebirge, rote Kreidepunkte Dörfer. Nein, du bist nicht mehr meine Freundin, ich hasse dich, komm um halb sechs, dann gehen wir küssen in den Wald, ich liebe dich, wie heißt dein Lieblingstier und deine Lieblingsfarbe, hast du es gemacht, bist du gegangen, hast du schon einmal geküßt, wenn du einen Znüni hast, sag welchen und gibst du mir davon, alle Blumen welken, nur die Rose nicht, willst du meine Freundin sein, Rosa ist eine Kuh, ich weiß, wer dein Schatz ist. Anna fragte das Mädchen aus, das in den Wald gegangen war zum Küssen. Hättest halt selber kommen sollen, sagte es. Anna wunderte sich, daß das Mädchen kein Brandmal trug, Küssen war sicher etwas Furchtbares, hatte mit Sünde zu tun. Ich habe gelogen, habe die täglichen Gebete unaufmerksam verrichtet, ich habe die Geschwister geschlagen, war neidisch und schadenfroh, das war leicht zu beichten, das taten alle. Aber die Scham, beim Aufzählen der Gebote, das sechste nicht auslassen zu können, hätte sie nicht ertragen, im Beichtstuhl, vor dem Herrn Kaplan, der hinter dem vergitterten Fensterchen im Dunkeln saß, hie und da das Vorhänglein hob, um zu sehen, wer noch in der Kirchenbank kniete. Der schöne Herr Kaplan, der schön erzählen konnte, von den furchtbaren Strafen der Hölle, den glühenden Zangen im Fleisch, von den Engeln, welche den im Fegfeuer Sitzenden aus Erbarmen ein paar Tropfen Wasser brachten. Wenn er erzählte von den Sünden, die jedesmal einen schwarzen Fleck auf der weißen Seele hinterließen, der abgewaschen werden konnte durch bereuen und beichten, wenn er die Sünde der Sünden erwähnte, die Unkeuschheit, bekam Anna eine Hitze, als hätte sie Fieber. Als der Herr Kaplan den Beichtspiegel durchnahm, jedes der Gebote, Anna sich auf die Behandlung des sechsten gefreut hatte, er dann eine schweißige, rötliche Stirn bekommen hatte, sich beeilte, nichts Neues mehr hinzufügte, war Anna sicher, daß er sie eine Weile angeblickt hatte, mit verschleierten Augen angeblickt, als ob er sie um Verzeihung bäte.

Kindheit ist ein Spiel ohne Worte, sagte Anna zu Eli, die Worte, die später die Erwachsene zu finden gezwungen ist, sind Fälschungen, zumindest Vergröberungen jener Geschehnisse, jener Zauberei, welche das Leben war. Diese dunkle Gewalt gab mir unauslöschliche Feuermale, aber auch eine makellose Hülle der Reinheit. Eli hatte sie wortlos angesehen, und in der Rückschau, als Anna alt geworden war, merkte sie, daß sie das an ihm auch geliebt hatte, sein Schweigenkönnen. Alles Stumme fasziniert, hatte Anna zu Eli gesagt, je mehr ein Mensch redet, um so flacher wird er.

Mutter hatte von Großmutter eine Schublade voll Gebetbücher geerbt. Anna las gerne in den Büchern, nicht nur, weil es Bücher waren, sondern weil sie auf Variationen aus war, in der Auslegung des wichtigsten Gebotes. Sie las auch gerne die Standes- und Berufspflichten, die Anrufung des Heiligen Geistes, die fünf Gebote der Kirche. Der Pater in der Kapuzinerkirche, in deren Dunkel sie lange gekniet hatte, sagte dann, ob sie Skrupel habe, wenn sie Skrupel hätte, dürfe sie nicht so lange lesen, die Reuegebete seien ganz kurz zu verrichten. Anna fühlte sich sehr beleidigt, als hätte sie einen grausigen Ausschlag, so fühlte sie sich. Die schwarzen Bücher verloren den Reiz. Die Kapuziner stinken nach ungewaschenen Füßen, putzen sich sicher nie die Zähne, dachte sie, zu beichten habe man auswendig, wenn möglich dasselbe, dachte sie Jahre später, Jahre früher dachte sie, am besten schlüpfe man dorthinein, wo ein fremder Geistlicher Aushilfe mache, der seinen, noch nie gelesenen, Namen auf einem Kärtchen über den Vorhang geheftet hatte, auch mußte sie am Schluß der Reihe drankommen, damit das Geflüsterte nicht zu belauschen war, von denen, die, wie sie, sich schämten, daß sie etwas zu verstehen vermocht hatten, die Anzahl der Berührungen, die Zahl der Lügen.

Eine Wiege der Jahreszeiten war die Kindheit, sagte Anna zu Eli, ein Sommer dauerte eine Ewigkeit und der Winter war eine andere Ewigkeit und alle Ewigkeiten waren die Schaukelbewegungen einer Waage, die Tag- und Nachtgleichen waren der Schlaf der Ewigkeit. Eli sagte, hör auf mit deinen vergoldeten feinen Spiegeleien, den Lügengespinsten deines Liebeswahns. Anna sagte, für die Erinnerung gibt es keinen ununterbrochenen Zeitstrom, die Orientierung nach Ort, Zeit, Ziel und Zweck funktioniert nur für die Gegenwart. Also müßte man sagen, sagte Eli, daß Erinnerung eine Gehirnkrankheit ist.

Die Buben standen oben am Hang, beim Zaun unter den Bäumen. Ihr Geschrei und ihre Leiber waren eine Mauer. Wenn einer nach dem Sprung über die Schanze stürzte, den Schneestutz hinunterrutschte, Arme, Beine, Holzbretter durcheinanderwirbelnd, brach das Geschrei los und stieg hoch als Gelächter. Der Gestürzte, der am Rande des Hanges im Tiefschnee mit Grätschgang sich hinaufstemmte, wurde mit Johlen empfangen, hatte sich hinten anzustellen. Er bückte sich, wischte den Schneestaub von den Hosen. Kam der nächste zu Fall, stimmte er lauter noch als die anderen in das Gelächter ein. Anna hatte sich die Skier erst oben angeschnallt, sie stand abseits der Buben. Die Buben streiften sie mit schrägem Blick. Fahr, hatten sie gesagt. Von einem Bein auf das andere tretend, verbrachte Anna den Nachmittag. Die Schanze wurde höher, der Stutz steiler, der Schnee eisiger. Die Besten stürzten, Anna stürzte nie, das Hohnlachen galt nicht ihr. Sie stand oben am Zaun, bis die Dämmerung die Buben verschluckte. Bis sie, am Rande des Hangs hinunterrutschend, die gestorbenen Füße, die kalten Hände, die unfolgsamen Tränen durcheinanderwirbelnd, von einem Baumstamm aufgehalten, den Heimweg wiederfand.

Der Lehrer stand auf dem Pausenplatz. Er stand hoch mitten im Kreis, der sich um die Streitenden gebildet hatte. Die anfeuernden Rufe hatten aufgehört, der Lehrer hatte die wütenden Knaben getrennt, begann mit der Untersuchung der Rauferei. Anna stand allein auf dem leergewordenen Platz. Die Schneebälle, die sie formte, wurden hart, bespickt mit kleinen Steinen. Sie warf. Sie warf gewaltig. Endlich konnte sie werfen, wie die anderen, wie die Starken, endlich hinderten die sie nicht mehr. Sie warf gegen alle, gegen die Rücken derer, vor denen sie sich versteckte, die ganze Winterpausenzeit, im Hinterbau des Schulhauses, aus Angst, die Schneebälle zerschlügen ihre Brille, sie würde in das Verschwimmende, Unlesbare hineingestoßen, mit einem Schlag. Sie warf. Der Lehrer griff sich an die Wange, Blut rieselte herab. Er fingerte in den Hosentaschen. Die Schüler drehten sich um, schauten dorthin, wo Anna stand. Der Lehrer, das Taschentuch an die Wange drückend, ging die Treppe hinauf. Die großen Buben drehten sich im Schulgang nach Anna um, Glanzlicht in den Augen. Einer pfiff beim Vorübergehen, er ging ganz nah an ihr vorüber.

Annas Geschwister waren Schatten, Anna hatte nur Erinnerungen an Anna als Einzelkind. Hatte Anna sie geträumt, mit einem wirren nicht zu verstehenden Traum? Der ältere Bruder, die älteren Schwestern, die jüngere Schwester, wo waren sie gewesen, geblieben? Nirgends, irgendwo. In der Oberdiele vielleicht, in die Anna nie hinaufgelangte, weil eine klotzige Holzleiter aus dem Schlupf hervorzuziehen, aufzustellen, eine schwere Klappe zu heben war. Vielleicht waren sie dort oben aufgewachsen, von Vater gefüttert, der ebenso rätselhaft verschwand. Als fremde, großgewordene Wesen kamen die Geschwister zur Tür herein, wurden Anna sofort wieder unsichtbar, denn Anna hatte sich auch wieder verändert. Sie kamen aus der Dunkelheit herein, aus dem unbetretbaren Teil des Gartens, der hinter dem Geräteschuppen war, hinter den Kaninchenställen, hinter dem Holunder, der den Zugang versperrte.

Im Weinberg, zu dem man kam, wenn man über den Zaun kletterte, über eine Wiese lief, obwohl die Frau, der die Wiese gehörte, Ohrfeigen austeilte, wenn sie einen erwischte, kletterten alle über den Zaun, im Weinberg waren alle zu finden. Mutter mit einem Kopftuch, Vater mit der Tanse, der Bruder mit einer kleineren Tanse, die Schwestern mit Scheren und Kübeln. Sie streckten einander die Hände entgegen, deren Finger aneinanderklebten. Je mehr die Finger klebten, desto zufriedener war Vater. Eßt, sagte er, eßt, diesen Kübel füllt ihr mit ganz schönen Trauben. Niemand mochte mehr essen, die Bäuche hingen an ihnen wie schlappe Säcke. Die kleine Schwester kletterte zum vierten Mal über den Zaun, hatte Durchfall. Geh hinter die Nesseln, sagte Mutter, komm mit mir heim, sagte sie, wir gehen kochen, Anna rief, etwas Gesalzenes. In der Stande auf dem Leiterwagen wuchs der Traubenhaufen. Der Bruder hatte denselben Schritt wie Vater, wollte mit dem gleichen Schwung über die Schulter die Tanse entleeren. Die Beeren kollerten ins Gras, sein roter Kopf leuchtete in der Dämmerung. Wenn es Nacht war, kam das Pferd, aus der Nacht der Wiese tauchte es auf. Anna, an die Stande geklammert, rutschte an ihr herunter auf den Wagen. Im Torkel erwachte sie. Die Stallichter huschten in die roten

Schluchten, in die violetten Halden aus Beeren. Vater, Bruder, die Schwestern um die Stande gereiht, schlugen die Stößel durch die Traubenhäute, bis zum Grund schlugen sie. Vater und Bruder krempelten die Hosen hoch, sprangen über den Rand der Stande, stampften mit bloßen Füßen. Vater hatte einen Scheunenschatten an der Wand, ein erschreckendes Gesicht, der Bruder hatte einen Koboldschatten. Ihn schüttelte die Kälte, seine dünnen Beine glichen rotblauen Schlegeln. Die beiden liefen barfuß heim, die Schwester stieß Anna nach Hause. Annas Finger waren zusammengewachsen, sie verwechselte sie mit den Füßen. Mutter wusch den Bruder in der Küche, er schlief unter ihren Händen ein.

Anna lief an der Hand des veränderten Vaters. Er trug einen feinen schwarzen Anzug, das weiße Hemd machte ihn fein, alles war fein, der angeklebte schwarze Schnurrbart, der Zylinder. Der Schnee auf der Straße knirschte, die Straße glänzte, die Häuser glänzten, überhangen von Wächten. Die Sonne war am Ende des Himmels, als erlösche sie jeden Augenblick, lasse die Welt in fröhlicher Erstarrung. Der Vater ging schnell, seine Hand war warm, seine Rechte strich über die Nase, schob die Brille zurecht, aus seinem Mund kamen Wolken. Auch Anna war verändert. Unter dem Mantel trug sie einen rosafarbenen steifen Rock, im Haar eine silberne Krone, festgebunden unter dem Kinn mit einer Masche, in der Farbe des Rockes. Durch die Handschuhe spürten die Finger die Schnur einer kleinen Schachtel, in der silberne Flügel lagen. Auf der Holztreppe, die außen an der Wirtschaft hoch in eine große Stube führte, trug der Vater Anna, damit sie nicht ausgleite mit den feinen Schühlein. Sie traten in den Raum, in dem Gelächter, helle Stimmen waren, dicke Wärme. Die Frauen machten Tanzschritte, trällerten, ihre blauen und roten Faltenröcke wirbelten rundum, sie hatten glänzende Mieder, trugen Seidenschürzen, weiße Strümpfe. Ihre rotweißgeschminkten Gesichter leuchteten. Die Männer waren groß, mit steifem Rücken schmissen sie die Hüte hoch, drehten sich um die Frauen, trugen Handschuhe, ihre Schöße flatterten. Die Vagabunden in zerfleckten Hosen, in zu großen Schuhen, die faltiggeschminkten Weiber mit Perücken faßten einander, hüpften, verbeugten sich, schlürften die Lust des Spiels, die Operette. In einer Ecke, neben einem glühenden Eisenofen, schminkte ein Coiffeur dem Jäger im Jägergewand die Brauen, die Wangen. Ein Wirt mit Lederschürze, ein Buckliger in gelben Stiefeln standen daneben, warteten, bis sie an die Reihe kamen, verwandelt zu werden. Zwei der herrlichen Männer räusperten die Kehlen, sangen mit Vater den Anfang eines Liedes, brachen ab, lachten, begannen von neuem, weiteten die Schultern, hoben das Kinn, stiegen auf mit den Tönen durch die offene Fensterluke in den schwarzsamtenen Himmel. Eine der Feen zog Anna die Flügel an, gab ihr den goldenen Bogen mit dem Pfeil. Vom Saal herauf ertönte das Stimmen der Instrumente, das Vibrieren des baldigen Beginns. Die Gesichter strafften sich, die Stimmen verebbten, die Lider sanken. Auf der engen Stiege hinab zur Bühne schritten sie, hintereinander, schwebten wie Figuren auf Bildern. Anna, hinter dem Samtvorhang wartend, trat auf die Lichtbühne hinaus, mit kniefedernden Schritten, den Pfeil im Anschlag, den Bogen gespannt. In die prickelnde Stille der Musik kam sie, auf das Paar zu. Die schöne Frau saß auf der Schaukel, der schöne Mann stand schräg hinter ihr, die Hand auf ihrer Schulter. Die Frau wippte mit ihren Füßlein, sah zum Mann hinauf, sie lächelte, er lächelte, zog seine Hand langsam zurück. Anna, rückwärts schreitend, dann kniend, schoß den Pfeil, er fiel zu Füßen der Schönen, eine lahme Vogelfeder, und der Mann zog die Frau von der Schaukel hoch, legte seinen Mund auf den ihren. Nach diesen wundervollen Augenblicken hatte Anna hinter dem Vorhang verschwunden zu sein, nur einmal, leicht stolpernd, sich in den Falten verfangend, fiel sie aufs Knie, schlug den Bogen an die Stirn.

Du warst Amor, sagte der Lehrer anderntags in der Schule zu ihr, das hast du gut gemacht. Gnädig es entgegennehmend, nickte sie, legte den Kopf in den Nacken, den Zeigefinger hinter das Ohr, wie es die Frau auf der Schaukel getan hatte.

Eine Weile lang dachte Anna Eli zu gewinnen, indem sie ihm ihre Bilder zeigte. Er stand vor dem Gemalten, sagte, was ist das, sie sagte, ich kann nicht malen, aber ich versuche es immer wieder. Eli sagte, du bist zu ungebildet, du hättest eine Kunstschule besuchen sollen, dein Farbauftrag ist zu dick, dir fehlt es am Handwerklichen. Anna hatte ein Stilleben gemalt, einen Krug, faule Äpfel und einen toten Vogel vor einem blauen Vorhang. Anna meinte, das Wasser im gläsernen Krug sei ihr gelungen, Eli, das alles sei nicht überzeugend genug, es mangle Anna an Stil, an der Sicherheit des Ausdrucks. Sie begann eine Serie Bilder, mit demselben Mann, derselben Frau, die Rücken an Rücken standen. Eli meinte, die Anatomie, seitwärts gesehen, stimme nicht, der Bauch des Mannes sei zu hoch oben, die Brust der Frau zu tief, selbst eine Hängebrust habe den Ansatz bei der vena cava superior, aber diesen Schuh, sagte Eli, hast du wunderbar gemalt, manchmal gelingt dir etwas ganz Ungesehenes, sonst wäre es hoffnungslos. Anna schaute ihn finster an, Eli zog Anna auf seine Art leicht an seine Wange. Sie hätte ihm damals eine Hirnerschütterung gegönnt. Damals arbeitete sie gleichzeitig an einer Tonmenschenreihe. Der Ton lag in Plastiksäcken auf einem notdürftig errichteten Gestell aus Backsteinen und Brettern. Eli war daneben auf dem Boden gesessen. Als sie hinter ihm auf die Bockleiter gestiegen war, hätte sie bloß dem Tonballenpaket einen Stoß zu geben gehabt. Eli, in den Anblick seiner Zeichnung versunken, hätte nur gemerkt, daß ihm ein Gewicht auf den Kopf fiel. Er sagte, wir sind zwei Clowns, auch du hast ein Loch in der Hose, wir haben das Torkeln entlang des Fallens zu üben, wir sind uns ähnlich. Siehst du, er legte sein Blatt auf den Tisch, hier ist es mir auch nicht gelungen. Anna stieg von der Leiter. Eli hatte eine Reihe von chirurgischen Instrumenten gezeichnet, es sah wie eine Luftaufnahme von Reisfeldern aus. Ich denke nicht, daß du der liebe Gott bist, sagte Anna. Wieder einmal hatte ihr gemeinsames Lachen die Art ihrer Versöhnung gezeigt.

Anna war erst aus dem Haus gegangen, als es dunkel geworden war. Es war eine warme Nacht gewesen. Sie war in die Stadt gefahren. Auf den Plätzen der Altstadt, in der gestauten Hitze des Tages, gingen die Paare wie in Wasser, mit halbgeschlossenen Lidern hielten sie sich umfangen, als hätten sie Furcht, abgetrieben zu werden. Die Menge glich einem dichten Schlingpflanzenteppich, die Kleider der Frauen darin waren weiße giftige Blumen. Aus den trägen Pendelbewegungen der Menschen wurde bald eine einzige Bewegung in Richtung eines Parks, wo zur Einweihung eines Theaterbaus ein Feuerwerk veranstaltet wurde. Anna stellte sich abseits unter einen Torbogen. Die Leute strömten an ihr vorüber. Die Nacht machte alle schön, alle jung, saftiggebraten. Anna sah die Klapperfersen der Frauen, ihre Schenkel unter dünnen Stoffen, jede trug ihre Schultern, als wäre sie das einzige Wesen mit Brüsten. Sie spiegelten sich in den Augen der Männer. Wäre Anna ein Mann gewesen, sie hätte alle Frauen probieren wollen. Die Männer sahen wie Schwimmer aus, verschoben ihre Muskeln, die queren Becken, sie hatten geölte Haut, den untergeschlagenen Daumen, welcher die Hand zur Flosse machte. Wäre sie eine Frau gewesen, sie hätte alle Männer probieren wollen. Weder Frau noch Mann war Anna, konnte keinen Mann halten, keine Frau berühren, sie war das neue, noch unbekannte Geschöpf, allein. An Sommerfesten, an Winterzusammenkünften, an Fasnachtstänzen, an Weinbällen, wann immer sich die Menschen in ihr angestammtes Geschlecht stürzten, in ihm sich darstellten, wußte Anna nicht, wohin sie gehörte, war sie ein Mann, war sie eine

Frau, war sie eine häßliche zukunftslose Aphrodite aus dem Schaum des Gegengottes.

Anna sah von weitem, über den Bäumen, die Garben der Leuchtkörper niedersinken, sie stand noch immer abseits im Eingang eines alten Hauses. Sie hatte, im Dunkeln stehend, die Gestalt Elis gesehen, sein Gesicht. Sein verändertes Gesicht hatte sie deutlich gesehen und daß sie es nicht mehr kannte. An seiner Seite war die Andere gewesen, von der sie sofort wußte, daß sie geliebt wurde. Die beiden waren langsam an ihr vorübergegangen, als wären sie in einem silbernen Käfig, in einer Kugel, die sie bestrahlte. Sie genügten sich selbst, waren alles, Fest, Nacht, Luft, Gestirn. Anna sah es mit einem Blick. Der Himmel zuckte grün über den Dächern, von Ferne hörte sie johlen, sie war allein in der Gasse. Sie ging auf Umwegen zum Auto zurück.

Anna dachte, daß das Nachdenken über Eli besser sei als das Nichtnachdenken. Vielleicht wäre es sehr schön gewesen mit Eli zu leben. Bei ihm hätte sie die Furcht vor einer Heirat vielleicht vergessen können. Ich kann dich nicht lieben, hatte Eli eines Tages, oder war es eines Nachts, gesagt, ich habe diese Krankheit, ich habe diesen Virus, ich wage es nicht, dich zu lieben, entweder richtig oder gar nicht, hatte er gesagt.

Anna war zu seiner Wohnung gegangen, verschiedene Male, auf ihr Läuten hatte niemand geöffnet. Im Krankenhaus erhielt sie die Auskunft, daß der Herr Doktor auf unbestimmte Zeit beurlaubt sei, sein Stellvertreter habe die Stelle schon angetreten. Niemand wußte, wohin Eli gegangen war.

Beinahe den gleichen Schmerz empfand Anna Jahre später. Daß es viel später war, war gut. Eines Morgens, zur Terrassentür hinaustretend, sah sie die Bauvisiere. Für die Gärtnerei, Antons Land, das Land der Farben, der Rosen, der Äpfel, Buschnelken, Zinienbeete, für das Spielerische, eine Figur trug eine Schale auf den Schultern, aus der Wasser floß, für die alten Bäume, hinter denen Annas Haus stand, war das Ende gekommen. Ohne Grabgesang und ohne Rede. Die Beerdigung hörte nicht auf, jede einzelne Blume wurde begraben, jeder Baum. Es war eine stille Beerdigung, nur die Motoren dröhnten. Der Grabstein wurde gesetzt in Annas Gehirn, das gleich einem ummauerten Geviert alle Toten aufzunehmen hatte. Damals war Anna froh, daß sie nicht mehr jung war. Sie hätte gewünscht, noch viel älter zu sein, hätte nur mehr zu warten, tatenlos, geduldig, bis sie den Tod verdient hätte. Das war ein Spruch von Jean gewesen, der verstorbenen unbekannten Freundin Annas.

Anna hatte lange im kleinen Haus auf dem großen Land Antons gewohnt. Sanfte Jahre verlebte sie, die vorbeigingen. Es geschah nichts, als daß sie wohnte, versteckt, die Welt konnte ihr gestohlen werden, wenn sie hier bleiben konnte, war sie gerettet. Einmal fiel ihr ein Geschirr aus der Hand, schlug eine Scherbe aus dem Becken des Badezimmers. Anna rief eine Baufirma an, der Verkäufer kam, lieferte ein sehr teures Becken, eingebaut in einen Kasten mit Wäschetablaren. Anna mußte sich an dem Kasten vorbeizwängen, wenn sie vom Klosett aufstand, schlug den Ellbogen an. Anna telefonierte, der Verkäufer lieferte das kleinere Modell, Anna sah, daß die Farbe nicht zur Farbe der Wandkacheln paßte. Das nächste Becken wurde nicht montiert, die Firma hatte Ferien. Anna verleidete es, sich in der Küche das Gesicht zu waschen, sie rief eine andere Firma an, gewöhnte sich an das Möbel mit unnützen Gestellen für Schönheitsmittel, die sie nie brauchte. Sie bezahlte die Rechnungen, verbrannte sie.

Was hat es gekostet, sagte Anton, du bist eine Verschwenderin, deine Naivität ist grenzenlos, weißt du, was die Provision eines Verkäufers ist. Er war von Australien heimgekehrt mit neuen Blumensamen, einer neuen Erdbeersorte. Das Badezimmer ist verdorben, sagte Anton, es war ein altmodischer Raum. Anna wurmte es, aber sie hatte es gern, wenn Anton sie tadelte. Vater, Mutter hatten ihr selten diesen Dienst erwiesen. Sie fühlte sich als unschuldiges Mädchen, hoffte, Anton würde nicht so bald mit Schimpfen aufhören. Komm mit den Füßen auf die Erde, sagte Anton oft.

Ein eigenes Haus hatte sie sich jahrelang gewünscht. Als der Wunsch am heftigsten war, wußte sie ebenso heftig, daß es zu spät war. Ein Haus ist nichts für mich, sagte sie zu Anton, weißt du, daß ein eigenes Haus nichts für mich ist. Es verschlänge mich, ich würde ihm alles opfern, Zeit, Geld, Gedanken, Sorgen, Einbildungen. Es müßte das schönste Haus sein, die Qual der Planung wäre entsetzlich, diese enormen Kosten, die ich überhaupt nicht tragen könnte. Jedes Material, kaum bestellt, kaum geliefert, zeigte alsbald seine Nachteile. Die Form der Räume, die Anzahl der Räume, die Fensteranordnungen, die Türbreiten, die Treppenengen, die Bodenbeläge, Wände, all das Innen und Außen, wie wäre es zu ertragen, darüber endgültig entschieden zu haben. Die Farbe, die zur Form finden muß, wie eine Frau zum Mann. Die Farbe, die sich rächt, wenn ihr Gesetz nicht beachtet wird, die Form, die sich herrschsüchtig über die Farbe stürzt, sich rächt, wenn sie mißachtet wurde. Ein Haus ist nichts für mich, sagte Anna, seit ich das einzige Haus verloren habe, wäre jedes andere ein schlechter Ersatz, ein Schandfleck.

Anna bemerkte eines Abends, es mußte ein Herbstabend gewesen sein, denn im Herbst wurden ihr seit je gewisse Beobachtungen aufgedrängt, daß sie wieder einmal gewartet hatte, ohne zu wissen auf was. Es schien ihr, daß sie das ganze Leben verwartet hatte, ohne zu wissen auf was oder auf wen, selbst bei wildesten Beschäftigungen ihrer Muskeln, ihrer Kauwerkzeuge, ihrer Nerven, der Hände, auch des Gehirns hatte sie geheim gewartet, war in die Krankheit der Erwartung von etwas unerhört Wichtigem gefallen, das erst noch zu kommen hätte. Das Einzige, was Anna von der Sucht des Wartens geheilt hatte, war die Arbeit in ihrer Werkstatt gewesen.

In der Zeit, in der Eli noch nicht ganz verschwunden gewesen war, hatte sie die Krankheit des Wartens nochmals mit Gewalt überfallen. Sie wartete auf Eli. Sie wartete auf die Tat, seine Liebe. Was diese Liebe war, war ihr egal. Selbst wenn sie nichts gewesen wäre, vielleicht etwas Neugier, Zerstreutheit oder Langeweile, sie wollte diese Liebe. Nie hatten sie sich mehr als mit den Fingerspitzen berührt. Als wäre sie aussätzig, wich Eli von ihr weg, als wäre sie brennend, und er fürchtete, angesengt zu werden. Er hatte sie auf Papier gezeichnet, er hatte sie seziert, mit dem Wortmesser. Dann hatte er seine rätselhafte Krankheit um sich getragen, einen Mantel aus feinem Stoff, der ihn unnahbar elegant zu machen schien. Das Bedauern über seinen Rückzug, die Rücksicht auf sie, machte ihn sehr vornehm. Anna hatte Vornehmheit gern, nur keinen Rüpel, nur keinen schweißtappigen Fleischkloß. Anna hätte gern gewußt, wie Eli liebte. Sie nahm an, Eli wüßte etwas über die Liebe, er behandle sie, wie eine Kunst behandelt werden wollte, mit besessener Ausschließlichkeit, dem zeitraubenden Können, das vor nichts zurückschreckt.

Mutter steckte alle Ersparnisse in die Renovation und Pflege des Hauses. Sie ließ ein Badezimmer einrichten, ein schwarzgekacheltes, mit rotem Boden, weißer Wanne, weißer Dusche, weißen Kästen, in denen, weil sie zu groß waren, Gestelle leer blieben. Im Raum, der ein Schlafzimmer gewesen war, hätten zwei Badezimmer Platz gehabt, er war immer kühl. Anna badete nie lange, nie besonders gerne, weil sie immer eine seltsame Hemmung hatte. Mutter ließ die Außenwände des Hauses neu bemalen, vorher hatten sie eine Struktur aus weißen kleinen Buckeln. Mutter wählte nun ein glattes Beige, die knallgrünen Fensterläden wurden französischgrün. Anna schimpfte, Mutter wurde traurig. Anna hörte auf zu schimpfen, lobte Mutters Geschmack. Sie ließ neue Böden legen, ein gewürfeltes Parkett, Anna gefiel der neue Boden in der Täferstube. Die Sonntagsstube verlor die dunkelroten Tapeten mit den dunkelgrünen Stielen, den altgoldenen Rosetten. Die Erkerfenster, jeder Flügel war in sechs Scheiben unterteilt gewesen, wurden ersetzt durch eine einheitliche Glasfront. Daß das falsch gewesen war, den Stil des Hauses störte, sah Anna erst später, damals genossen sie und Mutter die offenere Aussicht auf die Berge. Der Raum, der immer dunkelverschattet gewesen war, war nun hell.

Was sparst du, Julia, sagte eine von Mutters Freundinnen, wirfst alles ins Haus. Meine Kinder werden im Haus weiterleben, sagte Mutter, meine Kinder werden das Haus nie verkaufen.

Anna, die als Kind das Haus gebraucht hatte wie eine Muschel die Schale, die als junges Mädchen über die lichtlose Ebene des Tals auf das Haus zugerannt war, hell im Mond lag es, wie ein Schloß, ein unzerstörbarer Besitz, Anna hatte dann das Haus verloren, wie man etwas Nebensächliches verliert, ohne mit der Wimper zu zucken. Die eine Schwester wollte den Verkauf, sie wollte Geld, die andere ließ alles laufen, wie es lief, und Anna war aufgewacht in einem Taumel von Freiheitswünschen. Sie wollte weg, ins Ausland, leben ohne heimzukehren, ohne Rücksicht auf Vergangenes. Leben ohne Wände, die hätten sprechen können, ohne Gegenstände, die sie gebraucht hatte von

Kindsbeinen an. Haus und Garten, die sie verfluchte, weil dies alles sie erstickte mit Langeweile, aus der nur Flucht sie retten konnte.

Es war das beste Haus weit und breit gewesen. Wenn Anna von der Schule heimgekommen war, vom Bahnhof über die Ebene, auf der die Wiesen und Aecker ohne Ende schienen, sich lautlos hinzogen in die Nacht, fern an die schwarzen Berge prallten, hatte sie das Haus von weitem gesehen, sicher und groß. Am Gartenzaun war sie einen Augenblick stehengeblieben, hatte es begrüßt, das Haus hatte sie gegrüßt, herrisch, zärtlich, und Anna war hineingestürmt. Später wurden auf die Ebene andere Häuser gebaut, die Landschaft verlor ihr einmaliges Gesicht.

Nachdem wechselnde Mieter es schlecht behandelt hatten, es beschädigt war, nachdem die Böden Kratzer bekommen, die Nußbaumtüren Schläge, die Fenster häßliche Vorhänge, nachdem der Garten verwahrlost, die Birkenstämme zerschunden, die Fliederbüsche verstümmelt waren, nachdem Anna, die auf der Durchreise ein einziges Mal das Haus besucht, gesehen hatte, daß das Haus am Sterben war, verkaufte sie es schnell, weit unter dem Wert, verkaufte es aus Schuldgefühl, vermischt mit Gleichgültigkeit. Sie kümmerte sich nicht um den Preis, verkaufte es dem Erstbietenden, verreiste, ohne zurückzuschauen.

Der neue Besitzer ließ in alle Zimmer fließendes Wasser einbauen, vermietete die Zimmer. Autos kamen nachts, Männer besuchten die Mieterinnen. Der Garten gab genügend Parkplätze. Anna, als sie es erfuhr von einer ehemaligen Nachbarin, erstarrte. Zorn und Scham erstickten sie.

Jede Nacht stand das Haus vor ihr, beklagte sich, quälte sie, warf ihr Verrat vor, Anna konnte nichts als mit Selbstpeinigungen antworten, das Haus zog sich zurück, dorthin, wo alles Verlorene ist.

Mit Puppen spielte das Kind nicht. Eine hatte es geschenkt bekommen, mit starren Fingern, steifen Armen, Glotzblick, das gelbe Haar roch nach Katzendreck. Den Bär mochte es. Ein Auge war weg, das andere hing an einem Faden, der Bauch war ein Kissen. Es zerrte ihn aus dem Kastenfuß, schimpfte mit ihm, wenn es von der Mutter hatte gesucht werden müssen, nachts unter der Lampe, die einen Pferdewagen beschien. Der Wagen stand auf dem Platz neben dem Wirtshausbrunnen, ein hölzerner Trichter war auf ihm aufgebaut. Ein häßliches Weib wurde oben in den Trichter geworfen, mit Schreien und Aechzen durch die Mühle gedreht, kam unten heraus als schönes Mädchen, lupfte den Rock, verschwand hinter den Blachen. Hervorgezerrt, kam es als Lumpenstück in die Mühle zurück, unter Rufen und Klatschen der Zuschauer im knarrenden Fleischwolf verwandelt, schlüpfte es heraus, zeigte den roten Mund.

Am silbernen Geschirr hing der Mann hoch am Nachthimmel, schlug Rad um Rad, sein nackter Oberkörper glänzte, Sterne, dicht, wie es sie noch nie gesehen hatte, berührte er mit seinen blauen Füßen.

Die Mutter mußte das Kind holen wie im Fieber. Wenn

es heimkam, klopfte es den Bären aus. Abend für Abend wäre es vor den Zelten am Zaun gestanden, solange die Schausteller im Dorf weilten.

Die lebendige Puppe strampelte sich aus der Wachstuchdecke. Sie klebte den Daumen in die Höhle des Mundes, aus der Speichel rann. Der Daumen war wie der Zapfen einer Flasche, wenn es daran zog, knallte er heraus, schnellte zurück, verklebte den Mund. Das Kind setzte sich auf die Bank neben einen Mann, der an einer erloschenen Pfeife sog. So einen Alten hatte es noch nie gesehen, uralt war der. Es stieß den Kinderwagen von sich weg, zog ihn zu sich her, mußte die Arme strecken, wenn es aufhörte zu stoßen, zu ziehen, brüllte die Puppe. Der Mann war näher gerutscht. Er legte dem Kind eine faltige Hand auf den Oberschenkel, fuhr mit Zitterstößen auf dem Bein hin und her. Das Kind starrte den Kinderwagen an, getraute sich nicht, den Kopf zu drehen. Der Mann fing an, fremde, nie gehörte Laute auszustoßen. Es durfte nicht unhöflich sein, er hatte zuvor mit ihm geplaudert, gefragt, wie es heiße, daß es ein schönes Röcklein trage. Er hatte jetzt seine Hand darunter geschoben. Seine Hand rieb an den Höschen, während seine linke, nun getraute es sich, ihn von der Seite anzuschielen, seltsame Nestelbewegungen machte. Das Kind fühlte die Beklemmung immer tiefer. Im Kinderwagen fing das Kind zu brüllen ab. Es gab dem Wagen einen Stoß, schüttelte des Mannes Zitterhand ab, drehte sich um, sah den Mann von vorne. Auf seinen Hosen war ein großes, häßliches, blaufaltiges Gewächs, seine schrumplige Klumpenhand lag neben dem Grausigen, zitterte wild. Halb aufgerichtet, geschüttelt, sank er zurück, sein Gesicht verzerrt in Wut.

Es rannte, fühlte sein Herz im Hals. Daheim war Mutter vor den Fensterblumen, sie hob mit runder Hand die Begonienblätter, goß Wasser unter die Feisten. Manchmal verlor ein Trog ein paar Tropfen, das geschah selten. Kind, sagte sie, steh mir nicht im Weg, willst du helfen. Aber du darfst nicht zuschauen, sagte es, ich will es allein tun. Immer will sie alles allein tun, sagte Mutter, schon als Zweijährige wollte sie sich nie helfen lassen, sagte sie zur Freundin, die auf Besuch war. Erzählen tut sie auch nur, was sie will, du bringst nichts aus ihr heraus, wenn sie nicht will. Vom Mann konnte das Kind nicht erzählen, es schämte sich. So etwas Entsetzliches zu sehen, war nicht nur verboten, wer es sah, war schuldig. Davon zu sprechen, war noch einmal Schuld.

Die Zeit, in der Anna auf Eli hoffte, war, in der Rückschau, eine der vergnüglichsten. Sie war gewiß, ihn zu gewinnen, gab er ihr nur Gelegenheit, ihre Stärke auszuspielen. Andere Frauen waren Schatten, sie war die Sonne. Der Hunger des Körpers nach sich selbst, der Phantasie nach einer anderen Phantasie, des Wortes nach dem Klang, des Lächelns nach der Gewalt eines anderen Lächelns, war ihre Lebenslust. Die Wirklichkeit, die in nichts Annas Hoffnungen entsprach, war unwichtig, wichtig war Anna allein.

Anna hatte in die Werkstatt einen Kelardasht gelegt, darauf einen Polsterstuhl gestellt und einen Glastisch. Sie sah hinüber zu den angefangenen Arbeiten, den Bildern, den

Steinen, den Stoffmenschen, den Drahttieren, den Werkzeugen, Pinseln, Spachteln, Farbbüchsen, sie dachte an das Bild, das sie malen würde, nicht malen könnte. Sie setzte sich vor die Werkstatt, sah den Garten, dachte an das Bild, dachte an nichts, tat nichts, schaute sich selbst zu. Wer nichts tat, war verloren. Leben ertrug kein Nichtstun, keine Selbstbespiegelung. Wer lebte, hatte werktätig zu sein.

Ich kann nicht arbeiten, sagte Anna zu Anton. Du hast doch deine Arbeit in der Schule, was willst du dich abrakkern, du hast doch dein Auskommen, sagte er. Wenn ich nur wüßte, was ich tun müßte, sagte Anna. Wenn ich nur Eli hätte, dachte Anna.

Das letzte Mal, als sie eine Ausstellung ihrer Bilder im Kindergarten gemacht hatte, die Kinder hatten Ferien, war niemand gekommen, außer zwei älteren Frauen. Eine hatte sich vor dem Spiegel die Haare gekämmt, hatte nicht bemerkt, daß es ein besonderer Spiegel war. Um ihn war ein Rahmen aus Rindsknochen und Baumwollstoff, den Anna mit Oel und Farbe brüchig, moderig gemacht hatte, ein Stück einer Mumie. Ein älterer Herr war gekommen, der eine Toilette suchte, ob das ein Zooelefant im Zoobade sei, meinte er, er habe nicht gewußt, daß es so viel Grautöne gäbe, wenn er eine Weile am gleichen Fleck stünde, bekäme er Kreuzweh.

Anna brachte die Bilder und den Spiegel in die Werkstatt zurück. Dieses Zeug würde ich auch nicht anschauen kommen, sagte Anton, male nackte Frauen, das sehen mindestens die Männer gern. Was willst du dich plagen, sagte er, du würdest besser mir helfen. Du bist wie mein Vater, sagte Anna, der konnte nie eine Gartenarbeit allein machen, jemand hatte ihm immer Handlangerdienste zu leisten. Wenn sie Anton sah, kam ihr Vater in den Sinn. So mußte es gewesen sein. Die Lücke war gefüllt, sie fühlte sich zufrieden. Als hätte alles nie aufgehört, sie sich nie von der Stelle bewegt, als wäre alles noch einmal zurückgekommen, Welt an ihr vorübergezogen.

Ein Schüler hat mir viel Geld gestohlen, sagte Anna, du bist zu sorglos in Sachen Geld, sagte Anton, das stört mich, ich sollte dich bevormunden. Sie lachten, wenn Vater Vater gewesen wäre, hätte er das auch gesagt. Anna lachte viel mit Anton, der meinte, wenn sie verheiratet wären, müßte sie ihm nun beim Oelen der Fensterläden helfen, statt unnütze Bilder zu malen, von denen niemand wisse, was sie bedeuteten, was denn das wieder sei. Anna hatte zwei gemalt, mit den Titeln, Warten eins, Warten zwei. Das erste Bild war eine Komposition aus Blau und Rot, das zweite ein Menschenpaar aus fünf Nuancen von Violett auf einer grauen Ebene. Anna meinte, das beste sei, daß sie jederzeit voreinander fliehen könnten, Abstand sei der Sauerstoff der Freundschaft.

Anna erinnerte sich, daß Eli zuerst ein Mann wie jeder andere gewesen war, nicht einmal gewundert hatte sie sich über ihn. Er hatte einen verfilzten Pullover getragen, unter dem sich sein Bauch, nicht viel, vorgewölbt hatte, seine Hände hatten ihr weder gefallen noch mißfallen. Ein zufälliges Zusammentreffen in einem Hotel war es gewesen, sie hatte den Tischschmuck, Blumen aus Antons Gärtnerei, gebracht, für ein festliches Weihnachtsessen von Aerzten. Seit sie die Letzte der Familie war, haßte sie Weihnachten, sie wäre gerne an einen Ort verreist, wo man nichts von diesem Fest wußte. Sie war im Malerkittel gewesen. Und Sie feiern nicht, hatte er gefragt. Ich male, hatte sie geantwortet, was, hatte er gewundert, Ewiger Krieg, heißt das Bild, oder die Geburt des Dämons.

Als Anna beschlossen hatte, die Rührteigabende, wie sie Weihnachten nannte, wie alle anderen Abende zu behandeln, sie an den Gestalten arbeitete, die einander auffraßen, vom Wurm bis zum Engel, Gott sich den letzten Engel in den Rachen schob, fühlte sie sich von der Melancholie befreit. Die Arbeit zog sich über Jahre hin. Sobald die Festtage vorüber waren, verlor sie das Interesse daran. Das Bild, an dem sie jeweils in der Silvesternacht arbeitete, hieß Neualtenweise. Sie hatte ein paar Kilo Schweinefleisch verfaulen lassen, um dessen Farben sich entwickeln zu sehen, bis sie den Gestank nicht mehr aushalten konnte.

Mit Mutter war sie an Silvester Mutters Freundinnen besuchen gegangen. Deren Geschwätz und Gelächter hatten Anna beruhigt, die rührende Sorge der Alten, ob ihr das Aufgetischte schmecke, hatte sie nicht abgehalten zu denken, daß sie nie so sein werde wie diese. Nie gepolstert mit dem Fett des Vergessenhabens, nie gestopft mit dem Willen, die Katastrophe der Liebe nicht mehr zu ertragen. Damals hatte Anna die Körper der alten Frauen beobachtet mit dem Hochgefühl ihres noch jungen, unversehrten

Körpers. Ihre kommenden Siege hatte sie gekostet, und den alten Frauen hatte sie die Niederlage verziehen.

Es gab Zeiten, da malte sie zu dem Bild, auf dem Gott die Welt fraß, ein Nebenbild. Menschen hatten ihre großen Freßmäuler, ihre Melkhände an Gott, Gott hatte die Gestalt einer Kuh. Damit verständlich sei, daß sie Gott meine, malte sie das Gesicht der Kuh als eine Ikone. Du bist entsetzlich pathetisch, sagte Eli, Malerei ist keine Literatur, nur ein Genie kann sich ein Bilderbuch der Welt leisten. Du bist ein Pfundsweib, das sein Handwerk noch nicht gefunden hat, sagte Eli.

Was ist das, sagte Eli. Frag doch nicht immer, was das ist, sagte Anna, Bilder brauchen keine Namen, nur Literatur muß immer Bezeichnungen haben. Schnee ist das, sagte Anna. Nicht sehr spannend, dieses Bild, sagte Eli, nichts als Weiß.

Um die Zeit eines Jahreswechsels war es gewesen, Anna erinnerte sich nicht mehr genau daran, in der sie den Beweis bekam, daß Eli sie weder gewollt noch geliebt hatte. Sie hatte begonnen, ihm nachzuforschen. Sie war auf Einwohnerkontrollen gegangen. Unter dem Vorwand, ein Kind wolle seinen Vater kennenlernen, entlockte sie Angaben von Beamten. Wenn die ihre Papiere sehen wollten, versprach sie wiederzukommen. Sie fand Elis Aufenthalt, das Haus mit dem Arztschild am Gartentor. Sie zwang sich, in jenem Dorf zu übernachten. Anderntags beobachtete sie den Eingang des Hauses, die Straße, sie spielte eine Spaziergängerin, spielte eine Kranke, die die Wirtin ausfragte. Die erzählte ihr von Elis Familie, seiner Frau, seinem Kind, das jetzt sicher bald jährig sei. Sie glaubte ihn einmal von weitem zu sehen, wie er in das Auto stieg, sie erkannte ihn am Schritt.

Sie fuhr sofort heim. Danach wurde sie sehr ruhig. Sie konnte nicht schlafen. Die Angst vor Anfällen hielt sie wach. Schreiend war sie aufgewacht, hatte sich nicht mehr bewegen können. Am Boden sich an den Möbeln vorwärtsziehend, schleifte sie sich zur Tür. Wenn der Schmerz in den Beinen etwas nachließ und sie wagte, die Zehen zu bewegen, die harten Muskeln zu massieren, kroch sie zähneklappernd ins Bett zurück. Warum stand heute morgen deine Haustür offen, fragte Anton, der rasch, zwischen zwei Reisen, vorbeigekommen war. Ich weiß nicht, sagte Anna, war die offen? Die Schüler in der Schule wurden laut. Anna hörte ihnen stumm zu, sie war stockheiser, jedes Wort sägte über ihre schmerzenden Stimmbänder. Manchmal saß sie draußen im Gang, den Kopf in den Händen, die Beine auf der Bank hochgezogen. Die Kinder im Zimmer machten Wettrennen, Linealkämpfe, Anna wartete, bis die Glocke schellte.

In den Sommerferien hatte Anna Gelegenheit, sich Vorträge zu halten, sie schimpfte mit sich selbst, höhnte sich aus. Die Liebe meinte sie, habe wahrscheinlich in jedem Fall nie viel mit dem Geliebten zu tun gehabt, Eli sei bloß ein Auslöser gewesen, der eine Geschichte entstehen und vergehen ließ, vielleicht die schöne Geschichte eines Kindes, das eine alte Frau wurde.

Als sie noch später Mitleid mit Eli empfand, weil er sie, Anna, verpaßt hatte, nie die wunderbare Chance wahrgenommen hatte, von ihr geliebt zu werden, war der Fall Eli realisiert. Sie malte ihn aus der Erinnerung, gab ihm einen Schafskopf, sich selbst gab sie auch einen, es schien ihr traurig, daß er allein der Dumme sein sollte.

Mutters Freundinnen hatte alle Männer gehabt, die sich als Schwächlinge entpuppten. Der von Luise hatte früh die Füße nachgezogen, der von Ida bekleckerte sich den Kittel, der von Lena hatte nichts als die Arme hochgezogen, sobald er etwas gefragt wurde und der von Maria hatte Asthma gehabt, hatte Anna, wenn Maria nicht hersah, in die Oberschenkel gekniffen.

Als das Haus einige Jahre verkauft gewesen war, begann Anna Nacht für Nacht von ihm zu träumen. Mit Mutter, von der sie wußte, daß sie gestorben war, wohnte sie in einem angebauten kleinen Nebenteil des Hauses. Das frühere Haus aber, durch ein Gittertor mit Mauer abgetrennt, blieb unbewohnt. Nacht für Nacht zitterte Anna, der Besitzer würde einziehen, die Fenster beleuchten, das Gitter verschließen, und Mutter und sie, die taten, als ob das Haus noch ihnen gehörte, nur aus Bescheidenheit hatten sie sich in die zwei niederen Nebenräume zurückgezogen, würden jäh aus der Täuschung gerissen. Es gefällt uns hier, sagte Anna, ja sicher, sagte Mutter. Anna wußte, daß beide nur eines wollten, alles rückgängig, alles wie vorher machen.

Anna durchlief das Haus, das verändert war, wie ein

Schloß erschien es ihr, mit weiten Treppenhäusern. Wenn sie auf die Türen der Säle zuging, schlossen sie sich, sie drückte vergeblich die Türfallen. Eine öffnete sich, sie trat ein und wußte, hier war sie gefangen. Sie hörte unten das Portal gehen, der Mann mit dem Lippenbart, den listigharten Augen hörte sie pfeifend alle Räume aufschließen, die Hunde rufen. Die Hunde stürzten herein, sie schrie. Im Moment des Erwachens stoppten die Absatzstiefel des Mannes, mit dem sie den Verkaufsvertrag unterschrieben hatte, den Staccatotanz.

Anna besprach mit Mutter, die an der Decke schwebte, den Umbau ihres Wohnteils, er sollte breiter werden, den Hauptteil des Hauses überragen, niemand, auch von außen, von weitem nicht, sollte bemerken, daß das Haus nicht mehr ihnen gehörte. Jeden Augenblick, wenn sie nicht sofort handelten, würde der Besitzer kommen, sie hinauswerfen, was tun sie hier, würde der sagen, raus, hier ist das Zimmer von Daisy, und hier ist das von Butzi.

Um das Haus lief Anna, an allen vier Seiten standen naßglänzende graue Schindelhüttchen, zerstört war die weiße Flanke, sie wohnten nun im Nordteil, der Anbau sah beinahe aus wie das frühere Haus, wenn die steile nasse Wand nicht gewesen wäre, die schwarze Antennenspitze auf der Dachschräge nicht. Anna wußte, daß sie schuld war an der Verderbnis, nicht wahr, sagte sie zu Mutter, die hinter dem Nebel an Annas Rücken verschwunden war, man sieht nicht mehr, daß ich es verkauft habe, und Anna weinte.

Es war das Haus aller Häuser gewesen, ein Haus, das nichts als verloren werden kann.

III

DER KNALL

Abwesenheit lernte das Kind, dort sein, wo die anderen nicht waren. Der Vater war nicht dort, wo das Kind war. Nach ihm zu fragen, verleidete Anna.

Aber dann saß er morgens in der dämmerigen Stube, schrieb still in ein Heft. Am Mittag, nach dem Essen, lag er auf dem Sofa, schlief, die Hände gefaltet auf dem Bauch, bis er, in die harte helle Stunde des Mittags aufspringend, wegeilte. Des Vaters Schritte waren schnell, hatten einen bestimmten Rhythmus. Als das Kind krank war, merkte es sich ihn, zum Fenster drang er nachts herein. Er bog oben bei den Kirschbäumen um die Mauer, seine Schritte waren, als ginge er zu nächtlicher Musik. Auf dem Kiesweg neben dem Haus hörte es manchmal die Bergwerksarbeiter, die mit rotviolettstaubigen schlurfenden Schuhen, von der Mitternachtsschicht kommend, vorbeizogen, als hätten sie Blei an den Füßen. Vaters Schritt war, als ginge er zu einem bestimmten freudigen Ereignis. Wenn das Kind den Schritt hörte, durch den Garten, die Stiege herauf, an seiner Kammer vorbei, kam sein Schlaf.

Auch saß er sonntagvormittags im vorderen Zimmer, seine Daumen klebten an den Zeigefingern, die zwei gestreckten Finger hüpften in die Schreibmaschine. Er zerrte den Papierbogen heraus, sein Oberkörper beugte sich vor, er tauchte den Federhalter ein, schrieb langsam seinen Namen. Die Feder machte eine kratzende Schleife. Am Mittag lag eine Beige von Briefen auf dem Stuhl. Männer kamen in das Büro, ihre Hosen falteten sich über den Schuhen. Die Stimmen schallten auf den Gang hinaus. Manchmal kam Luft wie aus einem Güllenloch durch die Schlüssellöcher in die Stube, bis Mutter es nicht mehr aushielt, hinüberging, ein Fenster öffnete.

Er kam sonntags nach der Messe nicht heim. Die Fleischsauce dickte, die Kartoffelküchlein erkalteten. Die Mutter wurde wütend, trug den Dessert in den Keller hinunter, er schwappte aus der Schüssel, auf der Stiege lag ein Crèmefleck. Welkenden Salat schmiß sie zum Fenster hinaus, wo sie ihn anderntags aus dem Kies las. Er kommt wieder nicht, rief sie ein paarmal laut, setzte sich rotköpfig mit der Zeitung an den Küchentisch. Wenn er dann kam, gelaunt die Pfannendeckel hob, die Lippen schürzte, mmm sagte, war Mutter besänftigt. Die Kinder wurden hergerufen, alle warteten, bis die Suppe heiß war. Selten hatte die Mutter gesagt, wir warten nicht mehr, jetzt essen wir. Wenn er sein Sonntagshemd mit der Serviette bedeckte, am Hosenfalt zupfend, den Stuhl rückte, im Kaltgewordenen stocherte, trug die Mutter die Reste schnell in die Küche, kam wieder, hatte gezaubert. Hat es euch geschmeckt, hatte der Vater gefragt, nein, ohne ihn hatte es nicht geschmeckt, man sah der Mutter die Reue an.

Wenn die Mutter die roten und gelben Zettel vor der Haustüre, auf der Schwelle liegend, am Gartenzaun aufgespießt fand, zerknüllte sie sie schnell, warf sie in den Ofen. Manchmal nahm sie einen wieder heraus, glättete ihn, las ihn, schüttelte den Kopf, zog die Lippen ein, den Zettel hielt sie von sich, als beiße er. Das Kind fand auch Zettel, Flugblätter, nannte Mutter sie. Im Halbdunkel auf der Kellertreppe las es: Raus aus dem Gemeinderat! In die Behörde die, welche nicht Gemeindegelder verschleudern! Bürger, laßt Euch nicht blenden! In den Gemeinderat die, welche die Interessen aller vertreten! Viele besorgte Stimmbürger. Es fand Blätter in anderer Farbe, mit anderer Schrift, mit Schnörkeln verziert. Die fortschrittlich gesinnten Mitbürger, las es, begreifen, daß auch in unserer Gemeinde Aenderungen nötig sind. Die Lügen, die verbreitet werden, entbehren jeder Grundlage. Wer die Wahrheit erfahren will, komme an die Versammlung, Mittwoch, zehnter Oktober, acht Uhr in den Löwen. Der ist ein Aemtlifresser, las das Kind, Primarlehrer, Gewerbelehrer, Versicherungsagent, Tabaksgenossenschaftspräsident, Präsident der Weinbaugenossenschaft, kann so ein Aemtliraffer seine Pflichten noch richtig erfüllen? Fragen Sie die Eltern der Schüler oder die Mitglieder des Gewerbevereins! Im Lehrervereinsvorstand ist der Vater schon lange nicht mehr, sagte die Mutter, knüllte das Papier heftig zusammen. Wenn der herbstliche Sturm vorbei war, hatte ihr Kopf die normale Farbe wieder, was der Briefträger brachte, blieb liegen auf der Bank im Vorhaus.

Wegen Kinderlähmung wurde die Schule eingestellt. Vor dem Konsum erzählte die Nachbarsfrau der Mutter, der Bub könne nicht mehr laufen, sie reibe seine Beine mit Schnaps ein, wie Stecken seien sie geworden. Der Vater schaute den Kindern die Hände an. Eine Reihe Zahnbürsten standen in Gläsern auf dem Tropfbrett, eine Reihe von Waschtüchern hing an der Wand. Der Vater ging einkaufen, Anna lachte, er trug die Tasche wie eine Mappe. Karenina, Nina gerufen, die Mutter hatte zu jener Zeit Tolstoi gelesen, geliehen von einer Freundin, die es ihrerseits ausgeliehen bekommen hatte, Nina bekam Fieber, Nackenweh. Sie bekam ein Einzelzimmer, des Bruders Bett wurde in den Gang verschoben. Der Vater brachte ihr die Suppe, den Tee, Frühlingsgrippe hatte Nina.

Wann war die Kindheit in die Jugend übergegangen? Vielleicht dann, als Anna beim grünen Schopftor stand, das Licht der Pfirsichblüte auf ihrem Kopf torkelte, sie daran dachte, wie sie nicht das Kind ihrer Eltern war, ein Kind vornehmer Fremder war sie, die sie ausgesetzt hatten, wieder holen kämen. Sie war anders als alle andern, sie war unheimlich wundervoll, sie war neu, anders als ihre Geschwister mit dem ödgleichen Getue, den Masken, die sie aufsetzten, sobald sie hereinkamen, anders als der Bruder, anders als die zwei Schwestern, die ihr geheimes Lächeln spazierenführten, sie war nicht das Kind dieser alten langweiligen Eltern.

Wenn in Anna ein Wurm zappelte, hatte sie wild der Mutter gerufen, die hatte ihn kaltblütig herausgezogen. Anna, von Mutters festen Armen gepackt, wand sich vor Ekel, spürte das schauernde Kitzeln. Das Zeugnisbüchlein anzuschauen, wollte Anna nicht der Mutter rufen, in jenem wichtigen Augenblick war der Vater im Haus. Er lachte, kniff Anna leicht in die Wange, lauter Einser, sagte er, kein einziges Einsbis, sagte Anna. Wünsch dir ein Mittagessen, sagte er, sie wünschte sich eine ganze Bratwurst mit Kartoffelbrei, einer braunen Butterlache in der Vertiefung. Anna mochte den Vater.

Unter die feuchten Schatten der Bäume, auf die rohgezimmerten Bänke setzten sich alle, die zum Fest gekommen waren. Auf Vaters Ruf strömten die Schüler auf die Bretterbühne, in Trachten die Mädchen, blau über den braunen Waden, die Knaben in braunen Röhrenhosen. Die Hitze war ein blendender schwerer Teppich unter dem knalligen Himmel. Vater dirigierte. Der Gesang blieb eine Weile stehen, stieg hoch, eine dicke Schar von Tauben. Mit den Augen der Neunjährigen, blinden Augen der Wollust für den kleinsten Schimmer, sieht Anna das Fest, die Feste sah sie, wie in glänzender Gelatine erstarrt. Wie wird Anna sie in der Erinnerung sehen, die Teilnehmer sich bewegend zu einer Melodie, gezogen wie eine Handharmonikamelodie, die scherbelnd leiser wird? Logen die Kinderaugen? Legten sie Glanz auf Gewöhnliches, Macht auf die Gestalt, die, als das Kind vor die Welt trat, die Welt ordnete. Einmal war dieser Mensch ein Gott. Wem bist du, fragten die Bauern, die in den Küchen am Tisch saßen, die Hände wie ein steifer Kranz aus Teig um die Teller, wem bist du, fragte die Frau, deren Wange unter dem Kopftuch hervorquoll, aus deren Rock ein Huhn sprang, federspreizend im Stalloch verschwand, wem bist du. Das Kind sagte gerne, wem es war, alle wußten sofort, wem es war, wäre es eine Prinzessin gewesen, wäre ihm nicht besser zugenickt worden.

Einmal, an einem Wintermorgen, war Anna mit dem Vater, sie hätten mit den Skiern über die Föhren im Garten fahren können, so viel Schnee war gelegen, in die Berge gegangen. Mit Fellen waren sie ein paar Stunden aufgestiegen, hatten an der warmen Wand eines Heustalles aus dem Rucksack gegessen. Er hatte ihr Speck geschnitten, Tee in den Becher geleert. Hoppla, Anna, jetzt fahren wir ab, ins neue Jahr, wir lassen eine Fahne hinter uns. Sie war ein paarmal gestürzt, sie fürchtete den Tiefschnee, wie eine Welle begrub er sie. Er kam zurückgestampft, grub sie aus, half ihr auf die Beine. Nicht drücken, Anna, ganz locker gleiten lassen, fahr in meiner Spur, dann hast dus leichter. Als er stürzte, tat er, als ob es zu ihrer Aufheiterung geschehen wäre. Jetzt kannst du es dann, wenn ihr mit der Schule geht. Der Zappi geht sicher nächste Woche, hatte Anna gesagt, Zappi, der Sekundarlehrer, der nicht wagte, Anna zu plagen.

Als Anna aus dem Haus auf dem Gelände der ehemaligen Gärtnerei ausziehen mußte, fand sie beim Räumen in einer alten Schachtel vergilbte Photographien, wirr durcheinandergestopft, ohne Ortsangaben, Jahre, ohne Namen: Die Aufnahme einer Schulklasse, dreiundsechzig Schüler. Zuvorderst mit gekreuzten Beinen sitzen Knaben, sie tragen Schnürstiefel, wollene Strümpfe, zwei halten eine Schiefertafel mit der Zierschrift Oberschule B. Die zweite Reihe der Schüler sitzt auf einer Bank, Mädchen mit karierten Schürzen, die Zöpfe über dem Latz. Annas Vater ist in der dritten Reihe in der Mitte, mit hohem Kragen, schmaler Krawatte, jungem Gesicht. Die vierte Reihe steht wahrscheinlich auf einem Tisch, innen Mädchen, außen Knaben, sie stehen eng und schräg. Die oberste Reihe muß auf der Bank stehen, die auf den Tisch gestellt wurde. Die Knaben halten sich um die Schultern, lachen breit, die Knaben außen stehen stramm, stützen die Arme in die Taille, die Mädchen in der zweiten Reihe wissen nicht, wo sie die Hände halten, alle lächeln, die einen verschmitzt, unbesieglich, zaghaft die einen, angriffig die andern. Alle glauben, daß sie noch dastehen und lächeln, alle schauen in die Zukunft, glauben, auch der Lehrer lächelt, er trägt eine dünne Stahlbrille, sein Gilet hat Falten. Die Wand des Schulhauses hat Risse, die Schiefertafel mit dem breiten Holzrahmen trägt die Jahreszahl 1929, alle Gesichter haben dasselbe helle Grau, fast schwarz sind die Augen, die Haare, die Strümpfe, die Röcke, die Hosen. Das Hemd des Lehrers mit dem hohen Kragen ist das Weißeste, es ist so weiß, daß in der Mitte, wenn Anna die Augen zukneift, ein Loch entsteht, ein Loch ins Unsichtbare.

Eine Theaterbühne mit Trachtenmädchen. Alle Mädchen haben flache Busen, vorstehende kleine Bäuche, die hellen Halbschürzen sind straff um die Taille gebunden, auf den Schultern tragen sie ein gehäkeltes Dreiecktuch. Eine trägt eine Haube, ein Drahtgestell mit schwarzen Spitzen bespannt. Alle haben denselben Haarknoten, verschieden in Größe und Lage, der dunkle Rock läßt weiße baumwollbestrumpfte Unterwaden frei, die Füße stehen in Spangenschuhen, stehen eng, die Mädchen müssen bald das Gleichgewicht neu suchen, enggestellte Füße können nicht für immer unbeweglich stehen. Doch jetzt stehen sie noch, einige schauen auf den Dirigenten, der vor einem hölzernen Notenständer steht, im Gesangbuch das Lied aufgeschlagen hat, sich besinnt, wie die Töne anzustimmen wären, die erste Stimme, die zweite, die Tenorstimme, die Baßstimme, damit das Lied ertöne. Hinten an der Bühnenwand hängen Fahnen, allerlei Kantonsfahnen, auch Gemeindefahnen. Der Dirigent muß bald die Arme heben. Annas Vater wird alle Blicke der jungen Frauen auf sich ziehen, jetzt schaut eine noch nach hinten, eine schaut ernst zum Photographen, der unten an die Bühne getreten ist, eine schaut auf die Spitzen ihrer Schuhe, eine schaut so vor sich hin. Doch jetzt schauen alle nach vorn, jetzt ertönt das Lied, tönt, tönt, hört nicht auf, hört nie auf, Anna hört es, sie will es hören, es darf nie aufhören.

Auf einer Bank vor Gesträuch sitzen junge Männer, junge Mädchen auf den Knien, die Mädchen sitzen steif, zum ersten Mal sitzen sie auf Knien, sie rutschen fast ab, sind gehalten an den Oberarmen. Ein Mädchen sitzt nicht auf den Knien, sie sitzt in der Mitte mit übereinandergeschlagenen Beinen, sie ist dick, zu schwer fürs Knie. Ein

Mann kauert hinter der Bank, schaut ihr dafür über die Schultern, alle haben den Schau-Mich-An-Blick, die in der Mitte lächelt, weil sie lächeln will, die andern lächeln wie Schulmädchen, vom weißen Hemd des einen Mannes, der den Kopf am höchsten hält, sticht die getupfte Krawatte ab, Anna erinnert sich an die roten Tupfen. Im nächsten Augenblick rutschen die Mädchen von den Knien, die Männer springen auf, alle gehen weg, in verschiedene Richtungen, haben sich zufällig getroffen, bei der Bank am Gesträuch.

Vor der Alpenkulisse, den Felsblöcken, der Wettertanne, der Marienkapelle, dem Wasserfall steht der Wilderer mit Bartstoppeln, den Kopf gesenkt, die Hände gefesselt. Der Wildhüter, seinen Schnauz hochgezwirbelt, trägt einen Hut mit Feder, ein Gewehr. Der Wilderer schaut ohne Brille, das macht ihn äußerst verzagt. Nina, in der vordersten Stuhlreihe sitzend, erkennt ihn nicht. Als sie ihn erkennt, bricht sie in Tränen aus, muß von Anna getröstet werden, als Sieger, brillenbewaffnet, gewehrbestückt werde er wiederkommen, als rechtmäßiger Sohn des Waldbesitzers die Wildhüterstochter heiraten, die blonde große Frau, die immer flache Schuhe tragen muß.

An der Spitze des Zuges marschiert er. In der rechten Hand die Fahne, die Fahne hat kein Gewicht, leicht hält er die Hand um die Stange. Die Soldatenjacke ist zu eng, die Hosen sind zu weit, er trägt keinen Kaput. Der Riemen der Halterung, in der die Fahnenstange steckt, drückt ihn. An seinen Aermeln sind Abzeichen, sein Gesicht ist heftig, die anderen Gesichter sind es nicht, müde, verschwitzt sind sie.

Er marschiert, als marschiere er allein. Die Haare sind kurzgeschnitten, er trägt keine Brille, keiner der Soldaten mit den Gewehrläufen über den Köpfen trägt eine. Die Soldaten mit den Instrumenten halten Abstand, tragen die Bleche, als würden sie sie nie mehr aus der Hand legen. Alle haben geputzte Nagelschuhe, marschieren, solange die Fahne schräg über den Köpfen die Weise skandiert.

Anna erkennt ihn am Hinterkopf. Er steht auf einer Wiese mit kahlen Bäumen, trägt schmutzige Stiefel, die linke Hand hat er in der Tasche der fetten Militärhose, mit der rechten macht er eine Faust, das Rohr eines Geschützes liegt im Gras, neben ihm steht einer mit einem Glas in der Hand, die Flüssigkeit ist dunkel im Glas. Auf einem Kistendeckel liegt ein angebrochenes Brot, eine Kiste zeigt unerkennbar Durchwühltes.

Er ist der Dritte der Reihe. Alle schauen in die Ferne, über den Turnerleibchen tragen sie ein Band mit Medaillons, auf den Stirnen einen Kranz aus dunklem Laub. Alle sind sehr jung, Gesichter faltenlos, Blick gläsern. Zwei tragen einen kleinen Oberlippenbart, unter der geraden Nase hat er einen kleinen Schatten, die Schultergelenke spannen die weißen Leibchen, die Stirne, unter dem Kranz, ist Marmor, das Kinn ist zart. Sie sehen wie Brüder aus, stehen schräg hintereinander, sind sich fern, keiner berührt den andern, jeder ist versunken in seine Makellosigkeit, stolz, traurig, schön ist jeder, erwidern des Betrachters Blick nicht, sind erstarrt vor dem grellen Licht der Ewigkeit.

Halt. Ein Brustbild. Der Jüngling ist nicht schlecht. Er hat glänzend glattgescheitelte Haare, dunkle, große, etwas starre Augen, die bald eine Brille benötigen. Der Mund ist nicht zu groß, nicht zu klein, Anna kann sagen, daß er schöne Lippen hat, die Nase paßt dazu, zwischen Halbdunkel und Vollicht ist sie, die Ohren sind groß, aber nicht abstehend, das Kinn, wie hübsch es ist, zu hübsch. Ein angehender Mann dürfte so ein Kinn nicht haben, es steht wie eine Blume über dem weißen Kragen, der vom Knopf eines gemusterten Bandes gehalten wird. Anna hätte gern das Uebrige gesehen, die Gestalt, die Hände, doch der junge Mann ist zu abweisend, lächerlich ernsthaft, ungemein von sich eingenommen, sie hätte sagen können, zu scheu.

Da steht er. In der hintersten Reihe, rechts außen, breit, er braucht viel Platz, die Hände légères im hellen Gewand, die Ellbogen nach außen gedreht, die getupfte Krawatte im Wind, ein breitkrempiger Hut auf dem viereckigen hohen Gesicht, der Mund ist fest, er lacht nicht, einer, der es geschafft hat, braucht nicht zu lachen, die anderen sind Lakaien.

Anna hatte mißtrauisch, mit Scham und Widerwillen ihr Wachsen beobachtet. Sie haßte ihren Körper einige Zeit. Die zwei Fettklumpen unter dem Rock, pfluddrig waren sie, falsch. Nackt vor dem Spiegel, gab sie es zu, waren sie nicht ganz unhübsch. Nachts war sie schweißig aufgewacht, eine fleischige, rosalebendige Puppe war neben ihr im Bett gelegen.

Hast du es schon, flüsterten die Schülerinnen in den Schulgängen. Mutter hatte Anna leid getan, zugleich war Anna voll Wut auf sie, warum mußte sie so etwas Abscheuliches sagen, du wirst es jetzt bald bekommen, das Blut, sehr verlegen war Mutter gewesen. Ein schmieriges Beben in der Stimme hatte sie gehabt. Anna haßte Mutter, widerlich war die, am besten hätte Anna sie geschlagen. Jedesmal, wenn Anna allein war, hatte sie aus der hintersten, untersten Reihe im Bücherschrank das Buch hervorgeholt, hatte sich damit in der Kammer eingeschlossen. Sie hörte Geräusche, Türen, Stimmen, erschrak, versteckte das Buch unter der Wäsche, brachte die Schublade, schräg gezurrt, nicht zu. Also das hatten ihre Eltern gemacht, taten, als wären sie unschuldig, hatten solch gräßlichen Sachen gemacht. Mit Abscheu betrachtete Anna die Abbildungen, der Mann war gräßlich, ebenso grausig war die Frau, mit den Innereien, den Schläuchen, dem hängenden Becken, im Sack nisteten sich die Tierchen ein, wölbten den Bauch auf. Das Gewächs mit der geknickten Riesenglatze wuchs, mit jeder Abbildung wuchs es, wurde immer monströser, wurde ein Moloch, trieb sich selbst aus der Fleischmasse heraus. Anna verachtete die Eltern, alle Männer, die Frauen waren Scheusale. Nie genug bekam sie vom Buch, brütete über den Bildern, dem Gelesenen. Nie, schwor sie sich, würde ihr so etwas passieren. Sie trug das Buch heimlich in das Versteck, würde es bei nächster Gelegenheit wieder holen. Wenn sie es bemerkten, wäre sie gestempelt mit Schlechtigkeit.

Als Anna sich im Spiegel erblickte, erschrak sie. Au, wie schön war sie, bestand aus Licht. Sie war eine nächtliche Meerjungfrau, vermochte sich nicht wegzureißen vom

Anblick ihrer schuppenlosen Schönheit, den weißen Hüften, den schimmernden zwei Wesen, die ihr zulächelten mit geschlossenem Mund.

Damals, als Anna in die Jahre kam, in die ändernden Jahre, die Jahre des Aufhörens, die der finsteren Hitze, getrübter Anschauungen, in die Jahre des Galgenhumors, der Schwankung zwischen freiem Auftrieb und mißlichem Absturz, sie ganz natürlich auf Todesgedanken kam, der Arzt riet, wenn es vorbei ist, müsse Sie zum Untersuchen kommen, wenn Anna dann zum Telefon hätte gehen müssen, sich in der Praxis des Ratgebers hätte anmelden sollen, es aufschob, dann vergaß, es nicht mehr vergaß, weil sie auch bei hellichtem Tage merkwürdige Empfindungen hegte, denen sie ohne Zweifel den Namen Schmerz hätte geben können, damals dachte Anna oft an den Tod. Die einzig Glücklichen seien die Toten, sie dächten nicht mehr an den Tod, dachte sie. Ein Todestyp oder kein Todestyp, dachte sie, ein Chaos oder keines, was hieß: die Körperzellen neigten oder neigten nicht zu ungeregeltem Ausbruch, was bedeuteten diese Worte, die sie in Frauenzeitschriften las, schon lange nicht mehr las. Sie hatte eine Broschüre über die Selbstuntersuchung der weiblichen Brust erhalten, sie warf sie ungelesen fort. Nie, nie wollte sie sich dem Diktat beugen. Diese Vorsorge sollte keine Sorge mehr für sie sein, den Hexenhammermeistern zeigte sie sich nicht.

Mutter war einmal für ein paar Tage verschwunden gewesen, sie war gegangen wie zu einer kleinen Vergnügungsfahrt, mit einem Köfferchen. Anna hatte gewußt, daß sie mit der Bahn zu einer Operation reisen mußte. Beim Namen Operation sah Anna eine weiße ruhige Schwester, einen weißen ruhigen alten Doktor, beide freundlich lächelnd, ein hübsches Spitalzimmer mit spiegelndem Boden, das Essen unter einer Haube, auf einem Tablett ans Bett gebracht. Mutter sprach nicht darüber, weder vor- noch nachher. Sie kam nach ein paar Tagen wieder zurück, als wäre sie zu Besuch bei einer Freundin gewesen, mit schöner Frisur kam sie, mit der gleichen, mit der sie gegangen war. Sie ging oft zum Waschen, Legen, Tönen der Haare, sie hatte sehr schöne Haare gehabt. Keine Erinnerung hatte Anna an Vater während Mutters Abwesenheit. Wahrscheinlich hatte sie damals gekocht, Anna kochte immer gern. Schotti kochte sicher nicht, die war zu jener Zeit schon nicht mehr brauchbar, auch Dori kochte nicht, die kochte nie gern, obwohl sie später Köchin wurde, werden mußte, was hätte sie sonst werden können, etwas Praktisches, meinte Mutter. Vater kümmerte sich nicht um Berufswahlen, der hatte anderes im Kopf, was, wußte Anna nie. Sie wußte nichts von ihm. Auch als Kind hatte Anna nie an ihn gedacht. Dachte ein Kind etwas anderes als an sich selbst? Das Kind sieht nichts von außen, das Kind ist das Auge. Anna war ein stürmisches Kind, so ein liebes heftiggrapschendes, dachte weder an Vater noch Mutter noch Geschwister, sie dachte nichts, das Leben erdachte sich Anna. Sie war die Nutznießerin.

Der einzig reine Lebensgenuß geschähe in der Kindheit, las sie später in den Heften. Die lästige Begleitung durch jene Eli-Hefte brachte Anna, so leid es ihr hätte tun können, nicht mehr los.

Anna dachte an den Tod, als sie ihn zu hören vermeinte, wie fernes Schlittengeklingel so hübsch kalt, sah wie eine Wolke, nicht ihn, den Unsichtbaren, Unhörbaren, sah das, was er ihr bedeutete, zu jener Zeit, als sie zornig die Möglichkeit erwog, gezwungen zu werden, auf dem Stuhl die Beine zu spreizen, diese widerliche Vergewaltigung, damals erdachte sie sich den Tod als den letzten Feind, als schandbaren Trost.

Es gab Schwalbenenziane, die Wiese war blau. Als sie durch den trockenen Föhrenwald gekommen waren, führte ein moosiger Pfad vom Wald weg durch das Tälchen. Sumpf gluckste unter ihren Schritten. Die Bläue war stärker als die Dämmerung. Anna schritt hinter Sybill. Sie blieb eine Weile stehen. Sybill merkte es nicht. Anna wollte Sybills Haar leuchten sehen, über dem Meer das rötliche Segel. Bleib, rief Anna. Sybill drehte sich um, Anna begann zu rennen, den Kessel mit Milch, die sie vom Bauern jenseits des Waldes geholt hatten, steif von sich weghaltend. Kurz bevor sie in Sybill hineinrannte, blieb sie mit einem Ruck stehen. Sybills Stimme lag weiß über den blaugebüschelten Hexenbesen. Sie liefen zur Holzhütte, die noch viel abgelegener hätte sein dürfen. Anna machte Feuer. Sie kochte in verbeulten Pfannen mit bröseligschwarzer Unterseite. Du zauberst, sagte Sybill. Anna erfand neue Gerichte, Kräuterkäsezoggeln, Eierschwammsafranreis, Dürrezwetschgenapfelmuszitronencrème. Hatten sie sich sieben Minuten von der Hütte entfernt, hörten sie ein Rauschen, es war der Wasserfall. Sybill spielte die Geige, Anna las, sie hatte im Rucksack Bücher mitgebracht. Sie schaute Sybill an, die glühte, als brenne in ihr ein silbernes Feuer. Die Petrollampe stank, hinter den geschlossenen Läden waren die Fenster offen, wegen der Mücken konnten sie nicht draußen sitzen. Der Sumpf kühlte, dann kamen schwüle Schwälle aus ihm, merkwürdige Gerüche aus faulenden Wurzeln. Hier gibt es Gase, sagte Anna. Sie wanderten nachts am Rande des Sumpfgebietes. Einmal gelang es ihr, eine bläuliche Flamme zu entzünden, für Sekunden waren sie starr. Dann rannten sie zurück zur Hütte, verriegelten die Türe, schoben einen Tisch davor. Die Bettlaken waren feucht und schwer. Anna zitterte, schluchzte. Sybill schlüpfte zu ihr ins Bett. Sie strich Anna mit den Fingerspitzen über die Wangen, Anna, immer noch schluchzend, drückte ihr Pyjama an das von Sybill, küßte sie, spürte unter ihren Lippen den Flaum der Wangen, die Wimpern sich bewegen, die Daunen eines Vogels, die Augenbrauen, die seidenen Bürstchen einer Lilie. Wo hast du küssen gelernt, flüsterte Sybill, ich weiß nicht, flüsterte Anna, das kann man doch einfach.

Anna wartete auf die Nächte, die Kleider zogen sie im Dunkeln aus wegen der Mücken. Warum ziehst du dich nicht ganz aus, sagte Sybill. Ich weiß nicht, sagte Anna, bei dir macht es nichts, du hast ganz kleine. Du wirst einmal einen Mann verrückt machen mit deinen Augenaufschlägen, sagte Sybill. Unten hatten sie sich nicht gewagt zu berühren, nein hatte Sybill gesagt, bitte nicht, Anna, beschäftigt genug, sich und Sybill zu beobachten, war es recht, ihr war es genug. Sie wurde zu dem, was sie nocht nicht war, sie hatte einen Magenraum, der neu war, sie hatte einen Kopf, der mit einem Mal das Zukünftige überlegte, es unbändig herumwarf und darüber lachte.

Nach einer Woche stieg Sybill nicht mehr in Annas Bett, geh, sagte sie, ich möchte schlafen. Tagsüber verschwand sie in der verriegelten Kammer, Anna hörte das keuchende Husten. Sie wußte, daß Sybill auf dem Bauch lag, den Oberkörper über die Bettkante gebeugt, den Kopf auf dem Boden, sie würgte den Schleim aus der Lunge. Sybill hatte eine Krankheit, die alchemistisch Haut in Gold verwandelte. Sybill kam herunter, die Fahne ihrer Haare schüttelnd. Sie zu berühren, zuckte Anna zurück, als berührte sie kochendes Metall.

Anna mochte die Arbeit nicht mehr, die Pfannen ekelten sie an, das Holz war feucht, es rauchte, es grauste ihr vor den gelblichen Tellern, die Sprünge hatten, der Geruch in der Hütte war nicht auszulüften. Was gibt es heute, sagte Sybill, die nach stundenlangem Üben auf der Geige herablichterte, ihr Haar zurückstreichend, herumschnupperte. Nichts, sagte Anna, du könntest auch einmal etwas tun. Ich, sagte Sybill, ich muß üben, im Herbst ist das Konzert. Nach ein paar Tagen packten sie die Rucksäcke, warfen den Hüttenschlüssel in den Blechkasten an der Wand. Sie wanderten wortlos hintereinander in das Bergdorf hinunter. Sybill keuchte, nicht gewohnt an die Last, die ihr Anna nicht abnahm, die hätte heulen mögen. Als Anna es nicht mehr aushielt, sagte Sybill, wenn du wenigstens meine

Geige tragen würdest. Anna trug sie als Kostbarkeit, vor jeder Erschütterung zu bewahren.

Anna reiste nun sehr selten heim. Sybills Eltern hatten sie eingeladen, in ihrem Haus zu wohnen. Sie hörte durch die Wand Sybills Husten, während sie zu lernen vorgab. Sie lernte nicht mehr viel, es ging auch so, es ließ sie gleichgültig. Sie las viel, Sybills Vater, Direktor einer Fabrik, hatte ein Zimmer voller Bücher. Sie hörten Musik. Der Plattenspieler gehörte Sybills Mutter, die Klavier spielte und Annas Klavierspiel begutachtete, so daß Anna kaum mehr zu üben wagte. Sybill erklärte Anna Musik, das ist die Introduktion, sagte sie, das ist die Coda, jetzt kommt das zweite Thema, verwandelt in Cis-moll. Anna schaute Sybill an, ihr Haar war wie das Licht einer roten Seidenlampe. Sie berührten sich nicht mehr. Sie wanderten, nicht sehr rasch, Sybill war bald ohne Atem, sie blieben stehen, redeten. Sybill hielt sich am Zweig eines Baumes fest. Sie wollte alles wissen, was die Lehrer in der Schule redeten, welche Bücher Anna las. Sie redeten bis tief in die Nacht, Sybill sagte, der Verstand ist das Allerwichtigste, die Liebe ist vorübergehend, man muß sich an den Verstand halten, die Liebe ist eine Täuschung, sieh meinen Bruder, der hat den Kopf verloren, er hat eine Dirne geheiratet, die ihm das Blut aussaugt, er kann nichts anderes als Geld herschaufeln, Geld will sie, damit sie sich mit Schmuck, teuren Kleidern behängen kann, diese Dreckflartsche, nicht einmal kochen kann sie, wenn er etwas Warmes will, muß er selber den Herd andrehen, aber ihr Bett wackelt die ganze Nacht, die Liebe ist eine Gefahr für Leib und Leben, sagte Sybill. Ihre

Hustzeit auf dem Schragen verlängerte sich, sie würgte mühsamer am Schleim, durch die Wand kamen die Töne. Ein Arzt versprach Erleichterung durch eine Operation, sie verliebte sich in ihn, er will mich heiraten, schrieb sie Anna. Annas Eifersucht steigerte sich, als Sybill heimkam, erholt, verschwunden in seliger Unnahbarkeit. Annas Zimmer wurde gekündigt, sie bräuchten es für ein Gästezimmer, sie würden viele Gäste erwarten in nächster Zeit. Anna zog in das Zimmer einer Schulkameradin, die ihre erste Stelle angetreten hatte. Sie war im letzten Seminarjahr, ging in die neue Einsamkeit wie in einen Krieg. Sie vergrub sich in den verhaßten, lebensnotwendigen Unterstand. Sie getraute sich nie mehr an Sybilles Haus vorüberzugehen, aus Angst, sie würde den Geheirateten erblicken. Sie wußte nichts mehr von Sybill.

Viele Jahre später erfuhr sie, daß Sybill an Lungenkrebs gestorben war, unverheiratet geblieben, noch eine Weile Geigenunterricht gegeben hatte. Damals hatte Anna Sybills Jahre längst überschritten, wußte nicht mehr, warum sie wegen dieses Mädchens alles andere vernachlässigt hatte. Was war es gewesen, was hatte sie damals bewegt? Ein engbrüstiges Wesen, mit auswurfbelegter Stimme, Schnupftuch vor roter Nase, hatte sie dazu gebracht, nicht mehr nach Hause zu fahren. Bis es zu spät war, und das Unglück geschehen konnte. Es kam einer Lawine gleich, langsam zuerst, ein kleines, unbeachtetes Bällchen rutschte ab, wuchs sich aus, raste, bis der ganze Berg kam. Anna hielt sich die Ohren, die Augen zu. Dori sagte, Vater hat immer nach dir Ausschau gehalten, im Vorhaus ist er alle Samstage gestanden. Halt dein Maul, herrschte Anna sie an, sag das nie mehr.

Wie sie die Zeit verarbeiten könne, wie es ihr gelänge, hinter den unbeweglichen Gott der Zeit zu spähen, davon hänge ihr Überleben ab. Das Flackern eines Augenlides könne mehr Zeit verbrauchen als Jahre großäugigen Schlafs. Die Zeit sei ein Dämon, er zermalme zu Stein oder bringe die kostbarste Blüte hervor, die, die nur die Nacht des Wiedererkennens dauere. Nichts, wünschte sie in ihrer Verblendung, sollte je vorübergehen. Wenn nichts vorüberginge, könnte sie eine Sekunde lang leben, erschlagen vom Gewicht der Gefühle? Ein einziger Gedanke würde zu einem Bergrutsch, eine Erinnerung zu einem Grab. Wer überlebe, der schüttle ab, vergesse. Nichts sei erbärmlicher, als jemand, der sich von der Mechanik der Geschehnisse beherrschen lasse, nicht wenigstens voraussehend ihnen ausweiche, mit einem Gelächter über den Graben der Tatsachen springe, selbst um den Preis der eigenen Empfindung. Das Leben ertrüge keine Unwandelbarkeit, Mut sei besser als Ehre. Das Leben selbst sei das Beste, besser als alle Vorstellungen darüber.

Anna, die lieber ein Bub gewesen wäre, der Bubenzeug hätte tun können. In den Wäldern Stechpalmen holen, sie zu einer Kugel an eine Stange binden, im Chor der Kirche mit der Palmkugel Hochstoßkämpfe machen, bis die Äpfel aus ihnen kollerten, die Seidenbänder rissen, im Chor der Kirche, die einem Wald glich. In den Kirchturm steigen,

Karfreitagsrätsche drehen, als hätte die Stunde ein kratzendes Maul. Sie wäre gerne ein feiner Weinschenk gewesen, der das silberne Tablett von einer Altarseite auf die andere geschwungen hätte. Sie wäre gerne in den Rottscharen gegangen, mit Stecken in den Fäusten, über wintergeschundene Wiesen gezogen, gegen die feindlichen Nachbarn, um es ihnen zu zeigen, zu zeigen mit Rufen und Protzen. Sie hätte sich gerne im Hosenlupf geübt, gemolken, mit Kesseln geklappert, mit Geißeln geknallt. Anna wäre viel später gern ein Mann gewesen, aber nicht einer, wie Vater gewesen war. Überall auf der Welt, schien es ihr, bahnte ihm sein Picker den Weg, überall fand er ein Nest, ein Weib, das ihm Unterschlupf bot, das er sich untertan machte, er brauchte bloß ihre Schenkel zu streicheln.

Nachdem das Mädchen Anna genug wirre Haare, zerschundene Kniee, möglichst kurze Röcke gehabt hatte, wurde es mit der Zeit ein stilles junges Mädchen. Sybill machte Anna ganz fein und still. Mit Sybill konnte sie nicht mehr Musik hören und dazu Wurst essen. Mit Sybill ging sie spazieren, führte feine Gespräche. Als Sybill auf Besuch kam, putzte sie vorher das ganze Haus. Sie ging in die obere Wohnung. Nachdem Großmutter gestorben war, wurde diese vermietet, das alte Ehepaar mochte laute Ländlermusik, Anna bat um Stille, mindestens um Zurückdrehung des Knopfes, nur für zwei Tage, bis Sybill wieder zur Haustür hinaus war. Diesmal war es noch gut gegangen. Schotti hatte nicht dummes Zeug geredet, der Bruder, der hätte sicher keine schlechte Falle gemacht, er war schließlich Student, zu jener Zeit auf Autostoppreise, Dori war in einer

Haushaltstelle, Nina war in einem Töchterinstitut in Frankreich, die hätte zu Sybill gepaßt. Anna bekam, kaum war Sybill abgereist, eine Magenverstimmung, kotzte auf den Zimmerboden, Mutter putzte den verspritzten Sauerbraten von der Tapete. Anna sagte die ganze Litanei der Flüche her, die sie seit Kindheit wußte, nie mehr gesagt hatte, seit sie mit Sybill zusammen war. Die Flüche gingen von Gottverdammterhurenseich bis Heilandsackverfluchtersaumist, und Mutter sagte, gottlob, du kannst es wieder.

Anna reichte dem Vater die Blaukabisköpfe, an den Strünken klebte Erde. Vater stand in der Grube, ordnete das Gemüse in Reihen, schüttete Laub und Stroh in die Zwischenräume. Von den Obstbäumen her wehte es scharf, die Stangen, welche die Zweige gestützt hatten, waren unnütze Krücken geworden. Du mußt Strümpfe anziehen, rief der Vater aus der Grube, du erkältest dich. Ich trage Socken, bis es schneit, rief Anna, der Vater rief, wenn du nur einmal machen würdest, was man dir sagt. Anna hüpfte am Rand der Grube auf und ab, fall nicht, rief Vater, ich falle nie, rief Anna. Sie schüttelte die Beine, sie fror, sie haßte Strümpfe. Anna rannte um die Grube, nicht so schnell, rief Vater, reich mir die letzten, Anna rannte um das Haus, immer rannte sie, gehen dünkte sie langweilig.

Dort, wo die Gleitspuren der Pferdeschlitten waren, war Glatteis unter einer dünnen Schicht Schnee. Die rostigen Schlittschuhe, an die Skischuhe geschraubt, wackelten, doch einen Augenblick, einen einzigen, immer wieder einen einzigen Augenblick, gelang es Anna, auf ihnen zu schweben, aus den ovalen Inseln der Straßenlampen in die stillstehende Bewegung der Nacht zu gleiten. Das Schweben in der weißen Nacht machte Anna süchtig. Erst wenn die Beine zitterten, die Zehen schmerzten, gab sie auf, die Schlittschuhe an einer Schnur um den Bauch gebunden.

Mit der vollen Milchkanne konnte Anna nicht rennen. Aus den Ställen torkelten die Bauern mit ihren beladenen Mistkarren. Die Buben warteten im Dunkeln. Ihre Schneebälle flogen wie Geschosse aus Höhlen, in denen scheinumflakkerte Gestalten in die Höhe schnellten. Die Bälle barsten auf den bläulichen Schlittenspuren, den braungefrorenen Lachen der Jauche. Ich sage es dem Vater, rief Anna, aber wenn ihr mir nichts tut, sage ich nichts. Sie zitterte, als sie mit der Milchkanne an den Buben vorbeiging. Denen rollten die Schneebälle lahm aus den Händen. Als Siegerin schritt sie mit hohen Schritten aus, hatte halt einen Vater, der mächtig war.

Daß er ein Karessierer war, hörte Anna tuscheln. Ein großes Mädchen, auf die Skistöcke gestützt, die Skier langsam hin- und herziehend, als fahre es einen Traumberg hinunter, hatte mit Vater nicht aufgehört zu reden, zu lachen. Hat er wieder karessiert, fragte ein Mädchen, in ihrer Stimme war etwas, was Anna verwirrte. Also mußte es etwas Verbotenes sein. Immer war Vater geneigt, etwas zu tun, was die anderen nicht taten. Daß er Anlaß war, eine spöttische Stimme zwischen Mädchenköpfen aufkommen zu lassen, ein abschätziges Lachen, daß überhaupt von ihm gesprochen werden durfte, daß es erlaubt war, über ihn zu sprechen, erschreckte Anna.

Wenn die Berge schlank wurden, die Lüfte den Schnee in die Schründe hinaufjagten, die Alpweiden zuerst braungelb, dann dickgrün herunterleuchteten, die Gumpen blendeten, Mutter in der Stube, deren Fenster weit offen standen, die Noten der Schüler herunterlas, Sprache mündlich, Sprache schriftlich, Rechnen mündlich, Rechnen schriftlich, Vater sie in die Zeugnisse schrieb, pfiff er manchmal ein paar Töne. Er schob den Mund vor, klopfte mit spielenden Fingerspitzen an die Lippen, legte den Federhalter weg, ergriff den Knopf der Löschpapierwiege, ließ sie über die Büchlein tanzen. Draußen gurgelte Schmelzwasser vom Dach, die Kännel überliefen. Vater sprang auf, riß die erste Balkontüre auf, hob die zweite aus den Angeln, trug sie in das Vorhaus, von dort in den Schopf, hör auf, sagte Mutter, es ist noch nicht Frühling. Vater sprang in den Keller, schaufelte an den letzten Kohlen, die Öfen ballerten, Mutter zupfte am Vorhang.

Vater ging mit Anna und Nina auf Radtour. Sie fuhren auf Landstraßen, die geteert wurden. Die Arbeiter, Italiener, hoben ihre Köpfe, die Mädchen trugen ihre Turnkleider, Faltenröcke. Die Velos hatten dicke Reifen, auf dem Gepäckträger der Rucksack. Weg war der Seltenheitswert der Autos, die Mädchen fühlten sich weltgewandt, erschraken nicht mehr. In Dorfläden kauften sie Proviant, Anna wollte nie Wurst, Nina wollte nie Käse, Vater machte heißes Wasser auf einem Kocher, selbst den Zucker für den Tee hatte er nicht vergessen, an Wiesen-Waldrändern hockten sie, kein Regentropfen fiel. Vater wußte den Weg, rechts, rief er, von hinten, über die Kreuzung, dann links, aufpassen, rief er, absteigen, Velos stoßen. Am Berg marschierten sie, beim Hinabfahren bekamen sie vom Bremsen Schwielen an den Händen, die Waden schmerzten vom Rücktritt. In Jugendherbergen, von denen Vater eine Liste hatte, übernachteten sie auf Pritschen, in Kellerräumen, die feucht schwitzten. Vater erklärte Geographie, Nina konnte alles wiederholen, Anna interessierte es nicht, See war See, jeder namenlos, unvergleichlich. Sie badeten, hatten rote Flekken am Gesäß. Anna bekam den Schneider, konnte nicht mehr baden, die Binden begannen zu stinken. Anna warf sie in einen Abfallkübel im Süden, in den sie mit dem Zug gefahren waren. Das ist der Sankt Gotthard, sagte der Vater, wir durchfahren die Alpen, sagte er feierlich, Anna roch den Geruch des Tunnels, er schaute auf die Uhr, fünfzehn Minuten, sagte er. Anna erwartete Palmen, Mandolinen, zumindest Magnolien. Sie war enttäuscht, die Lastwagen stanken, fuhren zu nahe an ihnen vorbei, die Velopneus klebten auf dem aufgeweichten Teer, es ging abwärts, abwärts, in endlos fliehenden Dunst, durch den Staub aus Zementwerken. Die graubewaldeten Buckel jenseits der Straße waren am Verdursten, in Bellinzona jammerten selbst die Steine, die Häuser brüteten finster hinter geschlossenen Fensterläden. Auf dem Monte Ceneri fuhren Kieswagen mit schwarzen Rauch, ein Laster hatte Benzin verloren, die Straße brannte, beide Mädchen heulten. Bald sind wir am See, am Lago Maggiore, sagte Vater, dort gehen wir in ein Hotel. Anna bestaunte die Palme im Garten, der Stamm aus braunen Bärten dünkte sie abscheulich.

Dann begann der Regen. Der Regen war wie eine Wand. Eine wellende Wand, herunterplatschend, herunterröhrend, aufwallend, überschlagend, ein See goß sich aus. Innert Augenblicken waren sie pflatschnaß, sie wateten, flüchteten in einen Baumgarten, brachen in einen Stadel ein, wechselten die Kleider, zogen Pullover an, hockten auf dem Heu. Ein Mann mit Schnurrbart kam, ein richtiger Signore, redete viel, Vater redete auch, sie redeten zur selben Zeit, Vater schüttelte sich, machte mit dem Bein die Bewegung des Trampelns, legte die Wange auf die flache Hand, der Mann legte die Handflächen nach oben, hob sie höher, wiegte die Schulter, tat die Hände zusammen, nahm sie auseinander, als beide genug gehandspielert hatten, verschwand der Mann, um wiederzukommen, er lachte, brachte einen Korb voll gelber, blauer Pflaumen, groß wie Tennisbälle, die Süßigkeit tropfte ihnen aus den Händen. Sie schliefen im Heu, der Mann hatte zwei Wolldecken gebracht. Hört, sagte Vater, es regnet nicht mehr, sofort wurde es heiß. Vor dem Spalt der Brettertüre lag das Säbelgeräusch der Grillen, eine Heerschar belagerte den wuchernden Dschungel, Reben formten sich zu Höhlengängen, blühendes Gras wuchs in die Zweige der niederen Bäume, die ihre Früchte aufgereiht in schweren Klumpen trugen, und der Signore lachte noch immer, führte sie schweifend durch seinen Besitz.

Die Mädchen waren müde, sie fuhren mit der Bahn zurück, unterwegs besuchten sie ein Kunstmuseum. Anna sah zum ersten Mal die Bilder einer Ausstellung, die Schönheit der Körper, glaubte den Malern alles, sie waren die, die sahen, zum ersten Mal sah sie das Bild des Meeres, von dem sie nun annahm, daß es immer diese Massen von Licht trage, es bliebe nichts übrig, als sich gewaltsam abzuschirmen, ansonsten wäre es nicht auszuhalten. So braun, sagte die Mutter, als sie Annas Beine sah, eine Negerin, eine Frau muß nicht wie eine Negerin aussehen, sagte der Bruder, der auch heimgekommen war, aus England diesmal, bah, die Schweiz, sagte er.

Wo ist der Anfang der Weltkugel, fragte Anna, dort, wo du hinsiehst, sagte der Vater. Anna, Nina waren gleich gekleidet, sie trugen rosafarbene Röcke mit weißen Rüschen, weißen Manschetten, Schotti und Dori trugen blaue Faltenröcke, rosafarbene Blusen, weiße Strümpfe, schwarze Lackschuhe, Nina und Annas Schuhe waren nichts besonderes. Daß Schottis Faltenrock sie dick machte, noch dikker, Doris Rock sie dünn, Anna keine Handtäschlein mochte, Nina sie sehr mochte, Dori zwei trug, eines am Gürtel, eines unter dem Arm, daß der Bruder sich zu kämmen vergessen, seine dicken Haare ungekämmt am besten wellten, alle vom Halbstundenlauf zum Bahnhof erhitzt waren, achteten sie nicht mehr. Der Zug fuhr in Gegenden, in denen sie noch nie gewesen waren. Die Berge bewegten sich abwärts, die Häuser schoßen in den Himmel, die Stadt glänzte, als hätten alle Menschen nachts an ihr geputzt, die

Wimpel flatterten, blau war der See, blau war die Luft. Das ist der Höhenweg, sagte der Vater, sucht das Fähnlein unseres Dorfes, lest alle Tafeln, ihr müßt viel lesen, so lernt ihr, ohne daß ihr es merkt. Er wußte nicht, daß Anna, seit sie in der vierten Klasse war, immer alles lesen mußte, was ihr vor Augen kam: Keine festen Gegenstände aus dem Wagen werfen, Die Landesausstellung im Zeichen unseres Wehrwillens, Haltet Wege rein, Vereint und geschlossen wie die Fahnen der zweitausend Gemeinden unseres Landes, so vereint und geschlossen sei die Gemeinschaft unseres Volkes, Abfälle bitte hier, Die Maschinenindustrie ist der Grundpfeiler unserer Wirtschaft, Hunde an der Leine führen, Wer nicht schweigen kann, schadet der Heimat, Nicht hinauslehnen, Die Jugend ist unsere Zukunft, Bitte Ruhe, Betet freie Schweizer, betet, Die Elektrizität, die weiße Kohle im Herzen unseres Landes, Wer den Rappen nicht ehrt, ist den Franken nicht wert, Rasen nicht betreten, Zeichnet die Wehranleihe. Anna las viel, Nina, die den Geißenpeter gelesen hatte, las zu langsam, Dori jammerte über den verlorenen Bruder, Schotti, verwirrt von den vielen Leuten, hielt Mutter am Arm. Anna hätte alle Tafeln gelesen, wenn sie nicht Angst gehabt hätte, Vaters Hut aus den Augen zu verlieren. Vaters Spazierstock war in den Händen des Bruders, auf der Photographie, die ihnen später zugeschickt wurde, hält er ihn wie einen Bischofsstab, er greift sich an den Federhut, gekauft vom Geld, das ihm Großmutter mitgegeben hatte, Vater lacht mit gewölbtem Bauch, Schotti lacht nicht, ihre Stirnfransen sind zu kurz, dafür lacht Dori, Dori lacht gern, sie bringt die anderen zum Lachen, sie macht das Lachen der anderen nach, die Art, wie sie reden, sie kann alle genau nachmachen, alle hören den Pfarrer, den Doktor, die Lehrer, Anna und Nina stehen vorne, Ninas Rock ist zu lang, sie hält die Hände auf den Rücken, streckt den kleinen Bauch vor, das Täschlein hat sie um den Hals, Annas Hals ist länger als der Kopf, sie hat zu einem Ballon hinaufgesehen, an dem ein Korb schwebt, aus dem jemand winkt, etia-Versich, liest sie.

Wo ist das Ende der Welt, hatte das Kind gefragt, dort, wo du die Hand hinhältst, hatte er geantwortet, die Weltkugel war staubig gewesen, sie war im Büro auf dem Sekretär gestanden.

Anna und Nina waren auf dem Bahnhof vom Bruder abgeholt worden. Wieso holst du uns ab, fragte Anna. Der Bruder trug Leutnantsuniform, die ihm gut stand, Anna trug ein rotes Kunstseidenkleid mit weißen Tupfen, Nina den Sonnenhut, den sie im Tessin gekauft hatten. Beide sahen gut aus, ihnen war frisch gehöfelt worden. Anna von einem Studentensoldaten, mit dem sie sich zum Schwimmen traf, Nina von dessen Freund. Du die größere, ich die kleinere, hatte der gesagt. Diese Eiterpickel, die er hat, hatte Anna gemeint, nachts im Doppelbettzimmer, das sie mit Nina teilte bei einer Witwe, das graust mir. Die werden vergehen, hatte Nina gesagt, meiner gefällt mir auch nicht, er ist mir zu klein. Wieso holst du uns ab, fragte Anna, ich muß mit euch reden, sagte der Bruder. Im Bahnhofbuffet ließen sie die vollen Gläser stehen, Vater ist krank, hatte der Bruder gesagt.

Als sie auf das Haus zugingen, sahen sie ihn von weitem. Noch nie war Vater dort gesessen. Er saß auf dem Kiesplatz, neben dem Hauseingang auf einem Stuhl, den er aus der Stube geholt hatte, in zu großen Hosen saß er da. Ein alter Mann, der vergessen hatte, daß er dasaß. Die Welt kahl rasiert, eine schwarze Kugel. Wenn er sich jetzt bewegte, rutschte er von ihr ab. Mutter war in der Küche. Als sie Anna und Nina sah, begann sie zu weinen. Wie sie bei Großmutter geweint hatte, sie bekam einen roten Kopf, schnaufte tief, würgte die Nässe hinunter. Man kann essen, sagte sie. Nina führte Vater herein. Er sah alle der Reihe nach an, dann zerriß sein Gesicht. Anna rannte hinaus. In der Stube klopfte sie mit den Fäusten an die Wand, legte die Stirn an das Täfer. Ich könnte ihn töten, dachte sie, sie hockte an der Wand auf den Boden, fühlte sich schuldig, als hätte sie ihn getötet. Sein entsetzliches Weinen hatte aufgehört. Anna beschloß, es nicht mehr zu hören, nie mehr. An der Wand stand sie, schlug mit den Fäusten, zitterte vor Wut und Scham. Das verzieh sie ihm nie, nie. Sie ging in ihr Zimmer, packte den Koffer aus. Nina kam. Sie sah Nina nicht an. Hat er aufgehört, fragte sie. Nina gab keine Antwort, setzte sich auf ihr Bett, schnupfte ihre Tränen in das Taschentuch. Hör auf, schrie Anna, das nützt jetzt nichts.

Dori ist allein zu Hause. Mutter ist im Dorf am Einkaufen. Anna, Nina, der Bruder sind fort. Schotti ist in der Anstalt. Dori ist in der Küche. Sie wartet auf Mutter. Sie wartet immer mit Kochen, bis Mutter kommt. Sie hat mit Kartoffelschälen begonnen, hat die Türen auf, sie hört Radio. Vorhin hat sie einen Knall gehört, wie von einer Explosion. Früher hat es oft so geknallt, von der Festung her, über das ganze Tal, dumpf rollend. Jetzt ist der Knall von nah gekommen, scharf, kurz. Das Küchenfenster hat geklirrt, als würde es bersten. Dori summt. Sie macht ein paar Tanzschritte. Die Musik hat aufgehört. Sie hört ein Schlurfen im Gang. Im Türrahmen steht Vater. Er hat kein Gesicht. Ein rotrinnendes Loch. Rote Hände tasten nach den Tüchern an der Wand, nehmen eines vom Haken, legen es auf das Loch. Dori schreit in die Augen über dem Tuch, große, schwarze Augen. Er schlurft an ihr vorüber. Sie rennt zum Telefon. Sie rennt in die Küche zurück. Vater sitzt am Tisch, die roten Hände in das Tuch gekrallt. Das Tuch fängt zu tropfen an, vom Tisch tropft es über Vaters Hose auf den Boden. Sie reißt das Fenster auf, schreit zum Doktorhaus hinüber, schlägt das Fenster zu, rennt zur Haustür, rennt dem Doktor entgegen. Können Sie gehen, sagte er, sonst habe ich eine Bahre. Der Vater steht. Schritt um Schritt geht er, zur Küche hinaus, durch den Gang, das Vorhaus, die Treppe hinunter, durch den Garten, zum Gartentor, Dori immer hintendrein, die Hände in der Luft. Sie wagt nicht, ihn zu berühren. Der Doktor hält die Hand unter seinem Ellbogen, als begleite er einen, der keine Begleitung braucht, hinter ihm geht er, auf der Treppe weicht er aus, damit Vater die rote Hand vom Tuch wegnehmen, auf das Geländer legen kann. Auf dem Gartenweg geht Vater schneller, fast so schnell, wie er immer gegangen ist, sein Schritt macht nicht die kleine Pause, die leichte, fröhliche. Der Doktor reißt die Autotür auf, Vater steigt ein. Dori sieht den gebeugten Rücken, ganz schmal. Das rote Tuch sieht sie nicht mehr, eine Tür, die zuschlägt, ein Schatten, der heruntersinkt. Dori sieht dem Auto nach. Sie geht zum Haus zurück. Sie füllt Wasser in ein Becken. Sie nimmt Schmierseife, einen Lappen. Sie putzt den Küchentisch, den Stuhl, den Boden. Sie wechselt das Wasser. Sie putzt das Treppengeländer. Sie sucht den Flurboden ab. Im Treppenhaus, das von der Hintertüre in den Gang hinaufführt, putzt sie von der Wand die Fingerabdrücke. Auf der unteren Holztreppe hat es kein Blut. Spritzer findet sie auf dem Kies, sie wirft die Steine über das Spalier. Zum hinteren Schopf, dort, wo es passiert sein muß, wagt sie nicht zu gehen. Dori zittert immer noch. Sie macht nochmals denselben Weg, sucht. Sie horcht. Mutter muß bald kommen. Mutter kommt.

Später sagt sie, es ist gut, daß Mutter ihn nicht gesehen hat. Sie sagte es ein paarmal. Jedesmal fing sie zu zittern an, legte eine dünne blaue Hand an die Lippen, ihre Augenlider flatterten.

Mutter war nicht da, als Dori ein einziges Mal von jenem Nachmittag erzählte, obwohl Anna sagte, ich will nichts hören, ich will nichts wissen. Er habe mit der Hand noch die Bewegung des Schreibens gemacht, sagte Dori. Mutter habe das Fieberkurvenblatt über einem leeren Bett weggerissen, habe den Rotstift vom Nachttisch ihm in die Finger gelegt, er habe geschrieben, ein paar Worte seien es gewesen, dreimal habe er die Bewegung des Schreibens gemacht, jedesmal habe ihm Mutter das Blatt auf das Bett und die Hand auf das Blatt gelegt, zuerst, nachdem sie ihn gebracht hätten, bedeckt mit Tüchern, sie ins Zimmer gelassen worden seien, dann nach ungefähr einer Stunde, dann gegen Abend noch einmal habe er schreiben wollen. Mutter habe auch einmal ein Wort geschrieben, habe ihm das Wort nahe an die Augen gehalten. Nur sie habe das Geschriebene gelesen, sie habe es Dori nicht gezeigt, es sei ihr recht gewesen, in diesen Schreibwechsel nicht einbezogen zu werden, sie habe gedacht, das gehe sie jetzt nichts an, sie habe plötzlich gemerkt, daß die Eltern auch ein geheimes Leben hätten. Sie habe immer wieder in den Gang hinaus gemußt, weil sie es drinnen nicht mehr ausgehalten habe, sein Atem habe so ein schreckliches Geräusch gemacht, Mutter sei auch einmal in den Gang hinausgelaufen, habe gerufen, Luft, geben Sie ihm Luft, er erstickt. Sie sei auf der Toilette gewesen, habe laut weinen müssen, als sie zurückgekommen sei, habe sie sofort gemerkt, daß er gestorben sei, etwas, sie habe nicht gewußt was, sei anders im Zimmer gewesen, es sei so still gewesen, sie wisse jetzt, was Totenstille sei.

Mit dem Sechsuhrzug kamen Mutter und Dori heim. Am nächsten Tag kamen in einem Paket seine Kleider. Am übernächsten kam Vater im Sarg. Der Sarg hatte eine kleine Glasscheibe. Anna zwang sich hineinzusehen. Sie sah einen dicken Verband bis unter die Augenlider, die Stirn war geschwollen.

Das Papier, auf das er am Küchentisch geschrieben hat: wollte im Schopf Kapsel bereit machen, hatte Mutter in einer Mappe aufbewahrt, zusammen mit dem kreuz- und quer- und schräg- bekritzelten Papier aus dem Krankenhaus. Als Anna das Haus räumte, nahm sie die Mappe mit, als sie das Haus in der Gärtnerei räumen mußte, verbrannte sie die Mappe. Es gab ein Feuer, dem sie nicht mehr zusah.

Der Bruder wischte im hinteren Schopf Vaters Zähne und Gesicht in einen Kübel, zusammen mit dem Sägemehl, Laub, Ästen verbrannte er es im Garten. Später baute er aus jenem Schopf eine Garage für sein Cabriolet, grün war es, sein erstes Auto, mit dem er mit seiner Freundin, mit Anna und Mutter eine Reise ins Tessin machte.

Die alten Birnbäume, deren Wurzelstöcke Vater mit Sprengkapseln heraussprengen wollte, standen noch ein paar Jahre. Dann riß ein Sturm an ihnen. Mutter ließ sie absägen.

Anna störte es, daß sie auf Mutters Befehl ein Jahr lang Schwarz hätte tragen sollen, Schwarz stand ihr nicht. Nach drei Monaten trug sie Schwarz-Weiß, danach Grau, im folgenden Frühjahr nichts mehr Dunkles.

Schließ den obersten Knopf, hatte Nina gemeint, am Morgen der Beerdigung, du mußt nicht jetzt noch kokettieren. Der Herbsttag war wie ein Herbsttag, der Sarg stand draußen im roten Garten, die Kränze um ihn angeordnet. Schwarz standen die Leute vor dem Gartenzaun. Einige wanderten später um das Grab, zogen die verdrehten Seidenschleifen straff, lasen die Goldinschriften. Die Gladiolen welkten am selben Tag, der Föhn rüttelte die Lebensgeister aus ihnen. Der Nachbardoktor hatte am Vorabend allen eine Schlafpille gegeben. Anna wurde nicht recht wach, obwohl sie, als sie aufgewacht war, spürte, daß sie weinte. Mutter weinte auf ihre Art, Nina wie ein kleines

Kind. Wenn du nicht aufhörst, ziehe ich mein Bett in den Gang hinaus, sagte Anna, die dafür später mit den Nachtwandeleien anfing.

Fünfundzwanzig, dreißig, fünfunddreißig, vierzig, unzählige Jahre nach Vaters Tod, ausgegraben war er, andere lagen in seinem Grab, sah Anna, wenn sie morgens aus dem Haus trat, zu Antons Chalet hinüber. Waren die Fensterläden offen, stand ein Laubbesen anders, als er am Vortag gestanden hatte, eine Gießkanne an einem andern Ort, Anton war kein Frühaufsteher, manchmal mußte Anna ohne ein Zeichen der Gewißheit über das Weiterleben Antons an die Arbeit. Sie hatte nicht aufgehört, den Tod als ein Fallbeil zu erwarten, ein Beil, das heruntersauste, wenn nicht daran gedacht wurde, am ehesten, wenn man glücklich war. Die Welt war eine Hinrichtungsmaschine. Anton konnte stürzen, vom Dach fallen, der Zug, in dem er war, konnte in einen anderen krachen, das Auto, in dem er fuhr, begegnete einem Geisterfahrer, Flugzeuge stürzten ab, Hotels brannten, das Herz, wer garantierte für das Herz, stand es nicht einfach still, gab irgendein Körperteil Sicherheit, der Magen bekam Löcher, die Därme verlotterten. Als Anna jung gewesen war, hatte sie nicht gerade dann, wenn es draufankam, einen roten Buckel am Kinn bekommen, sie konnte pudern, wie sie wollte, drücken, es nützte nichts, sie hatte einmal mit einer Nadel in den Pickel gestochen, der Eiter war herausgespritzt, schräg unter der Lippe blieb eine kleine Narbe zeitlebens davon zurück.

Obwohl sie Tage vorher quicklebendig gewesen war, Nächte durchlas, Vormittage verschlief, Nachmittage vermalte, am Klavier verplemperte, sie mit Gary, der ein Zimmer im Haus gemietet hatte, in den Badeort fuhr, um in einem Lokal die Nacht durchzutanzen, Gary nannte er sich, hieß Karl, war einen Monat in Amerika gewesen, war sie schon um elf derart müde, daß sie nichts als lahm gähnte, statt Wein, Wasser hinableerte, sie konnte ihm nicht zeigen, wie gut sie tanzen konnte.

Die Nächte zuvor hatte er sie küssen und streicheln dürfen, aha, hatte sie gedacht, daß ist es, streicheln kann er sehr gut, küssen auch. Jahre später wunderte sich Anna, was sie denn um aller Teufel willen gemacht hatten, damals, ein Kuß eine Ewigkeit, eine Schöpfungsgeschichte, die Erforschung der sieben Tage des Körpers. Sie hatte ihm nie erlaubt, in sie hineinzukommen. Konnte sie zu Tode stürzen? Schwangerschaft war das Ärgste. Heiraten mochte sie ihn nicht, sie heiratete einen Mann, der gescheiter war als sie, einen, den sie zuerst lesen lernen mußte, sicher nicht. Lies, hatte sie zu ihm gesagt, ich leih dir Bücher, ich mag nicht, hatte er gesagt, ich muß früh aufstehen.

Die Definition des Mannes ist sein Beruf, die der Frau ist ihr Aussehen, hatte Eli gesagt. Anna hatte ihm einen Fußtritt gegeben. Annas Rauflust hatte damals bei Eli aufgehört. Mit Gary hatte Anna oft gerauft, lachend, ohne zu lachen, du schonst mich, hatte sie gerufen, ich will, daß du ernsthaft kämpfst, was meinst du, lachte er, du bist zu fein, du bist wie Seide. Gary war blond gewesen, schmal, auf seinen Schenkeln lag hellblonder Flaum, den Anna gern an ihrer Haut spürte, er hatte einen makellosen Körper ohne einen einzigen Leberfleck. Er war Bäcker gewesen, seine wendigen Hände waren das Beste an ihm, Anna hatte ihren Blick nicht mehr von ihm nehmen können, du bist schön, sagte sie. Ein Mann hat einer Frau zulieb sein Gesicht mit Messerschnitten verunstaltet, soll ich das auch tun, fragte er.

Das ist der schönste Tag in meinem Leben, Anna mochte diesen Sänger, dessen Stimme aus dem Radio kam, die Stimme schmetterte einen unsichtbaren kristallenen Lüster von der Decke, bevor er den Boden berührte, trug ihn die Stimme wieder hoch. Gary mochte keine Musik beim Essen, das störe den Genuß, meinte er. Es gab eine leichte Suppe mit Kräutern, dann Fleisch, lang gegart auf kleiner Hitze, welche die Gewürze ineinanderschmelzen ließ, dazu Karotten mit Petersilie, Bohnen mit Knoblauch, mmm, sagte Gary, ich drehe sie auf der Zunge von vorne nach hinten, von hinten nach vorn, dazu gab es sahnigsüße Kartoffeln mit Muskat, Gartenkopfsalat mit Zwiebeln und Tomaten, nachher Vanilleeis mit Himbeeren und Rahm, dann Annas Liebling, den Apfelkuchen, den mit Zitrone und Puderzucker. Nehmen Sie von dieser Sorte, Gary, hier hat Anna Liebeszauber hineingebacken, sagte Mutter, bot die Kaffeetassen herum, und Gary, Karl, der Lustknabe, sagte, lieber nicht Mama, ich brauche ein Stück mit Ante-Liebeszauber. Anna lachte so fest, daß ihr die Krumen in den falschen Hals kamen, man mußte sie auf den Boden legen, ihr den Rücken klopfen. Ich will nicht nur dein Liebhaber sein, meinte er, als Mutter für eine Weile hinausgegangen war, das Kind wird gescheit wie du und schön wie ich. Anna lachte so sehr, daß sie wiederum auf den Rücken gelegt werden mußte, umgekehrt, kehrt mich um, rief sie, ich habe zu viel getrunken.

Mutter mochte Gary. Er aß mit Vergnügen und Komplimenten, trocknete ihr das Geschirr. Ich bin Konditor, sagte er, aber ich gehe zu Mama in die Lehre. Er duschte viel, putzte das Badezimmer, die Hemden trug er wie eine Frau die Blusen. Als er wegzog, war Mutter traurig, Anna war es auch. Ich konnte ihn doch nicht heiraten, sagte Anna, nein, sagte Mutter, er hat nicht zu dir gepaßt, er braucht eine Frau, die gerne Hemden bügelt. Er hat Fremdwörter falsch gebraucht, Mutter sagte, in der Ehe braucht es keine Fremdwörter, er hat nicht zu dir gepaßt. Anna war so verrückt nach ihm gewesen, daß sie nicht wußte, wie verrückt es war, diesen Handzauberer laufen zu lassen.

Er hatte ihr vom Fluß erzählt. Er schlief am Ufer in einem Zelt, fischte, zähmte eine wilde Katze. Er legte ihr die Fische auf die Steine. Langsam kam die Widerwillige, jeden Tag ein wenig näher, die Fische stanken, so langsam kam sie. Als sie schließlich zutraulich war, wollte er wieder weg, jagte sie mit Steinen fort, beinahe töten mußte er sie, weil sie nicht weg wollte, sie blutete.

Diese Katze, der verhinderte Schmerz des Nichtmehrfindens um den Preis des Verrats, beschäftigte Anna. Sie reiste in jene Gegend, wanderte am Fluß. Er war wirklich schön, wie Gary gesagt hatte, lag an einsamen Hügelwäldern, die Steine im Flußbett waren groß, weiß, schwarz, gelb, das Wasser war grünblau, floß in mäandernden Bögen, manchmal stürzte ein Seitenfluß in ihn, beruhigte sich. Sie wanderte in eine Schlucht hinein mit schwarzen glatten Wänden, die tiefer und höher wurden, an ihnen klebten rote Zitterpappeln, gelbe kleine Lärchen. Gefleckte Felsen, groß wie Elefanten, hockten im Bett, Wasser rauschte zwischen den Beinen um die Rüssel.

Von einer Geröllhalde hopsten plötzlich Kiesel, Brocken krachten herunter. Ein Stück des Hanges bewegte sich, Steine, Erde, Sand rutschten vor ihr mit Krachen in die Schlucht hinab. Der Pfad war weg. Sie hatte sich nach hinten geworfen, an den Fels, hatte den Kopf aufgeschlagen. Die Hände bluteten, es tropfte ihr aus den Haaren. Sie hastete an den Eingang der Schlucht zurück, es war als hätte sie Füße, die nicht zu ihr paßten.

Wäre sie nur ein paar Sekunden früher gewesen, wäre sie mitgerissen worden, dachte sie später. Aber was war früher, was war später. Auf einer zeitlosen Ebene war eines im anderen, war eine sich verändernde, sich weiter drehende Geschichte, in der Anna im Augenblick, als sie in der Schlucht war, noch nicht so weit war, daß sie an sich selbst als Leiche denken konnte.

Jener Doktor, Annas vergessene erste Liebe, Keimliebe, Zwiebelliebe, der diese Augen gesagt hatte, diese Augen, die er nicht mehr vergessen könne, welche Augen, ja erinnerst du dich nicht mehr Anna, jene über dem roten Tuch, von der Küche durch den Gang, die Treppe hinunter zum Gartentor, zum Garten hinaus, ins schwarze Auto hinein, jener Doktor, der Anna abends telefoniert hatte, ich glaube, du solltest sofort heimkommen, er ist im Spital, dabei war er schon tot, und Anna hatte zuerst nicht heim wollen, sie war bei einer lustigen Freundin gewesen, außerdem mußte sie anderntags in die Schule, wenn Vater im Spital war, konnte er auch wieder zum Spital hinaus, du solltest aber heim, hatte die Freundin gesagt, du weißt nicht, was passiert ist, jener Doktor verhielt sich nachher seltsam.

Liebe Frau Nachbarin, sagte er am Telefon, ihr Kamin brennt, ich bin sicher, daß er brennt, er glüht feuerrot. Anna riß die Türen auf, rannte mit Mutter in den Garten, es regnete, es goß, sie rannten unter die Fliederbäume, um das Kamin sehen zu können. Sie sahen es nicht, es war eine pechschwarze Nacht, aus der es wie mit Gelten goß. Ein Schein huschte über das Dach, da mußte ein Auto gewesen sein, drüben auf der Landstraße fuhren Autos, wieder der bleiche Schein, es schien, als ob Rauch aufstiege, platschnaß wurden sie, starrten auf das Dach. Der Schein blieb auf dem Kamin stehen, wurde rötlich, noch röter, ganz rot, das Kamin glühte, und Anna wußte, daß kein Feuer im Haus war. Siehst du es, flüsterte Anna, Mutter sah nichts, nein, sagte sie, wir haben uns getäuscht, komm, der Doktor spinnt.

Anna wohnte wieder zu Hause, sie hatte eine Stelle im Nachbardorf, damit Mutter nicht allein sei. Annas Nachtwandeleien begannen. Sie erwachte, erstickte, ihr Schrei war nicht ihr Schrei, ihr Herz raste, er stand still, sie hatte keine Luft, stürzte zum Fenster, riß sich das Nachthemd weg, legte sich platt auf den Boden, schwitzte, hechelte, die Zähne klapperten, sie schlotterte. Vorbei war der Spuk. Sie erhob sich, fühlte sich taumelig, blutleer, ging ins Bett zurück, hatte Angst einzuschlafen, schlief ein. Anna zog von Zimmer zu Zimmer, überall wiederholte sich das Getue, Angst einzuschlafen, Angst aufzuwachen hatte sie. Sie zog in Mutters Zimmer, Mutter war nicht erstaunt.

Anna hatte noch einen Anfall, bevor eine Tante starb, die war Nonne in einem Kloster im Welschen gewesen, und einen, bevor eine Großtante starb. Als der Lehrer starb, den sie gemocht, in dessen Bibliothek sie Wochen verbracht hatte, wußte sie Tag und Stunde, sie hatte im Krankenhaus nachgefragt, also wäre dieser nachträgliche Anfall keiner Hellseherei zuzuschreiben. Das sind doch keine Zustände, sagte Anna und Mutter sagte, geh weg, hier versauerst du. Anna zog in eine andere Gegend, es gab dort keine Leute, die von der Familie wußten. Sie waren freundlich, sie waren anders, Anna war eine Lehrerin wie andere auch.

Weißt du, Anton, sagte sie später, ich habe das Haus nur verkauft, um endlich einen Schlußstrich zu ziehen. Der Trog im Schopf, in dem früher das Futter für die Kaninchen, das Schwein, die Hühner war, der Trog war voller Spritzer, Mutter hat ihn mit Bürste und Seife geschrubbt, das Blutwasser hat sie unter die Johannisbeersträucher gegossen.

Vater hatte die Familie gern spazieren geführt, selten zwar, sonntags zur Veilchenzeit, bedauernd, daß niemand Spalier stand. Der Bruder riß Wiesenblumenköpfe ab, saugte gedankenverloren an einem geschälten Holzstück, Vater schritt voraus, Mutter kam hinter ihm, Nina an der Hand. Charlotte, genannt Schotti, schritt schräg dazwischen, wie nicht dazu gehörend, am Schluß kam Anna, die immer am Schluß sich aufhielt. Sie konnte zurückrennen, in die Wiesen hinein, alle von ganz ferne sehen. Deine Gumperei geht mir auf die Nerven, sagte Schotti, die sehr ernst war, nur lachte, wenn niemand sie sah. Vorne im Schatten des Vaters, wie um Schutz zu suchen, ging Dorothee, Dori, die Zweitälteste, der das Lachen am liebsten war, zum Glück einen Grund zum Lachen fand.

Anna, die von Vater nichts gewußt, was eine zusammenhängende Erinnerung ergeben hätte, versuchte später etwas mehr zu erfahren, die Mutter fragte sie nicht. Er habe hinten im Garten weiße Angorakaninchen gezüchtet, auch ein Schwein, dem er einen Futtertrog gezimmert hatte. Eine Spargelzucht habe er angefangen, den Sand habe er mit einem Fuhrwerk hergeführt, hatte ihr die Base erzählt, die Schwester des Vaters. Ein Schullehrer sei er gewesen, der neue Methoden eingeführt habe, eine einfachere Schreibschrift. Er habe mit den Schülern einen Stall gebaut, darin Tiere gehalten, sie glaube Kühe und ein Pferd, das Pferd sei vergiftet worden, die Kühe seien zum Bauern zurückgekommen, wohin sie auch gehört hätten, hatte die Base gemeint. In der falschen Partei sei er auch gewesen, sie habe ihm immer gesagt, geh zu den Sozialisten, zu den Kirchlichen, diesen verfluchten Heuchlern, hätte er auf alle Fälle nicht gepaßt, sie hätten ihm Fallen gestellt, in die er auch prompt hineingetappt sei. Was für Fallen, hatte Anna gefragt, die Base hatte mit den Schultern gezuckt, er sei in Streitereien verwickelt worden. Welche? Hör auf, hatte die Base gesagt, laß das alte Zeug, das ist vorbei, wer Betrügereien aufdecken will, muß gute Nerven haben, die anderen hatten die besseren.

Auch von der Mutter erfuhr Anna nie etwas Genaues. Er war ein Phantast, sagte sie, er hat keine Menschenkenntnis, hatte sie einmal laut zu sich selbst gesagt, damals, zur Zeit der Wahlstürme, als sie oft den Kopf schütteln mußte. Aber da war Anna noch ein Kind, gewesen, Menschenkenntnis mußte etwas mit dem Herbst zu tun haben.

Aber eines wußte Anna immer. Er hat gemalt. Zu Anfang seiner Ehe ist er mit Farbkasten, Staffelei, Hocker in die Rheinauen gegangen, malte die Pappeln im Sturm, vor einem gewittrigen schiefen Himmel, er malte die Berge, den Zwiebelturm der massigen Kirche hinter seinem Haus, er malte die Maisfelder, die nasse Düsternis, den roten Föhn, einen aschgrauen Frühling. Sich selbst malte er nie. Obwohl Anna über die Bilder ihres Vaters lächelte, behielt sie eines bei sich, es ging bei ihren vielen Umzügen verloren, den Goldrahmen vergaß sie nie.

IV

KINDER

Immer war es Schotti, die ging, abends, aus der Wärme in den lichtlosen Keller, Äpfel holen, es machte ihr nichts aus hinabzusteigen, Anna fürchtete, es sprängen ihr Mäuse ins Gesicht, es hat keine Mäuse, sagte Schotti, nahm die Katze mit, die am liebsten auf ihren Oberschenkeln saß. Schotti war gut in Handarbeit, alle Pullover, Socken, Handschuhe, Kappen strickte sie, hielt sich an die Mustervorlagen, kaufte jeden Herbst ein neues Strickheft, Schmetterlingsärmel, Schlutten, tiefe Achseln, weite Ausschnitte, lange Rücken, einen Busen, keinen Busen, alles konnte Schotti, Norwegermuster, Zopfmuster, Löchligang, Fersen. Die Nadeln liefen, die Vorderteile paßten zu den Hinterteilen, in Schottis Kopf waren Gedanken, die liefen, wuchsen, klopften, rasten hinter ihren kugeligen, kurzsichtigen Augen. Sie ließ sie nicht heraus, sie gestattete es ihnen nicht herauszukommen, sie paßten nicht. Schotti redete nicht für einen Rappen. Anna hatte keine Ahnung von Schotti, niemand hatte eine, wer eine gehabt hätte, hätte es nicht vermutet, Schotti half keiner Ahnung. Schotti war dick, während des Strickens manschte sie Äpfel, mit zwei drei Bissen hatte sie einen verschlungen. Sie machte Anna und Nina neue Pullover, sie stickte ihnen Sterne auf die Wollkappen.

Schotti ging viel in die Kirche, sie ging alle Morgen zur

Messe, sie beichtete alle Samstage. Schotti ging jeden Tag zur Schule. Sie hatte Angst vor Zappi, dem Lehrer. Zappi glich einem Hund, doch Schotti sah keinen Hund, er witterte die Angst, er bellte, er sprang Schotti an, er biß, immer wieder biß er zu. Falsch, sagte Zappi, diese Rechnung ist wieder falsch, du kannst nicht denken, denken ist ein Vorgang, der bei dir nicht stattfindet, was ist das spezifische Gewicht, das spezifische Gewicht deiner Hirnmasse ist gleich Null. Sie hörte das Gelächter. Wenn er die Klausurhefte austeilte, fiel sie in eine verwirrende Leere. Sie hatte alles gewußt, aufgesagt, auswendig gelernt, wieso konnte sie es nicht. Schotti hatte noch einen anderen Lehrer, dem legte sie eine Rose auf das Pult, einmal einen Apfel. Er war Geistlicher, war sehr fromm. Im Schulzimmer hätten alle eine Nadel fallen hören. Er war es, der redete. Wovon er redete, wußte er genau, Gott wußte es auch genau, er handelte im Auftrage Gottes. Er hatte seine Lieblinge, wie Jesus die seinen hatte, Schüler, die es wagten, ihn ohne Lidschlag anzusehen, vor seinen eisigen alten Augen die unbekümmerte Fackel der Jugend zu umklammern, nicht solche Duckmäuser, ängstliche Fleißdienerinnen wie alle die, deren Namen er nicht behielt. Auch redete er zu Knaben, schlanke Knaben, dicke Mädchen waren ihm ein Greuel, ihr Anwesenheit war eine Irritation seines Geistes. Die rote Rose verdorrte, den Apfel schob er mit dem Lehrbuch weg, wem ist der, sagte er, der ist von Charlotte, rief einer, er runzelte die Stirn, streifte sie mit seinen harten Augen, le présent ne correspond pas à la réalité, sagte er, er sagte gerne das, was die Schüler nicht verstanden. Schotti hatte ihn verstanden, das Gelächter kannte sie.

Daheim sagte sie nichts. Sie mögen mich nicht, vielleicht sagte sie das einmal. Die Mutter verstand das nicht, wieso sollte man die liebe Schotti nicht mögen, sie neigte zu Übertreibungen, der Vater hörte es nicht, wenn Schotti übertrieb.

Zappi schrie, vorwärts marsch, rechtsum, schrie er, vorwärts, eins zwei drei vier, rechtsumkehrt, links, rechts, links, rechts, linksumkehrt, beweg deinen Hintern, halt, schrie er. Stillgestanden, Zappi, halt. Anna hätte mit dir zu reden. Statt Schotti würde Anna geredet haben, es war zwar zu spät, für Anna und Schotti war es zu spät, doch sie redete, obwohl es zu spät war, Zappi schon längst verfault war, fünfzig Meter entfernt von der Straße, die er für seine Schülermarschierereien gebraucht hatte. Du wärst gern beim Militär gewesen, Zappi, bei den Oberen, damit du Untere gehabt hättest, bloß wegen zwei kleinen Plattfüßen wurde dir das verwehrt, Kapitän eines Schlachtschiffes wärest du noch lieber geworden, fahren hättest du wollen, hinaus, in das Land deiner Sehnsucht, wo die Tritte der Marschierer hallten. Mit dem Platschgang derer, die sich dem Schlingern anpassen, wärest du nie von Bord gespült worden, ausgezogen bist du nicht, den Schwanz eingezogen hast du, als draußen die Schiffe sanken. Warum hast du nie gebellt, Schotti, nie die Zähne gezeigt, nie eine kleine Rede gehalten, kleiner Menschenhund, hättest du bloß sagen müssen, warum hast du nie eine freche Schnauze geführt, bist nie vor Mulli hingestanden, hast ihn ausgelacht, nicht laut, nur verächtlich. Klausurhefte und Exercices hättest du zerreißen müssen, sie ihnen in die Fratzen werfen, Masken hatten sie, von einer erbärmlichen Furcht geschnitzt in das Wurmholz ihrer Zeit, die am Verfaulen war. Wärest du doch aus der Schule geworfen worden, aus allen Schulen geworfen. Vielleicht hätte es, Schotti, vielleicht hätte es dein Leben ausgemacht. Auch daheim hättest du reden sollen, glaubenshöhnisch, sackgrob.

Dein Vater hatte einmal zu Zappi geredet, nein, die Kopfbedeckung, die Sie einführen wollen, diese Kappe, die die Sekundarschüler zu tragen hätten, ist unnötig, die Schülerelite, von der Sie sprechen, soll sich auszeichnen durch Kenntnisse und ihr Verhalten, ich werde beantragen, daß die Gemeinde keinen Beitrag an diesen Unsinn leistet.

Niemand klärte Schotti auf, nichts wußte sie, sie glaubte. Ein Lehrerpult war eine Kanzel, auf der Kanzel stand der liebe Gott, der liebe Gott stand überall. Wozu sind wir auf Erden, die in den vorderen Bänken, die Dummgescheiten gaben keine Antwort, die ließen das auf sich beruhen, der Stecken des Pfarrers ging über sie weg, bei Schotti blieb er stehen, welches sind die sieben Hauptsünden, Schotti stotterte an den Sünden, der Herr schmetterte die Klappen der Schulbänke. Unter der Brille waren seine Backen blaurot geschwollen, seine Hände zerbrachen den Stecken, des Pfarrers Hände waren die Hände des lieben Gottes.

Böser Gott, lieber Gott, zerreiße die Lüste unserer Sünden, damit wir das Opfer des Leibes in vollkommener Knechtschaft und mit schwarzem Herzen Dir darbringen können, und gib uns wieder, was Du dereinst uns genommen hast und verdamm uns jetzt durch Deine Verzeihung, wie Du uns damals huldvoll verdammt hast durch deine Bosheit. Schotti las, erschrak, sie schwieg und las im Katechismus, im Beichtspiegel, die Worte verkehrten sich, machten ihr Angst, sie verstand die Angst, verstand sie nicht. Wenn sie über ihre Lippen strich, fühlte sie ein Erschauern, das Erschauern mußte die Sünde sein, wer sündigte, war verdammt. Ihre Seele war weich und träge.

Schotti sollte Damenschneiderin werden. Mit dem Fahrrad fuhr sie in das Nachbardorf, ging in die Lehre. Dort, wo genäht wurde, war es im Sommer heiß, im Winter kalt, dunkel war es, die Decke hing Schotti über dem Kopf. Sie saß an einer Tischplatte und stichelte, zuerst durfte sie von Hand sticheln, später eine der Maschinen treten, die in einer Reihe an den kleinen Fenstern standen, dort, wo es heller war als hinten beim Ofen, um den nasse Wäsche hing. Den Kopf nicht so tief, siehst du nicht gut, fragte die Schneiderin, mach nicht so einen Buckel, bis am Abend gibt das Rückenweh. Schotti mochte, daß es Abend war, sie hatte Hunger, bei der alten Frau gab es nichts Rechtes, Brot, Apfelmus, Suppe. Schotti fuhr abends mit dem Rad nach Hause, konnte breit auf dem Sattel sitzen, die Beine spreizen, von denen sie auf dem schmalen Stuhl vor der Tischplatte gemeint hatte, sie seien zusammengewachsen. Eigentlich ginge sie gerne in die Lehre, wenn sie diese Lehre gern hätte. Manchmal konnte sie jetzt an der Büste die Stoffstücke reichen, auf der die Packpapiere angenadelt waren. Wenn die Frauen zum Anprobieren kamen, hatten die Frauen die Hüften an einem andern Ort, als die Büste sie hatte, die Büste hatte eine große Brust, die Frauen hatten entweder nichts oder noch mehr. Das kommt schon recht, bis die Knöpfe daran sind, meinte die Schneiderin, die Stecknadeln zwischen den Lippen. Manchmal hatte sie schlechte Laune, die Stoffe flogen in das Nebenzimmer. Segel flatterten aus den Kästen, die grünangemalte Wand wich, schwebte hinaus ins Blaue, die gelben Tücher falteten sich um glitzernde Bäume, klingkling machte die Stoffpuppe auf Silberrädchen, aus den Stoffhäuschen kroch der Rauch aus Watte, wolkig, quirlend, flatternd, weich wurde die Welt, eine erstickende Masse aus Stoff, Schotti schnaufte. Nicht träumen, schimpfte die Schneiderin, sind deine Knopflöcher noch nicht fertig? geh in die Küche. Manchmal mußte Schotti in der Küche arbeiten, sie knetete einen Teig, bläulichdünn klebte er an den Blechen. Keinen Rahm, keine Butter, ich will nicht backen bei der alten Hexe, sagte sie daheim. Sie muß sparen, sagte Mutter. Nein, sagte Schotti, sie ist geizig. Zum Kühlen wurden die Wähen hinaus auf die Steine vor die Schwelle gestellt, Achtung rief sie. Der Mann stand unter der Tür, zu spät, sagte der, ich habe den Fladen an den Schuhen. Er hatte rote Hände, rote Wangen, kurze Stoppelhaare, seine schwarzen Augen klebten an ihr. Sie mußte bei ihm abends die Milch holen.

Einmal sprang er sie an, drückte sie an die Stallwand, riß am Rock, aus seinem Schnauz kam ein Geruch. Mit steifem Körper rutschte sie an der Wand herab, er nestelte schnell an seiner Hose, drückte sie auf den Boden, gab ihr einen

Schlag ans Kinn, riß an ihren Beinen. Sie konnte nicht schreien, er drückte ihr die Hand auf den Mund, schlug mit den Knien an ihre Seiten. Dann sprang er auf, von ihr weg, verschwand im Dunkeln, sie sah die Unterschenkel eines Knaben, er hockte auf einem Kessel, schaute sie an. Sie rannte los, das Fahrrad ließ sie stehen, vom Bruder wurde es später geholt.

Das Nähen ist nichts für Schotti, sagte die Mutter zur Schneiderin, die Schottis Großtante war, sie bekommt Magenweh, sie muß zu viel sitzen. Sonst sagte die Mutter nichts. Es gäbe bloß Streit, wenn wir etwas sagten, meinte sie, der Mann ist ihr Nachbar, seine Frau würde sich hintersinnen. Hat er dir etwas getan, hatte Mutter gefragt, nein, hatte Schotti gesagt, der Bub war da. Was hat er dir getan, erzähl genau, sagte Mutter, Schotti sagte, es war grauenhaft, die Äste kratzten mir ins Gesicht, der Bub trug das Hemd über den Hosen. Die Mutter erschrak, Schotti redete so eigenartig.

Vater brach das Zimmerschloß auf, sie fanden Schotti auf den Knien, vor einem Bild der Heiligen im Nonnengewand, die mit wohligen Augen zu einer Gestalt blickte, in einem Strahlenkranz zu ihr sich beugend, die Finger auf dem roten Herzmuskel, die Haare weich auf den Schultern. Der Vater öffnete das Fenster, schmetterte das Bild hinaus. Schotti blieb starr wie eine Gelähmte. Sie trugen sie aufs Bett. Sie hörte nichts mehr, sah nichts, aß nicht, schlief nicht, sprach nichts. Die Tote wachte auf, geriet in Wut, schleuderte Stühle, schlug Mutter, gab Vater Fußtritte.

Stürzte sie sich zum Fenster hinaus? hockte sie auf den Boden, murmelte mit jemandem, den nur sie sah? Ihr Blick war der Blick einer Fremden, einer gehetzten Beschäftigten. Die Gespräche mit den Unsichtbaren dauerten Tage, Nächte, im erschreckenden Lachen war das Gelächter einer feindlichen Welt.

Schottis Elend begann. Niemand verstand diese Krankheit. Schotti war allein mit ihr.

Der Doktor kam, sie muß fort, sagte er. Er brachte sie in seinem Auto in eine Klinik in der Innerschweiz. Niemand sollte es wissen im Dorf, niemand durfte es wissen. Schotti war nicht krank, sie war eine Verrückte. Verrückt waren nur die Verrückten. Verrücktsein war ein Verbrechen. Wer ein Verbrechen beging, mußte schuldig sein. Was hatte Schotti verbrochen, was hatte sie getan. Sie mußte etwas getan haben, wer Böses tat, mit dem mußte man böse sein. Wie konnte man der dicken gutmütigen Schotti böse sein, brav war sie gewesen, gehorsam war sie gewesen, war in die Kirche gegangen. Sie mußte etwas getan haben, von dem niemand etwas wußte. Warum war Schotti verrückt. Verrückt war man nicht, verrückt wurde man aus eigener Schuld. Verrücktsein war Strafe. Was hatte sie getan, daß sie eine Strafe bekam. Eine liebe Stille war sie gewesen.

Der Zwiespalt zerriß die Beteiligten in zwei Teile. Der eine Teil ging weiter in die Schule, ins Dorf, auf den Bahnhof, in die Küche, in den Garten, in die Kirche. Der andere Teil verschwand in der Versenkung. In der Familie sprach niemand von ihm. Er war im Gefängnis, alle ließen den Eisendeckel auf das Verließ.

Der Vater stürzte sich in abendliche Vereinstätigkeit, die Mutter übernahm die Buchhaltung einer Baufirma, das Mädchen Anna fühlte Schatten, unerklärliche, bedrohliche, das Mädchen Nina wurde eine Bohnenstange, Dori ging fort, der Bruder schwieg, er kämpfte auf den Listen der Schulnoten um den obersten Platz, denn da war noch einer, zwei waren es, die mit ihm um den ersten Platz stritten. Die Mutter schaute in den Läden auf die Preise, sie ging selten zum Friseur, der Vater wollte keinen neuen Anzug. Wenn die Rechnungen von der Klinik kamen, wurde Mutter bleich, sie legte die Hand auf den Mund.

Schotti kam zurück. Sie trug andere Kleider, hatte eine andere Frisur, roch anders, schaute anders. Sie wollte in ein Kloster eintreten, hatte alles eingefädelt mit langen Korrespondenzen mit der Frau Mutter eines Ordens. Die Einwilligung der Eltern fehlte noch, die Aussteuer, die Bettwäsche, Leibwäsche, Reinigungswäsche. Ihr Vater meinte, daß sie zu jung sei, die Kenntnis der Welt fehle ihr, die Gesundheit sei wieder hergestellt, eine Berufswahl sei möglich, auch notwendig. Schotti trat in eine Hauswirtschaftsschule ein. In den Fächern Kochen, Hausarbeiten, Flicken gaben sie ihr die allerbesten Noten. Dann wollte sie nochmals Nonne werden, verweilte vor dem Heiligenbild, dessen Glas und Rahmen sie heimlich hatte flicken lassen und mußte in die Klinik zurückgebracht werden. In der Kirche war sie zu Boden gefallen, zu Hause war sie vom Keller in die Oberdiele gelaufen, nächtelang hatte man ihre Geräusche gehört, die Gespräche mit Unsichtbaren. Weil sie sie nicht zum ersten Mal besuchten, war Schottis Murmeln die Wiederholung eines Schreckens, der keine Wiederholung war.

Schotti ging in eine Handelsschule. Sie lernte dort amerikanische Buchführung, Maschinenschreiben, Stenographie, Korrespondenz. Sie wohnte in einem Heim, geführt von katholischen Schwestern, in einem Zimmer mit zwei anderen Töchtern. Die flüsterten, kicherten, verstummten, machten einander Zeichen mit Fingern und Blicken, wie Kugeln schossen die Zeichen hin und her. Die Klinik wurde gewechselt.

Die beste Zeit in Schottis Leben kam. Sie fand im Arbeiterkonsumverein statt, dessen Verkäuferin Schotti wurde. Im Konsum wurde geschwatzt, geplaudert, gesungen, zumindest gesummt. Die Mehlsäcke standen neben den Zuckersäcken, die Zweipfünder lagen auf den unteren Gestellen, die Vierpfünder auf den oberen, die Kernseifen wurden zu Pyramiden geschichtet, neben den Stoffballen lag das Metermaß, zusammengerechnet wurde auf Freßzetteln, die Kasse hatte eine Schublade, die alle auszogen, zurückstießen, während der Inventur wurde der Laden geschlossen, lange Pausen mit Rotwein und Aufschnitt gab es an den Aufräumetagen, die Rationierungsmarken wurden in Schachteln geworfen, Reis, Schokolade, Hülsenfrüchte, Oele, Teigwaren.

Schotti hatte eine Freundin, mit der sie sonntags spazieren ging, in die Konditorei Kaffee trinken, abends in die

Probe des Frauen- und Töchterchors. Schotti hatte eine schöne Stimme. Mit der Freundin wagte sie sich an die Kilbi, der Bruder der Freundin spielte Baßgeige, war Küher auf einer Alp gewesen, er konnte gut lachen, zusammen mit seinem Lachen hörte Schotti, daß sie ein kräftiges Lachen besaß. In der Stube der Freundin aß sie Butterzöpfe, Birnbrot, die Freundin kämmte sich den hellen Zopf, hätte auch gerne eine dunkle Brille getragen, klug sah Schotti mit ihrer Brille aus.

Die Krankheit, die zwei Jahre lang ohne Schotti ausgekommen war, suchte nach ihr, obwohl sie, damit sie nicht wiederkomme, viel Körnermus hatte essen müssen, sie kroch heran, stöberte sie auf, sprang ihr ins Genick oder vielleicht wuchs sie in ihr, ein Tumor im Unsichtbaren. Die Klinik wurde wieder gewechselt. Der Direktor der neuen Klinik war ein Lyriker, er schrieb Gedichte über Katzen und Kornblumen, über Sommer und Winter, blaue Augen und die Blume der blauen Augen, er schenkte Vater eines seiner Büchlein, illustriert hatte der Lyriker sie selbst mit Zeichnungen, Gräsern, Schmetterlingen, Sonnenuntergängen.

Schotti trat in einen Kurs für Hauswirtschaftslehrerinnen ein, Kochen und Einmachen, Waschen und Bügeln, Gartenbau und Nahrungsmittellehre, Erziehungslehre und Bürgerkunde, Lehrübungen und Methodik, im Fleiß erhielt sie lauter Sechsen. Auf dem Photo, das die Absolventinnen zeigte, hatte Schotti große Augendeckel, ein Schulmädchen mit glatten Haaren, auf der linken Seite gescheitelt, ein wenig lächelte sie. Die drei Lehrerinnen, alles

Nonnen, hielten sich im Hintergrund, eine, schräg hinter Schotti, trug eine mächtige Haube, deren Schatten ihr breites Gesicht nicht schmälerte. Der Gedichteschreiber sagte zur Mutter, die verzweifelt die Fassung verloren hatte, das sind Schübe, die kommen in immer kleineren Abständen, Sie werfen Ihre Geld zum Fenster hinaus, bringen Sie Ihre Tochter in die Kantonale Anstalt, dort ist es billiger. Und nützen tut es ebensowenig, heimgekommen, sagte es Mutter, es ist Schizophrenie. Das Wort war zum ersten Mal gefallen. Es stand auf dem Stubenboden, ein schwarzer glatter undurchdringlicher Kubus, der bis zur Decke reichte.

Anna mußte Schotti in der Anstalt besuchen, auch Nina mußte, Dori mußte, der Bruder mußte weniger, der war fort. Dori und Nina mußten auch bald weniger, die verreisten, lebten nicht mehr daheim. Anna mußte am meisten, die kam jahrelang jedes Wochenende nach Hause.

Wenn Anna nach einer Abwesenheit in die Werkstatt kam, haßte sie alles, was sie sah, die verstaubten Tische, die harten Pinsel, die sie zu säubern vergessen hatte, verkleckste Farbbüchsen, zerdrückte Farbtuben, Gestelle mit Steinen, Säcke mit Tonerde, die Stapel von Sperrholz, Spanplatten, Kartons, die Lumpen, Fetzen, Drähte, den Ramsch, den sie sammelte, Plastikpferde, Schuhleisten, Jesusmariajosefdarstellungen, die Teufelbilder, Heiligenbilder. Am meisten verabscheute sie die Bilder, die verkehrt an der Wand standen, die Aquarelle in Mappen. Viele Bilder habe ich zurückgelassen, im Haus hatte ich sie, vergessen, einfach vergessen, und es waren sicher die besten, sagte sie zu Anton. Damals war ich sicher, endlich mit dem Leben beginnen zu können, es ohne Umschweife in die Finger zu bekommen, an den Mund zu reißen, keine blinde Zeit mehr haben zu müssen, nie mehr Werkzeuge zu brauchen, die Langeweile zu verjagen, nicht den Rest eines Wunsches zu spüren, mit einem Spatel, einem Farbwurf das Loch zu füllen. Anton sagte, hör doch auf, wir räumen die Bude aus, machen einen Funken. Nie im Leben, sagte Anna, leg die Sachen in meinen Sarg, sie verbrennen nur mit mir. Dann wirst du zwei Särge brauchen, sagte Anton. Anna, einen ersten Pinselstrich machend, war überzeugt, daß es ihr nicht gelingen würde, das zu malen, was sie malen wollte, wenn es ihr nicht gelang, war es gleichgültig, ob sie es malte oder nicht malte, das Tun war gleich einem Nichttun, gleichgültig war es, ob sie eine zweite, dritte, nächste Pinselbewegung machte. Sie schloß die Augen, öffnete die Augen, der Pinsel ging von selbst, holte sich Farbe, Anna vergaß, daß sie es nicht konnte, wenn sie es nicht konnte, so konnte sie es, es war egal, ob sie es oder ob sie es nicht, ob sie hoffte, glaubte, zweifelte war unwichtig, die Hauptsache war die Bewegung, die Anstrengung der Bewegung, die Fahrt, die Fahrt ins Nichts, die nichtige Fahrt in das Bild, der Empfang durch das Bild, die Vernichtung und Wiederherstellung des Bildes, die Verwandlung Annas in das, was sie immer nie war, für einen Augenblick voll war, voll bis zur Sattheit, aus der die Zerstörung sprang, die Gewißheit, daß es nicht gelungen war, wieder nicht, vielleicht halb, nie ganz, überhaupt nie zu gelingen war, denn wenn es gelänge, wäre

Anna am Ende, doch noch ist sie nicht dort, sie ist erst am Anfang, der Rausch des Bildes gehört ihr nur am Anfang, am Ende ist Ernüchterung.

Die Kümmerlichkeit ihrer Werkzeuge, der Borstenpinsel aus Tierhaaren, der Farbpulver, Farbpasten, Mischungen aus echten oder künstlichen Erden, der Malunterlagen, Mischungen aus natürlichen Hölzern, synthetischem Leim, diese Malmaterialien, die sie hätte erforschen müssen, ihre Kräfte aber dafür nicht genügten, ihre Kenntnisse nicht, ihr Wille nicht, ihre Geduld nicht, ihre Vorstellungen nicht, diese dürftigen Mittel ergrimmten Anna. Das rein Stofflose, die Anschauung ohne das Angeschaute gab es nicht.

Es gibt zwei Arten, die Dinge zu sehen, sagte sie zu Anton, seit Eli verschwunden war, nahm Anton seine Stelle ein, die erste ist die: sehen, wie ich sie sehe, die zweite ist: sehen, wie ich sie nicht sehe. Das müßte dasselbe sein, erinnerte sich Anna, hatte Eli gesagt, die Hauptsache bist du, die sieht oder nicht sieht, und du bist allein in deinem Sehen. Das Gerichtsurteil spreche ich selbst alle Tage mindestens einmal, hatte Anna gesagt, kann ich das Sehen und die Wiedergabe des Sehens durch das Malen verbessern, mit den gleichbleibenden Augen der gleichen Vergangenheit, der nicht änderbaren Zukunft, ja, hatte Eli gesagt, wenn du dein Gehirn veränderst.

Anton antwortete nichts. Aber das Wichtigste war, daß Anna nicht nichts sagte, das Nichtssagen von Anton war die beste Antwort, die Anna je bekam. Sie beneidete ihn. Wenn der etwas tat, so tat er es, wenn er sich setzte, so setzte er sich, wenn er die Erde bearbeitete, so bearbeitete er Erde, nichts tat er, wenn er nichts tat. Bei ihr blieb immer ein Rest, ein Rest des Nichtgleichen, sie beobachtete sich selbst als Beobachterin. Wenn sie Farben strich, wenn sie die Aussicht zeichnete, den Rahmen, das Glas des Fensters, das Skelett eines Vogel, eine Gasmaske, einen verdorrten Baum, dann vergaß sie das Beobachten, in dem, was sie die wahnwitzige Selbstbelustigung der Liebe nannte, vergaß sie es auch.

Was ist ein hymnisches Gedicht, fragte Anton, der, wenn es draußen nichts zu tun gab, Kreuzworträtsel löste, Ausrufe des Erstaunens, Innenorgane, Wahnsinnsgestalten, Synonyme von Verzweiflung suchte er senkrecht, waagrecht, das Gegenteil von Glück. Damals war für Anna das Glück Schmerzlosigkeit. Ich muß Schotti für ein paar Tage holen, sagte sie, bring sie, die Gute, sagte Anton. Er machte mit Schotti kleine Spaziergänge, spielte mit ihr Karten. Erst seit Anna in der Nähe von Anton lebte, hatte sie sich erinnert, daß Schotti noch lebte. Sie holte sie auf Besuch aus der Anstalt. Seit Schotti ein Gebiß tragen mußte, schnitt ihr Anna das Essen in kleine Teile, sonst verschlang sie zu große Stücke, zerbrach die Prothese, bekam Durchfall. Schotti strickte für Anton, sie nähte für Anna abgefallene Knöpfe an die Bettanzüge, abends betete sie aus dem Gebetbuch für Anna, daß alles gut gehe.

Die Pforte fiel in das Schloß, das Geräusch der Eichentüre hallte durch die Gewölbe. Anna hörte das kühle Tropfen eines in der Hallenmauer verborgenen Brunnens. Sie ging über Sandsteintreppen, durch lange Klostergänge mit Spitzbogendecken, die Parkettböden knarrten, an den geschnitzten Türen, in barocke Gesimse eingelassen, ging Anna wie auf Zehenspitzen vorbei. Niemand begegnete ihr. Sie stieg über eine Treppe auf einen Absatz, auf den das Licht durch ein Fenster fiel, durch das Anna die umliegenden Gebäude sah, eine Grünanlage mit Springbrunnen, Blumenbeeten, Ruhebänken. Anna stieg weiter hinauf, die Stufen endeten an einer Tür, die ohne Klinke war. Anna drückte auf den Klingelknopf, sie wußte, daß sie erst nach langer Weile Schritte hören würde, das Klirren eines Schlüsselbundes. Manchmal öffnete ein junges Mädchen, ein anderes als das letzte Mal, manchmal öffnete eine ältere Frau, dieselbe wie das letzte Mal. Anna trat in einen langen Gang. An der einen Wand des Ganges waren Türen, die andere Wand bestand aus Spitzbogenfenstern, die in den Hof hinausgingen. In den Nischen der Mauer, auf Korbstühlen, an kleinen Tischen saßen sie. Alle trugen Schürzen und Pantoffeln, die meisten hielten die Hände auf dem Leib, der ein hohes Kissen war. Einige strickten, andere schauten auf ihre Hände. Die einen waren mager, die anderen dick, alle hatten verstaubte Haare, aber es war kein Staub, alle hatten dieselbe Haut, gedunsen wie säuerlicher Teig. Die Frauen schwiegen. Eine Mongoloide lachte Anna immer an, kam zu ihr, griff an ihre Kleider, von den Taubstummen kam eine, die gab ihr die Hand. Anna, der dieses Handgeben unangenehm war, dachte ans Händewaschen. Die anderen schauten Anna nie an, sie schauten auf ihr Strickzeug, auf das glänzendversiegelte Parkett, einige hatten ihren Blick auf dem Fenster, in dem der Widerschein eines ummauerten Hofes war.

Das Mittagessen war vorüber, aus der Speisestube stach der Geruch von Blaukohl, das Geschirr war zum Warenlift gestoßen worden, die Teller standen gestapelt auf einem Rollwagen. Schotti stand manchmal hinten im Gang, meistens stand sie irgendwo in der Mitte, mit hängenden Armen, im Sommer im Strickjäcklein, im Winter im Mantel und hatte Anna erwartet. Muß ich einen Schirm mitnehmen, sagte sie. Hinter ihnen hörten sie das Verriegeln der Gangtüre, sie gingen durch die Bogengänge zur Pforte. Anna fuhr mit Schotti auf der Waldstraße die Kehrtwendungen zum Ort hinunter, wo sie einen Auswahl an Cafés hatten. Schotti aß Süßes, Anna trank Schwarztee. Wenn Schotti über die Glätterei redete, in der sie vormittags zwei Stunden, nachmittags drei Stunden die Zeit verbrachte, hörte Anna zu, wenn Schotti nichts sprach, Süßes aß, holte Anna eine Illustrierte, gab ihr auch eine. Schotti legte sie beiseite, sah auf ihren Teller, trank in großen Schlücken, hatte plötzlich genug.

Sie führte Anna in die Glätterei, es roch nach Dampf und Seifenlauge, hinter einer Glastüre stand sie an einem langen Tisch, faltete Wäsche, die durch die Bügelmaschine geschoben worden war, sie faltete Nachthemden, Taghemden, Unterhosen, Unterröcke, sie faltete Schürzen, Beigen lagen auf kleinen Tischen, wurden hergebracht, weggebracht in Körben auf Schubkarren. Anna machte mit Schotti ein paar Schritte auf den Kieswegen um den Rasen.

Iß nicht zu viel, sagte Anna, wie schwer bist du jetzt, Anna sah zu den vergitterten Fenstern hinüber, schöne Lupinen, sagte sie. Ich habe einen Verlobten, sagte Schotti, er arbeitet in der Männerglätterei, er läßt mir Kaffee heraus, wo heraus, sagte Anna, schaute auf die Uhr. Anna brachte Schotti in den oberen Gang zurück. Sie gingen langsam durch die Bogengänge. Anna fühlte schwere Schuld. Sie hätte mit Schotti reden sollen, das richtige Gespräch finden müssen. Anna läutete an derselben Türe, deren Farbe vom Holz abblätterte, das Schlüsselklirren kam, die Türe ging auf, Schotti ging hinein, die Türe ging zu, wurde verschlossen. Anna rannte die Treppe hinunter, rannte durch die Gänge zum Ausgang, die Pforte fiel hinter ihr schmetternd ins Schloß. Das Auto kreischte in den Kurven, hör auf Mädchen, sagte Anna, wenn sie von Schotti kam, führte sie eine Weile Selbstgespräche, hör auf, solche Fahrerei gibt Unfälle, hör auf zu Heulen, du mußt sie viel besuchen, das ist besser als Heulen, du mußt mit ihr reden. Daß sie das nach Jahren nicht mehr sagte, das mit dem Reden, daß sie akzeptiert hatte, daß es darüber nichts zu reden gab, Schotti in der Anstalt blieb, die Schubketten Zeit hatten, ihre Glieder zu schließen, die Schlafkuren, Insulinkuren sie verschluckt hatten, die Stirnlappenschnitte sie gedämmt hatten, das alles wollte Anna vergessen. Und Anna vergaß.

In der Zeit mit Anton kam ihr Schotti wieder in den Sinn. Schotti wurde eine Gewohnheit, wie ein hinkender Fuß bei einer Bekannten, wie das langsame Schrumpeln des eigenen Gesichts, der gewöhnliche Zerfall der Erinnerung. Ich muß sie wieder einmal besuchen, Anna sagte es, geh, antwortete Anton, besuche sie, ich muß sie wieder einmal holen, sagte Anna. Hole sie, die Gute, Anton mochte Schotti.

Schotti saß auf einem Stuhl in Annas Haus, sie saß breit und lächelte. Sie gab Anna eine Audienz. Was wünschst du, redete sie, ein Paar Socken, ein Paar Handschuhe. Sie wartete auf das Essen, am Vormittag freute sie sich auf das Mittagessen, am Nachmittag auf das Abendessen. Manchmal watschelte sie mit Anna zum Einkaufen, haben wir alles, sagte sie. Nie vergaß sie nach dem Essen die Medizin, Nozinan, 100 mg, morgens eine halbe, abends eine ganze, Majeptil, 10 mg, morgens eine, mittags eine, abends eine, Akineton, 2 mg, morgens eine, mittags eine, Haldol, 10 mg, morgens eine, abends eine. Wer wohnt jetzt in unserem Elternhaus, sagte Schotti, das ist fein, ja gern, danke für das feine Getränk, wer wohnt jetzt drin, sagte sie, danke für das feine Essen, wieviel Kinder hast du in der Schule, hast du noch Farben, folgen sie, wie es jetzt im Haus aussieht, sagte sie, danke für den feinen Dessert. Nach dem Essen bleib sie auf dem Stuhl sitzen, lächelte, ihr Gesicht war das Gesicht einer Königin. Sie faltete die Serviette, legte sie mit Grazie neben den Teller. Sie erhob sich, schwebte zum Kamin, setzte sich mit Würde. Sie wartete, bis sie zu Bett gehen konnte, ohne das Gesicht zu verlieren, es leuchtete rein und faltenlos. Fernsehen verschmähte sie, Zeitungen interessierten sie nicht. Auf Abwechslung war sie nicht angewiesen. Sie wartete auf die Träume. Ich hatte einen schönen Traum, sagte sie am Morgen. Erzähl ihn. Sie erzählte nichts. Es war ein schöner Traum, sagte sie, legte ihre feinen Hände auf das blaue Kleid. Sie war schön angezogen, wenn sie bei Anna war. Sie trug das Schönste, was sie besaß. Den Kopf trug sie dazu wie eine Fürstin. Ihr Nacken war rund, schmiegsam. Eine kleine goldene Kette war auf ihm, ein Geschenk von Mutter. Sie duftete gut. Sie hatte Parfum geschenkt bekommen. Sie schenkte dafür Anna Rosen aus der Migros, wie Anna schon an der Kasse vorbei war, ging Schotti zurück, legte ihr Taschengeld hin. Anna weinte fast. Sie ließ ihr ein Schaumbad einlaufen. Sie half ihr aus der Badewanne, halte dich fest, Schotti, sonst rutschst du aus. Anna trocknete sie, geleitete sie zu Bett, schlug ihr die Leintücher zurück. Was brauchst du noch, nichts, nichts mehr, danke, schlaf gut, ich lasse im Gang das Licht brennen. Schlaf gut, Anna, danke für die Begleitung, schon war sie weg, lächelte, drehte sich nicht mehr um.

Jetzt, wo Schotti alt geworden, Anna alt geworden ist, beide im selben Boot sitzen, könnte sich Anna sogar vorstellen, daß sie mit Schotti zusammenlebte, sie in einem Zimmer, Anna in einem anderen, zusammen kämen sie in einem dritten Zimmer zu den Mahlzeiten und zu Gesprächen. Doch Schotti will nicht, es ist ihr zu langweilig bei Anna. Sie wohnt jetzt, da sie so ungeheuer ruhig geworden ist, lieber in einem Altersheim, endlich durfte sie aus der Anstalt weg. Im Altersheim sind noch andere, die Schotti ähneln und sie unterhalten.

Die Geschichte, an die sich Anna erinnerte, eine ganz junge Psychiatrieschwester hatte sie ihr einst erzählt, ein Engelchen von einer Schwester war die, wäre doch das Bindeglied zwischen Schotti und Anna gewesen, denn wie bei jeder Geschichte kam es nur auf die Betrachtungsweise an, Namen oder andere weitere Umstände taten nichts zur Sache. Anna erzählte die Geschichte Anton, etwas ausgeschmückt, um Anton nicht zu langweilen. Können die dort oben so grausam sein, fragte Anna, Anton antwortete wie gewohnt mit ja, das können sie, so ist es. Also, der Mann hieß Wurster, erzählte Anna, er trug neue Hosen und brandneue hellbraune Schuhe. Die Hose hatte ihm seine Mutter, die Schuhe hatte er selbst gekauft, im Ausverkauf. Wurster stand im Garten an der Ecke der Mauer zwischen der Frauenabteilung und den Landwirtschaftsgebäuden, und hielt eine kleine gelbe Blume in der Hand. Er legte sie auf den Stein, der wie ein Grenzstein an der Mauer stand, er steckte die Hände in die Taschen der weiten Hose. Wurster mit dem Voressen, den Nudeln, den Medikamenten im Bauch war zufrieden, er hatte die Schwester beschummelt. Eigentlich sollte er jetzt an der Postautohaltestelle sein, er hatte Ausgang. Die anderen saßen schon in der Wirtschaft im Dorf oder auf den Bänklein des Männergartens, verdauten den Kabissalat. Sonntags war die Männerabteilung immer früh fertig, bis die Frauen die Teller abgeräumt, die Gebisse gespült hatten, waren die Männer abgefahren, ins Dorf hinunter. Wurster drückte sich um die Ecke der Mauer hinter die Gebüsche. Eine Pflegerin ging scharf an ihm vorbei, es war die mit den Ballenaugen, mit dem vielen harten Holz vor der Tür, er fürchtete sie. Wurster, hätte sie gerufen, verschwinden, aber sofort, oder ich bring dich hinauf. Von seinem Versteck aus sah er die Frauenabteilung kommen, lauter Alte, sie gingen unter die Bäume, die Pantoffeln schleiften auf dem Kies, sie wurden in den Schatten gesetzt. Aber dann kamen die Jungen, die Dünne mit den schwarzen langen Haaren, Wurster schluckte. Seine streunenden Augen flatterten. Die Aufsichtsschwester beschäftigte sich mit der Dünnen, die hatte Stühle gekippt, ihre Weinlaute drangen zu ihm herüber. Die Fette war hinter den Magnolienstrauch gelaufen, er sah ihren geblümten Rock nicht mehr. Plötzlich stand sie vor ihm. Flink zuerst, dann langsam stiegen sie über alpige Weiden, die hinter der Anstalt begannen, gingen auf Kuhtrittpfaden, die Frau stolperte in ihren weißen Plastiksandaletten. Ich heirate dich, sagte Wurster, wenn ich herauskomme, gehe ich zu Mutter heim, die hat einen Laden, du kannst ihr kochen helfen. Sie schwiegen. Die Geblümte schnaufte fest, an ihren Schuhen klebte Erde, die Brille schwitzte, die Kulleraugen verdrehten sich, blieben schräg stehen. Auch der Mann mochte nicht mehr laufen. Er drückte die Tür eines Stadels ein. Die Frau konnte doch nicht mit ihrem Sonntagsrock in den Dreck absitzen. Beide saßen auf dem Heu. Der Mann stand auf, ließ seine Hose herunter, warf das Hemd weg, in Schuhen stand er vor der Frau, er schauderte, preßte die krummen Beine zusammen. Die Augenlider der Frau gingen schnell auf und ab. Sie hatte es noch nie tun lassen, aber nun war es Zeit. Das Heu stach sie ins Gesäß. Der Mann bewegte die Hand auf ihren Schamlippen, sein Bauch drückte auf ihren Bauch, der Mann stieß ihr etwas, was steif war, zwischen die Schenkel, sie fühlte Kaltes, der Mann fiel schwer auf sie, den Mund offen, die Augen starr, seine zuckenden Schuhe schaufelten Heu auf ihre Waden. Sie lagen still. Der Mann hatte die Hand auf die Hand der Frau gelegt.

Insassen, sonntagsmüßige auf der Suche, waren ihnen nachgelaufen, mit langen ziehenden Schritten, duckten sich in Erdlöcher, hinter Brennesselhügel, polterten an die Bretter, äugten durch die Ritzen, ihr Gelächter war laut. Der Mann zog sich in der Eile die Hose verkehrt an, die Frau verlor ihr weißes Handtäschchen. Die anderen Frauen zerrten an ihrem Rock, die Männer warfen Erdklumpen nach dem Mann, einer schmiß ihm ein Grasbüschel an den Hinterkopf. Mit Gejohle zogen sie in den Hof der Anstalt ein. Wurster hatte eine Beule. Er bekam andere Medikamente. Die Geblümte wurde in die obere Abteilung versetzt, dort gab es keinen Ausgang, die Schwester zählte mehr Pillen auf die Schale.

Heute ist es viel besser mit Schotti, sagte Anna zu Anton, früher war sie untragbar, jetzt ist sie ruhig geworden, früher warf sie den Schwestern Tassen ins Gesicht, sie schleifte die Mitgefangenen an den Haaren herum, sie riß sich die Kleider vom Leib, auf dem Weg zur Glätterei, an der Baustelle, wo die Italiener waren. Anna erzählte einige Male von Schotti, Harmloses erzählte sie. Zuerst verschickte sie Socken, sie verschickte sie an Nina, später an Ninas Mann, an Dori, später an den Mann von Dori, an den Bruder schickte sie nichts mehr. Niemand brauchte Socken, gekaufte waren feiner, hatten keine harten Knöpfe. Zuerst schrieb sie Briefe, als Mutter gestorben war, beantwortete sie niemand mehr. Sie wollte immer weg aus der Anstalt. Such mir eine Stelle, sagte sie, du hast es am besten dort, wo du bist, an einem Arbeitsplatz mußt du viel arbeiten, sie schimpfen mit dir. Ich habe das Kochen verlernt, sagte sie, such mir eine Stelle, du kannst an keine Stelle, bleib du, wo du bist, hier hast du es am besten.

Eine ganz frühe Erinnerung erzählte Anna nie. Der Pfarrer sang gloria in excelsis Deo, der Kirchenchor sang et in terra pax hominibus bonae voluntatis. Sie schielte zu Schotti, die neben ihr kniete, ihr Buch aufmachte, zumachte, das Gesicht in die Hände legte, schwer atmete, seufzte, lauter seufzte, kniete, wenn die anderen sich setzten, wenn die knieten, aufstand, laut betete, wenn die anderen nicht beteten. Wie Messer wurden die Blicke der hinter ihr Knienden. Schotti begann zu weinen, die in den vorderen Bänken wendeten sich um, tuschelten, Anna wurde rot, immer röter, still, flüsterte sie, still, du dumme Kuh, Schotti hörte nichts, schnaufte schwer, seufzte, still, du verrückter Tschumpel, flüsterte sie. Wenn jetzt Schotti noch lauter weinte, wenn sie schrie, auf die Klappbank stünde, auf die Armlehne spränge, der Pfarrer mit Singen aufhörte, die Orgel aufhörte, alle herschauten, auf sie beide, in der Mitte der ganzen Kirche, Anna begann zu schwitzen, der Schweiß rann ihr den Rücken herunter, sie rutschte von einem Knie aufs andere, wie sie Schotti haßte, nichts als schämen mußte man sich mit ihr, wenn doch der Lüster herunterfiele, das rote Licht explodierte, der Pfarrer einen

Schlaganfall bekäme, der Kirchenturm zusammenkrachte, damit die Leute etwas anderes zu gaffen hätten, die Messer in ihrem Rücken zu stechen aufhörten. Als die Messe zu Ende war, hatte ihr Mantel, um den sie ihre Mitschülerinnen beneideten, unten einen Schmutzstreifen, sie hatte beim Sitzen vergessen, die Schuhe nicht auf die Kniebank zu stellen. Schotti hatte aufgehört zu weinen.

Hinter Dori sah Anna Dori nicht, sie sah durch sie hindurch, Dori war nirgends, auf einem anderen Planeten, im Abgrund der Zeit. Anna hörte, daß Schotti und Dori Zwillinge seien, fremde alte Wesen waren sie, komische, die nicht zueinander paßten, mit gleichen Röcken, die nicht zu ihnen paßten. Dori fiel von der Estrichstiege, brach das Bein, Vater machte ihr ein Liegebett im Garten, dort wo alle ein- und ausgingen, wurde auf Harasse eine Matratze gelegt. Auf der Photographie sah Anna Dori mit dem Gips, mit Pagenfrisur saß sie auf der Matratze, ihre Lippen, als hätte sie soeben etwas gerufen. Bei den Leuten wollte sie sein, einer Hauskatze gleich. Dori war die, die nicht strickte, nicht las, nicht Hausaufgaben machte, sie redete. Dori ging Anna auf die Nerven mit ihrem ewigen Reden, dazu lachte sie noch zu ihren Reden, lachte zu den Reden der anderen, sie wartete, bis die anderen eine Redepause machten, dann fiel sie ein mit ihrem Lachen. Das Lachen, das Kinderspiel einer Gitarre, nicht laut, etwas spröd, etwas kräftigere Schläge hätten die Zuhörer manchmal gerne gehört, sie zirpten ihnen ins Ohr, beinahe einschläfernd. Dori war die, die nicht gut in der Schule war, nicht gut rechnen, nicht gut schreiben konnte, unverzeihlich für Anna, die beschloß, Dori nicht zu beachten. Dabei blieb es.

In der klebrigen Dämmerung des Eßsaals roch es nach Staubsauger. Eines der jungen Mädchen fuhr mit dem Lappen über die Fenstersimse, das andere junge Mädchen griff nach den Stuhlbeinen, hob die Stühle von den Tischen, drehte sie, stellte sie auf die Diele. Die Saalschwester kam durch die Schwingtüre, wieder einmal zu lüften vergessen, rief sie, riß ein Fenster auf, die Messer ordentlich hinlegen, alle Tassengriffe nach rechts, durch die immer noch schwingende Türe ging sie hinaus. Eines der Mädchen brachte die Frühstücke in die Zimmer der Privatabteilung, es klopfte, sagte guten Morgen, stellte die Tabletts auf die Tische. Die Patienten, die Amerikaner, schienen nicht krank zu sein, good girl, riefen sie, streckten den Zeigefinger hoch, bewegten den Mittelfinger, deuteten auf die Butterportionen, warfen die Brötchen wie Bälle, versteckten sie unter den Kopfkissen, ihre Kiefer knackten. Hunger, sagten sie, als ob sie die eisige Nacht durch die Wälder geprescht wären auf der Suche nach dem verlorenen Feind. Dori verlor ihre Scheu vor den fremden jungen Männern mit den kurzgeschorenen Köpfen, den schmalen Ellbogen. Der Schwarze hatte lange Hände, welche die Farbe wechselten, als bewege träger Wind ein Pflanzenblatt, die elfenbeinfarbenen Fingernägel waren kleine Muscheln.

Am Rande des Gerangels wagten sie sich in das Getümmel, sie spielten mit, die Erzieherin der Zöglinge, welche die Kissen knüllten, einander um die Köpfe klatschten, sich mit Fäusten berührten, sich umtänzelten, Betten verrückten, das Zimmer zum Ring machten eines Kampfes um nichts, um Zeit, um Aufschub, um Gelächter, das endete, wenn die Knaben auf den Betten lagen, keuchend, fleckenwangig.

Dori rannte durch die Gänge in das Untergeschoß des Sanatoriums, schneller als der Lift war sie. In der Küche war ihr rotkarierter Rock, die weiße Schürze, das weiße Kopftuch, bevor die Nonne nach ihr gesucht hatte. In den Wochen der Fleischzubereitung gefiel Dori ihre Lehre. Der Lehrschwester Rügen, sie werde nie eine gute Köchin, wenn sie das Fleisch nicht beherrsche, das sei das Schwierigste, weder flatternde Finger noch Angst vor Brandblasen dürfe es geben, machten ihr nichts aus. Die Süßspeisenwochen gelangen Dori besser, die Puddinge, die im lauen Bad eingedickten, die Cremen, mit einer Lederhaut in der Kühlkammer hinter den blinden Fenstern, mochte sie aber nicht, sie aß lieber Fleisch.

Dori sparte Geld, sie schlittelte abends nicht mehr mit den anderen Lehrmädchen ins Dorf hinunter, wo sie in einer Konditorei mit dem Schlaf kämpfte, sie blieb in ihrem kleinen Zimmerchen unter dem Dach, das sie mit einer teilte, der sie ihre Lockenwickler lieh. Sie hörte die Saalmädchen und die Küchenmädchen, die, welche schlafen wollten, hatten Stimmen, als hätten sie Kartoffelbrei im Mund, die anderen, die Strümpfe stopften, riefen zu Dori hinaus, die im Gang über dem Waschbecken die Haare wusch.

Sie räumte ihre Wäsche in den Kasten, der Tisch war zu klein für die Menge Stühle, die sie vom Estrich geholt hatte. Auf das Teigbrett, das auf zwei Hockern lag, stellte sie Thermosflaschen mit Kaffee, Tassen, Väschen, gefüllt mit

Blumen, am freien Tag gesammelt, auf den Wiesen, entlang der Straße, die durch den Wald in Kehrtwendungen zum Sanatorium hinaufführte. Am Mittwochabend zogen sich die Schwestern in die Klausur zurück, Dori huschte in die Küche hinunter. Bis sie das Geschirr oben hatte, rannte sie ein paarmal das Treppenhaus auf und ab. Sie hatte Glück, niemand begegnete ihr. Als Dori dachte, sie hätten es vergessen, kamen sie, stolperten über das Kabel, schoben ihre dicken Oberkörper durch den Türspalt, aus den Innentaschen ihrer Militärjacken zogen sie die Flaschen, warfen ihre Mützen auf das Bett. Dori hatte nicht an den Korkenzieher gedacht. Die jungen Kerls, erst zart, wurden Männer, schoben die Möbel in den Gang hinaus. Dori tanzte mit jedem, ihre Zimmernachbarin tanzte auch, zu den immer gleichen drei Schallplatten tanzten sie, ihr Leib wurde eng, als bekomme er nicht genug Luft, war aufgebläht mit Luft, wurde ein drehender Kreisel, legte sich schräg zur Seite, blieb stehen, begann von neuem mit der Drehung, langsam, schwer und schwerer, leicht, leichter. Der eine drückte ihr beim Tanzen die Flasche in den Rücken, hob von Zeit zu Zeit die Flaschenöffnung an den Mund, der andere drückte seine Hand an ihr Gesäß, bog sie nach hinten, wieder ein anderer zeigte ihr neue Schritte. Sie setzte den Fuß auf die Ferse, wippte auf die Zehe, schlug mit der rechten Hüfte aus, mit der linken, sich drehend, stieß sie sich selbst und den anderen weg. Dori hatte außer Walzer und Foxtrott, welche die Mädchen der Schulklasse unter sich geübt hatten, nicht tanzen können, sie lernte rasch. Sie trank pluttes Wasser, hatte heiß, im Gang draußen zog sie die Strümpfe aus, kam barfuß zurück, faßte einen Holzsplitter in den Fuß. Der, mit dem sie sich beim Tanzen am besten fühlte, die Schritte Amerikas gelernt hatte, der, mit dem sie nichts sprechen konnte, hinter den Augenlidern den roten Mond, zog ihr den Splitter heraus, alles hatte er bei sich, Heftpflaster, Taschentuch, Schnaps, küßte ihre Fußsohle. Dori kicherte, schlüpfte zurück in die Schuhe. Der Tango verscherbelte, einer hockte auf dem Boden, zwei lagen auf dem Bett, die Musik hatte aufgehört. Der, welcher ihr fein die Fußsohle geküßt hatte, stand am Fenster. Dori ging zu ihm, reckte sich, berührte seine Lippen mit den ihren, seine Zunge schnellte in ihren Mund. Dori rutschte erschrocken in die Dunkelheit, die auf sie gewartet hatte mit seltsamem Trost. Sie standen still aneinandergelehnt, als die Nonne hereinkam, die zuerst nichts gesehen, mit den Händen schlagend hinter den Rauchschleier gesprungen war.

Man habe Dori mit betrunkenen Soldaten gefunden, in ihr Zimmer habe sie die Kerle geschleppt, das zweite Mal schon sei das passiert, Doris Lehrvertrag werde gekündigt. Mutter geriet in Aufregung, rotköpfig würgte sie an Tränen. Schlimmes mußte geschehen sein, Anna wußte nicht was, aber wenn es um Männer ging, war Schlimmstes sofort passiert. Anna erwartete, Dori bedrückt heimkehren zu sehen, Dori kam, lachte, verstummte, als ihr Blick auf Mutter fiel. Zum ersten Mal sah Anna, wie hübsch Dori war, wie hübsch. Ihre dunkelglänzenden Haare wirbelten ihr ums Gesicht, sie öffnete den Lackgürtel, der ihre Taille fein machte, schlüpfte aus den Sandaletten, warf sich auf das Sofa, hob die Beine an ihr Kinn und hell war ihr Lachen, die Glocke des Frühlings, zugleich hatte es etwas Verschmitztes, als lache der Frühling über sich selbst.

Dori war nun eine Weile daheim, statt daß sie kochte, sie hatte es doch gelernt, tat sie nichts, trällerte, tanzte zu Radiomusik, die Hände auf dem Rücken verschränkt. Sie ging posten, kam lange nicht zurück, abends sagte Mutter, wo ist Dori, niemand wußte es, Dori kam um neun zur Türe herein. Im Sanatorium war um diese Zeit die Haustüre verriegelt worden, wer später kam, mußte läuten, bekam einen Verweis von Schwester Huberta, die es der Schwester Oberin mitteilte, die es ihrerseits Schwester Angelika wissen ließ. Schwester Angelika war die Oberköchin gewesen, welche die Mädchen genug gewarnt hatte, besonders die, welche bald die Abschlußprüfung zu bestehen hätten in Nahrungsmittellehre, Fleischzubereitung, Konservierung im Kühlfach, Garzeit von Schweinebraten, Wochenpläne, die Gefahren falscher Lagerung. Plötzlich bekam Dori schlechte Laune und Putzwut. Schuhe ab, vom oberen Gang rief sie es herunter, warf die volle Kehrrichtschaufel vor Anna hin, die Leskatz soll auch etwas tun, rief sie, rannte in ihr Zimmer, schmetterte die Tür.

Einige Zeit brauchte sie dann, bis sie wußte, wohin sie zu gehen hatte. Wenn sie aus dem Tram stieg, straßauf, straßab, wäre niemand zu fragen gewesen, niemand stieg hier aus dem Tram. Entlang der Gehsteige zogen sich die Mauern, von dichten Bäumen überwachsen, unterbrochen von Gittern, Garageneinfahrten. Einmal kam ein kleiner Hund aus einer Lücke, sein Glöckchen bimmelte, sie sah ihm nach. Sie sah ein kleines Mädchen mit einem Sportsack, einer zu großen Pelzjacke, es gab keine Antwort auf die Frage, wohin es gehe. Still war es. Dori fing zu rennen an, sie stieß ein Tor auf, rannte zwischen Bäumen über einen Kiesplatz zu den Hintertüren eines Hauses, das unbewohnt schien.

Wir schätzen es nicht, wenn das Personal durch die Gartentüren kommt, hatte die Frau gesagt, ihre roten Fingernägel strichen über die grauen Stirnfransen, griffen an den Nacken unter das steife Haar. Dori ging in die Küche, fing sofort zu essen an, Salami, sie rannte in den obern Stock, holte aus ihrem Zimmer Brot, machte Spiegeleier. Milch und Fleisch waren verboten in dieser Küche, die aus Weiß bestand, Wände, Schränke, Tische, der Boden waren weiß, die Kochplatten weiß abgedeckt. Immer spürte Dori Hunger, wenn sie in diese Küche kam. Wenn sie gegessen hatte, ging sie spazieren. Durch das Haus spazierte sie. Auf ihre Schlendergänge nahm sie Kuchenstücke mit, sie backte immer zwei Kuchen, einen für sich allein, früher hatte sie Süßes nicht gemocht, jetzt war sie gierig danach. Madame klingelte mit dem Gäbelchen durch die Krumen, legte die roten Nägel an die gestülpten Lippen, machte mit der anderen Hand halbrunde Bewegungen durch die Luft, geswind digg, meinte sie. Wie durch ein bekanntes Bilderbuch ging Dori durch die Räume, von den Glasvögeln zur Porzellanausstellung, zu den Silbergestellen mit den Parfums, Schminktöpfen, Puderschachteln, sie öffnete die Kästen, bedauerte die unpassende Kleidergröße, die Blusen waren ihr alle zu eng, die Schublädchen in der Schreibkommode waren ein Entzücken für ihre unschuldige Neugier, sie stöberte im Sammelsurium eines Kindes, Stoffrosen, Seidenbänder, Glaskugeln, Spielkarten, Briefpapiere, Briefmesser, Steine, Trockenblumen, die Ketten, Spangen, Ringe, Ohrgehänge in den seidengepolsterten Schatullen nahm sie heraus, legte sie um den Hals, an die Arme, bewegte sich vor dem Spiegel, der wie Altarflügel bewegt werden konnte. Die Flügel waren außen bemalt mit einer Quellandschaft, Nymphen in durchsichtigen Schleiern wurden beobachtet von einem Jüngling im Reitkostüm, hinter einem Felsen verborgen. Des Mannes Gemächer waren unergiebig, außer Kästen voll Anzügen, Hemden, Krawatten, Schuhen war nichts zu sehen. Die Suche nach dem Schlüssel der stets verschlossenen Tür neben dem Ankleideraum, beschäftigte Dori einen Abend lang, als sie ihn fand, im Schuhkasten neben der Garderobe in einem Sommerleinenschuh, war sie enttäuscht, im Zimmer gab es nichts als Metallkästen, aufeinandergestellte Metallbehälter, alle schlüssellos. Dori kehrte ins Wohnzimmer zurück, stöberte in den Stößen von Illustrierten, legte sich auf den Divan, die Beine hoch, neben sich das Glas mit Sherry. Du, ein Säufer, sagte Madame zu Monsieur, dessen schweigsame Zerstreutheit es Dori ermöglichte, ihre Gewohnheiten nicht zu unterbrechen. Wenn er von seiner Frau heimkehrte, bleib Dori ruhig liegen, er beachtete nie, wer sich in den Wohnzimmern aufhielt, einmal hatte er sie mit einem späten Gast verwechselt, sich mit Bücklingen entschuldigend zurückgezogen.

Manchmal gab Madame eine Einladung. Ein Traiteur lieferte das Erforderliche, Dori hatte nichts zu tun, als Gläser aus dem Schrank zu holen, Aschenbecher zu verteilen. Die Putzfrau half Dori anderntags beim Aufräumen, sündenschad, die guten Sachen, sagte sie, aßen die Lachsbrötchen, den Kaviar mochten beide nicht, meine Katze ist scharf darauf, sagte die Putzfrau, die Dori Tütenmilch brachte. Die Eingeladenen, magere scharfgepuderte alte Damen in gelben Seidenblusen, beigen Faltenröcken, mit über den Schultern drapierten Schals, alte Männer in weiten Anzügen mit Gilets, mit großen Nasen, faltigen Hautsäcken unter den großen Augen, die einen fernen Gegenstand umklammerten, achtlos die Dinge vor ihnen verwechselten, Trinkgläser, Brillenetuis, gaben Dori das Gefühl, unsichtbar zu sein.

Dori blieb einige Zeit in diesem Haus, das allmählich ihr zu gehören schien, in dem sie bequem lebte, aus dem sie fast nie herauskam, das Fahren der Lebensmittellieferwagen auf dem Kies das einzige Geräusch war, außer den Tönen ihres Plattenspielers, laut vom Obergeschoß herunter. Das Kaufen von Schallplatten war es, was Dori bewog, am Glashaus mit den rosanen Kakteen, den hellgrünen Pflanzen, die erstarrt hinter den Scheiben ihr winkten, vorbeizulaufen, durch das Gittertor auf die Straße hinaus, auf der sie nie jemandem begegnete, an der Haltestelle zu warten, bis ihre Straßenbahn kam, die sie in die Stadt hinunterbrachte, in das verwirrende Getriebe, aus dem ihre Wege mit gleichbleibendem Zirkelschwung wieder zur Traminsel führten, wo die Plakatwand an der gegenüberliegenden Straßenseite ihr die Richtung zeigte.

Dann blieb Madame tagsüber im Haus, hatte alle Türen offen. Dori konnte nicht mehr ungestört mit Mutter telephonieren. Mir ist langweilig, mit niemandem kann ich reden, mir ist es verleidet, was macht Schotti, Anna, Nina, ich habe dir doch gestern alles erzählt, sagte Mutter, was macht das Bruderherz, sagte Dori, häng noch nicht auf, sagte sie, der Chauffeur hat gestern die Lieferungen verwechselt, es ist ein Neuer, wir hatten ein Pfund Schinken und zehn Milchtüten in der Küche, Madame hat alles zu den Abfällen geworfen, sie ist krank, sagte Dori, sie liegt oben, aber sie hört nichts. Häng noch nicht auf, sagte Dori, Monsieur ist verreist, er ist der einzige, mit dem ich lachen kann, wart noch, häng noch nicht auf, Swinigel nennt sie ihn, letzthin hat sie ihm alle Krawatten fortgeworfen, der Swinigel macht Flecken, Fräulein Dori, bringen Sie doch bitte die aus dem Koffer, hat er gerufen, der mit der Etikette Magdalen, nur Sie scheinen zu wissen, was sich in diesem Haus befindet, er ist Holländer, sagte Dori, aber er redet wie ein Deutscher, mir ist langweilig, sagte sie, ich komme heim, häng noch nicht auf, mir ist langweilig.

Dori wollte in ein Haus mit Kindern. Die Kinder waren acht Knaben, gingen ins Gymnasium, fragten Dori über die Verwendung des Akkusativs im Deutschen, fragten nichts mehr. Sie hätte die fremde Sprache erlernt, wenn mit ihr gesprochen worden wäre, niemand sprach mit ihr. Am

Meer, wo die Familie in ein Ferienhaus zog, hütete Dori den Kleinsten, hatte Angst, er ertrinke, sah ihn ohne Unterbruch an, auch wenn sie im offenen Badehaus die Kleider wechselte. Machen Sie das bitte hinter einem Tuch, sagte Madame, die Leute meinen, Sie seien eine Schwedin, die sind so schamlos. Dori schlief im Keller, vom Bettgestell rieselte Rost, sie legte ein Taschentuch auf das Kopfkissen, die Wand rieselte auf das Bett, über die Mauer flohen Spinnen, große Käfer wanderten an der Decke. Die Launen des Kochherds plagten Dori, an einem Tag wurde er sehr heiß, an einem andern blieb er lauwarm. Wenn es ihr gelang, das Roastbeef vom wacklingen Rost zu nehmen, ohne daß die heiße Butter ihr die Arme verbrannte, war sie zufrieden, rot mußte es sein inwendig, wenn es nicht rot war, schaute Monsieur Madame an, tippte sich an die Stirn, die Buben maulten. Niemand sprach mit Dori, außer sie hatte wieder einmal den Wasserkrug auf den Tisch zu bringen vergessen. Ab drei Uhr nachmittags hatte Dori Magenweh, schaute das Meer an, der Kleine schaufelte Sand, plauderte mit sich selbst, hatte Durst, hatte nochmals Durst, mußte Pipi. Sie müssen mit Laurent zur Toilette gehen, die Leute meinen, Sie seien eine unverschämte Deutsche. Als Dori den Morgenkaffee ins Schlafzimmer brachte, lag Monsieur mit Madame im Bett, Dori erschrak, Entschuldigung, das war das Wort, das sie gelernt hatte, sie erschrak ohne aufzuhören, die beiden brachen in Gelächter aus, Dori, die gemeint hatte, in delikaten Dingen seien sie unterbrochen worden, war rot geworden, sie hatte sich vorgestellt, daß neun Buben unaufhörliches Lieben erforderten.

Das Kellerfenster ging in einen Pinienwald hinaus, zwischen den Bäumen wuchs nichts als flaches filziges Moos, was die Stämme glatt machte, wie aus kaltem Kupfer waren sie. Dori zog sich immer im Dunkeln aus, einmal hatte sie einen Schlag an die Scheiben gehört, als sie nachgeschaut hatte, sprangen die Buben weg, sie erkannte eine Stimme, die stotternde von Gabriel, der nicht den Blick der anderen hatte, als sei sie Luft. Wie es ihr gefalle, hatte er sie einmal gefragt, sie dabei angeschaut.

Dori wollte in ein Haus, in dem die Kinder sie brauchten. Wenn die mit ihren Lehrerinnen zusammen waren, hallten die Tamburine, die Holzstäbe, die Gongs durch den Morgenraum, die Kinder schlugen die Trommeln, legten die Ohren auf die Felle. Dori hörte das Geschmatze, wenn die Kinder den Grießbrei aßen, das Getrampel, wenn sie in die Betten gebracht wurden. Die Lehrerinnen trugen lange weite Gewänder, hatten abends schlaffe Gesichter, ferne Blicke, flüsterten, gingen früh schlafen. Dori sprang für eine Erkrankte ein, beim Märchenspiel. Ein Lehrer las die Worte, zu seiner innigen Stimme wiegten sich grünverschleierte Mädchen mit offenen Haaren nach hinten, braune Knaben mit Laub auf dem Kopf nach vorn, die Frauen spielten Flöten, Ukulelen, Xylophone, Dori warf Seile über die Turmkulisse, brachte den Hexenbuckel zum Wackeln, machte verschiedene Arten des Augenrollens, des Lachens. Der Lehrer sagte, auch wenn die Kinder taub sind, hört der Engel in ihnen das Wort, wenn sie nichts verstehen, verstehen sie den Geist. Dori kochte ihnen Brotsuppen, Apfelaufläufe, Maisschnitten. Sie wurde gerufen, wenn im Handarbeitsraum Erbrochenes lag, sie wurde gerufen zur Andacht in den Abendraum, zündete Kerzen an, zog die Vorhänge, stellte die Töpfe mit den Wiesenblumen in die richtige Reihenfolge.

Dori telefonierte lange mit der Mutter, es ist schon recht, sagte sie, aber die Kinder sind gräßlich, viele können nur grunzen, die armen Frauen sind in einer Sekte, etwas müssen sie ja haben, mir ist langweilig, ich kann mit niemandem reden, häng noch nicht auf, überall riecht es nach etwas, ich weiß nicht nach was, mir ist langweilig, sie wollen immer nur Weiches.

Sie wurde Köchin in einer Schule, zu der die Kinder in Autos gebracht wurden. Warum gehst du nicht zu Normalen, sagte die Mutter. Sie tun mir so leid, sagte Dori, ich mache ihnen Milchreis mit Zwetschgenmus. Die Kinder weinen, wenn sie in die Ferien müssen, auf den Bauernhöfen macht ihnen niemand Schokoladenpudding. Einer kann nichts als mit dem Kopf nicken, Buchstaben gehen in Leuchtschrift an ihm vorüber, er nickt beim Buchstaben R, nickt bei O M A N, dann steht sein Name auf dem Blatt, wenn der Bub seinen Namen sieht, lacht er. Warum, fragte Anna, er weiß, daß das sein Name ist, sagte Dori. Einer sitzt auf einem Gestell, das der Vater an den Traktor montiert hat, er nimmt den Sohn zur Heuernte mit, der Bub hat den Kopf an eine Stütze gebunden, wenn er ein Holzstück fallen läßt, fällt es in eine Blechwanne, dann stoppt der Mann den Traktor, bindet den Sohn los, hebt ihn von den Decken weg, klopft ihm den Unterleib, der Sohn läßt den Urin durch die Hand des Vaters ab, der Mann lacht. Warum lacht er, fragte Anna, er ist halt ein fröhlicher Mensch, sagte Dori. Warum gehst du nicht zu Normalen, sagte Mutter.

Dori heiratet, rief eines Tages fröhlich die Mutter, aber er ist reformiert, sagte sie betrübt. Anna und Nina waren eine kleine Weile erstaunt, sie hatten den Mann nie gesehen. Das wäre doch keine Zukunft gewesen, sagte Mutter. Dori war nämlich wieder zur Holländerin zurück, die bettlägerig geworden war. Dori hatte ihren Bräutigam im Kino kennen gelernt, hatte ihn immer im Dunkeln gesehen, als sie ihn im Hellen sah, erschrak sie zuerst, seine kleinen Augen, eng neben der Nasenwurzel, gefielen ihr nicht. Mutter ging allein zur Hochzeit, die anderen hatten keine Einladung bekommen, wenigstens hat er schöne Zähne, war alles, was Mutter nachher sagte.

Dori brachte Hugo ein paar Wochen später zum Wochenende heim. Mutter machte für ihn sein Lieblingsessen, Milchreis mit Zwetschgenmus. Anna, die in der ersten halben Stunde Streit mit Hugo bekommen hatte, er behauptete, das Leben in Häusern auf dem Land sei entsetzlich ungesund, die Feuchtigkeit der Bäume dringe durch die Mauern in die Betten, verursache Knochenschmerzen, später Tuberkulose, das Trinkwasser sei verseucht, am besten sei eine Blockwohnung in der Stadt, auf dem Land sei nichts als Jauchegestank, überall seien Krankheitskeime, der größte Unsinn sei ein Haus auf dem Land, er würde alle diese Bäume sofort abholzen. Anna sagte zu Dori, willst du mein Kotelett, und Dori, die getan hatte, als ob Hugo nicht anwesend sei, weinte, als sie wieder gehen mußte, hatte zwei Koteletts gegessen, die Süßspeise, das war nichts Neues, hatte sie wie gewohnt stehen lassen.

Anna, die an einem Kurs für Tanzgymnastik teilnahm, besuchte Dori in der Zweizimmerwohnung. Hugo, der mittags nicht zum Essen kam, aß abends Fotzelschnitten mit Apfelmus, setzte sich vor die Wohnwand, sah die Kinderstunde, die Vorabendstunde, die Tagesschau, die Frühnachtstunde, dann gähnte er, ging zu Bett. Dori, die am Tisch an der Wand genäht hatte, mit kleinen Stichen an einem weißen Kragen, sagte, er braucht viel Schlaf. Sie stellte den Fernseher ab, jetzt können wir reden, meinte sie. Nachdem Anna gesagt hatte, sie werde morgen in ein Hotelzimmer ziehen, da sie in diesem Verkehrslärm nicht eine Minute geschlafen habe, kaum sei es nach zwei Uhr etwas ruhiger geworden, seien die Lastwagen gekommen, die Gläser im Schrank hätten unaufhörlich geklirrt, sagte Dori nicht mehr viel, außer, daß sie jetzt alles selber nähe, wenn sie nach Mitternacht zu Bett gehe, Hugo schon fest schliefe, da er eine Operation gehabt habe und er auf gesunde Lebensweise achten müssen, weder rauche noch trinke.

Irgend etwas an den Hoden, sagte die Mutter später, als auch die Mutter freier geworden war, zaghaft, dann immer ungenierter auch namenlose Dinge benannte, wahrscheinlich ist mit seiner Potenz nie viel los gewesen, sagte sie, als sich herausstellte, daß Dori kinderlos bleiben würde, sie darum sehnlichst Pflegekinder wünschte, Pflegekinder bekam, für eine Weile wenigstens. Bis Hugo von den Scherereien, den Umtrieben, dem Ärger mit den leiblichen Müttern, die über die Wochenenden die Kinder holten, genug hatte und es Dori verbot.

Sie gingen nun sonntagsvormittags ins Sportzentrum. Dori lernte schwimmen, das ist gut für deine Beine, sagte Hugo. Dori klappte den Liegestuhl nach hinten, lagerte die Beine hoch, sie aßen mitgebrachte Brote, für Hugo mit Süßquark, für Dori mit Salami, sie tranken Süßmost, Kaffee aus der Thermosflasche, zu dem Hugo Kuchen aß. Er schlief ein, während aus den Lautsprechern Musik tönte, Dori in den Illustrierten blätterte, die Leute beobachtete, was sie machten, wie sie redeten, wie sie lachten, sie beobachtete durch die Glasfenster die Kinder, wie sie um das Schwimmbecken hüpften, an den Müttern zerrten, von den Müttern gezerrt wurden.

Bei Mutter wagte Dori mit Hugo zu streiten, dann, wenn Anna mit ihm stritt. Hugo meinte, wenn alle in kalten Zimmern schliefen, wäre nie jemand krank, wenn Schotti als Zweijährige schwimmen gelernt hätte, wäre sie nie in die Anstalt gekommen, solange die Messe in der Kirche endlos dauere, werde der Pfarrer seine Köchin verärgern, solange das Land keine Stadt sei, blieben die Löhne niedrig, solange Dori nichts als Fleisch esse, habe sie Beinbeschwerden. Später, als Dori Putzfrau geworden war, meinte er, daß Putzen besser sei als Nichtstun. Die Frau Pfarrer zahlt mich nie, sagte Dori am Telefon, sie hat nie etwas zu essen im Haus, warum machst du das, sagte Mutter, mir ist langweilig, ich kann mit niemandem reden, die Frau Pfarrer hat einen kleinen Knaben, dem mach ich Kartoffelstock mit Bratwürsten, er heißt Johannes. Er heißt Thomas, er heißt David, sagte Dori. Anna meinte, das was Dori mache, sei das Allerletzte, Dori meinte nichts, in ihrer kleinen Stube standen neue Polstersessel, das neue Sofa stand neben der Wohnwand. An der Wand hing ein Bild, gemalt von Anna. Acrylfarbe auf grundierter Spanplatte. Es zeigte einen bitterbösen guten Knaben im Nachthemd, mit einem Wiesenkerbel in der Hand, er schwebte, einem kleinen Christus ähnlich, über einem grauen Felsen, vor einer dunkelroten Stadt mit blaudurchlöcherten Ruinen unter einem Himmel, dessen Farbe Anna später, als sie sagte, das sei ein gräßliches Exemplar ihrer sentimentalen Periode, mit farblos umschrieb. Anna malte damals Aquarelle von Kindern, denen sie Nachhilfeunterricht gab, die saßen ohne weiteres eine Stunde Modell. Darum hingen bei Dori, die sich die ganze Serie gewünscht hatte, gegenüber dem Fernseher, eine ganze Wand voll Kinderbilder, orange Haare, zinnoberrote, zitronengelbe Haare, sitzend, stehend, mit niedergeschlagenen Augen, zusammengekniffenen Augen, Augen mit Brille, mit Fischaugen, mit Puppenaugen. Wenn die Augen mißraten, ist alles kaputt, sagte Anna, Dori fand nichts zu bemängeln, fand ein Bild besonders gut. Der Knabe hielt die Augen geschlossen, lehnte den Kopf an den Rücken eines Ohrenfauteuils, den Mund offen, als schnarche er, er sollte auf der Handfläche ein Spielzeugauto tragen, Anna war der gestreckte Arm und die Hand mißlungen, der Knabe, nachdem sie ihm ein leichtes Mittel in seinem Getränk gegeben, hatte die gewünschte

Stellung verlassen, war in Schlaf versunken, zusammengerollt wie ein Hund.

Als Mutter starb, war Dori nicht zu finden, an einer Küste war sie, wo Hugo in den Ferien schwamm, Dori im heißen Sand saß, der Beine wegen unter einem Sonnenschirm, Kinder beobachtete, Hugo schwamm, nicht mehr auftauchte, außer Sicht schwamm, was ihr gefiel. Manchmal träumte sie, er komme nie mehr zurück mit seiner Badekappe, dem Tauchanzug, den Flossen, sie mußte ihn dick mit Vaseline einsalben, damit er länger schwimmen konnte. Anna telefonierte mit dem Konsulat. Dori wurde gefunden, mit dem Nachtschnellzug kam sie rechtzeitig an die Beerdigung. Dori weinte so furchtbar, daß Anna dachte, sie weine nicht, Dori hörte nicht auf zu weinen, Anna hoffte, sie würde bald abreisen. Sie reiste ab, und von da an versuchte Dori mit Anna zu telefonieren. Anna hatte Doris Telefone nicht gern, hör auf, sagte sie, tu nicht so wehleidig, ich habe keine Zeit, entweder telefonierst du, wenn ich am Essen bin oder wenn ich an die Arbeit muß, entweder telefonierst du, wenn ich arbeiten will oder ins Bett muß. Hör auf zu weinen, sagte Anna, such dir eine Arbeit, die dir gefällt, geh in einen Verein, Frauenverein, Turnverein, geh in einen Nähzirkel, geh zum Pfarrer, sagte Anna, habt ihr dort keinen Pfarrer. Anna hängte ein paarmal das Telefon auf, mitten in das Weinen Doris hinein. Die Telefone kamen seltener, Anna merkte nicht, daß sie ganz aufgehört hatten. Nina, die fragte, was Dori mache, wußte nichts von Dori, Anna wußte auch nichts, Anna sagte zu Nina, am besten ist, man weiß nichts.

Zu Festzeiten war Dori am glücklichsten gewesen, glücklich war Dori nie, sie war am glücklichsten. Sie dachte es, alle sahen, ihre Wangen gerötet, mit glänzenden Augen rasch von einem zu andern schauend, von Vater zu Mutter, von Bruder zu Anna, zu Nina, zuletzt zu Schotti, die Zwillingsschwester, die leider einen Nasentöff tragen mußte, sie hingegen ihre langen Wimpern noch länger machte. Ihr Lachen hörte nicht auf, nie hörte es auf, wenn sie Geschenke verteilte, verteilt hatte, die Geschenkpapiere zusammenfaltete, die Seidenbändel durch die Finger zog, schöne Hände hatte Dori. Anna hatte die Hände von Dori nicht mehr gesehen, weil sie sie immer gesehen hat, weiße schlanke Finger mit ovalen starken Fingernägeln, die keinen Lack nötig hatten, perlmuttfarben zu glänzen. Ob es ihnen gefallen wird, gefällt es ihr, es hat gefallen, Dori, natürlich hat es gefallen, allen gefällt es, ob es ihr gefallen haben wird, es hatte gefallen, es würde gefallen, Dori arbeitete monatelang für den einen Tag, bemalte Porzellan, bemalte Stoff, bemalte Glas. Anna bekam ein Nachmittagskaffeeservice, Dessertschalen, Früchteschüsseln, Morgenkaffeetassen, Kuchenteller, Mostgläser mit Monogramm, Batiktücher, Halstücher. Wir machen ab, daß wir uns nichts mehr schenken, sagte Anna, das Kinderzeug muß aufhören. Dori sagte, ich schenk euch weiter, auch wenn ihr nichts mehr schenkt. Aber Dori, alle haben jetzt genug Sachen, und ich schenk euch, auch wenn ihr nichts mehr wollt, sagte Dori.

Sie wollte Geburtstag feiern, einen, der gefeiert werden muß, bei dem gedacht wird, jetzt oder nie, jetzt muß ich sehen, wieviel Bekannte ich habe, die zur Feier kommen, die angesammelten Jahre sind zu feiern, sonst ist das ganze Leben vorbei ohne Feier, jetzt ist Zusammenzähl-Geburtstag, das Ergebnis mit harmonischer Freude doppelt unterstrichen. Sie verschickte Einladungen, geschrieben mit ihrer Kinderschrift, steil, hastig, als sei die Zeit für die Spracharbeit überschritten, der Lehrer klopfe mit dem Stecken auf den Boden. Anna meinte zu Dori, daß sie keine einzige Stunde mehr sich mit Hugo langweilen würde, zum Mittagessen im Zoorestaurant könne er die anderen Affen einladen, Nina meinte, daß sie schon längst für jenes Wochenende mit Freunden einen Ausflug geplant habe. Dori feierte allein mit Hugo, der krank lag, und sie nicht zu Mutter fahren konnten. Hugo mit Grießbrei, Pflaumenmus, Fieber zurückzulassen, allein der Gedanke eine Unmöglichkeit für sie, die sich im Laufe der Jahre an die Unmöglichkeiten angepaßt hatte.

An einem Herbsttag kam durch das Telefon Hugo, Anna hatte ihn längst vergessen. Dori habe noch ungefähr vier Monate Lebenszeit, sagen könne man das nicht genau, noch ungefähr bis vor den nächsten Frühling gehe es. Sie hätten Dori aufgemacht und wieder zugenäht. Das Weinen Hugos wellte wie ein Bächlein an Annas sofort erschaffenes Meer aus Stummheit. Die Geschichte wollte Anna wissen. Von Hugo, unfähig sie zusammenzubringen, erfuhr sie sie damals nicht. Sie erfuhr sie später in Bruchstücken von Dori, etwas früher teilweise von Hugo, der sich enorm gefaßt hatte, nachdem er Dori ihre Lebensdauer mitgeteilt hatte. Dieser Feigling, sagte Anna, sie hatte wiederum angefangen mit sich selbst zu reden, dieser elende Waschlappen, hätte der das nicht für sich behalten können. Was sich als ungerecht herausstellte, Dori sagte später, sie habe weniger Angst, seit sie wisse, was sie habe. Sie sprach das Wort der Krankheit ein einziges Mal aus, dann sagte sie es nie mehr. Nie akzeptierte sie es, sie veränderte sich sehr, eines blieb unveränderbar auf ihrem Gesicht, das kindliche trotzigfeste Nein.

Annas Hände wurden naß, unter dem rosanen Bettjäcklein zitterte Dori, Anna sagte das erste, was ihr einfiel, sie sagte das, was sie, zurückgetrieben in das Loch der Kindheit, zu sagen gezwungen war, was sie später auch nie mehr sagte, sagen wollte, daß nur Gott wisse, wie lange Dori noch zu leben habe.

Die Flucht, die Anna einschlug, war eine Flucht im Kreise, durch die Straßen des Dorfes, auf das Postauto, durch den Bahnhof der Stadt auf den Zug in die entfernte Stadt, auf das Tram bis zur Haltestelle, auf einem Steinplattenweg bis zum Eingang, die Treppe hinauf in den obersten Stock, vor die Türe, hinter die Türe, hinein in ein Zimmer, zum Bett, zum Kopfkissen, zu Dori, die sich weit, weiter entfernte von dem, was sie nicht gewesen war, nicht gewesen ist, nie ist, zurück durch die Korridore, die Treppenschlucht, die Tramschleifen, Bahnhofshallen, Schnellzugabteile, Postautokurven, Dorfstraßen in die Wohnungseinrichtung, in der Anna liegen blieb, bis sie von neuem aufgepeitscht, dasselbe durcheilte, auf dem Stuhl an der Bettkante eine Taubheit fand, ein heimtückisch friedliches Ende, von dem sie nicht wußte, war es Betrug, war es Leere nach den Worten der Leere.

Zuerst hatte Dori gelacht mit den jungen Ärzten, der Blonde, der Tennispielen gehen wollte, hatte zuerst gemeint, es seien Verwachsungen eines Blinddarms, der mit der Stahlbrille über dem Schnäuzchen, meinte eine Gastritis, sie hatte ihnen selbstgebackene Kuchen mitgebracht, schön eingepackt und mit Seidenschleifen umschnürt.

Munter ist Dori, auf der Wange Röte, hüpft aus dem Bett, bückt sich nach dem Schal der Nebenpatienten, schüttelt Kissen, springt auf die Matratze zurück, streckt einen hübschen Fuß an die Luft, plaudert, imitiert die Krankenschwester, die Junge mit den dunkelblaugeschminkten Lidern, die mit dem Bürstenschnitt, die mit den Zöpfchen, sie versammeln sich um das Bett, lachen, die Herren in den weißen Hosen kommen, scherzen, werden von Dori gespielt, verschwinden, wenn sie nicht spielt. Dori, die Krankheit ist bloß ein Spiel, wie das Leben ein Wortspiel ist, wenn wir keine Worte bräuchten, würde es traumleicht, unwichtig, schmerzlos.

Dori kehrte zurück in die Wohnung, zur Wohnwand, zu den Ledersesseln, den Kinderbildern. Sie fing zu stricken an, für Anna Handschuhe, Schal, Bettsocken. Die Gewohnheit des Sparens überkam sie wieder, sie sparte an der Wolle.

Sie fuhr in ein Kurhotel, es gab dort ein Hallenbad für Hugo, Dori beobachtete die Leute, die Abmagerungsdiäten hielten. Sie beißen ganz hoch und langsam, Dori machte die Kaubewegung nach, bei Anna zu Besuch, die in der Nähe wohnte. Dori hingegen konnte alles essen, versuchte viel zu essen, trink Randensaft, sagte Anna, das ist gut gegen die Krankheit. Anna sah es nicht gern, wenn Dori sie im Schulhaus abholen kam. Hugo redete zu laut, trotz des besten Kleides sah er verwahrlost aus, beide hatten einen seltsamen Geruch, Dori brauchte zu viel Schminke, ihre Haare klebten ihr am mageren Kopf, gejagt sahen beide aus, verweht, schwankten, die Luft ging durch sie wie durch Vogelscheuchen, ihre Füße versuchten den Boden zu berühren, er wich ihnen aus. Anna war froh, daß der Kuraufenthalt zu Ende ging. Sie glaubte nicht mehr an den Tod, sie war müde der Vorwürfe, abreisen sollten sie, weg, sie mochte beide nicht mehr ausstehen. Ihr habt Dori immer vernachlässigt, schon als Kind, hatte Hugo gemeint, wer ihr, hatte Anna gerufen, ihm einen Schlag an die Wange gegeben, wäre Dori nicht hereingekommen, hätte Hugo sich mit Anna geschlagen, die sich von da an weigerte, ihn anzusehen, sollte er krepieren, der Hundsfott. Anna hatte einen Zorn auf Hugo, auf wen denn sonst, der war gewaltig. Anna spie gegen die Wand, durch das ganze Haus hallte ihr Trommelwirbel. Du mußt dich zusammennehmen, sagte Anton, der dem einmal zugehört hatte, fahr ab, schrie Anna. Anton kam nicht mehr herüber, erst nach der Beerdigung trafen sie sich, als Anna sich wie frischgeboren fühlte.

Nie, schwör mir, sagte Anna, darf jemand mich anschauen kommen, wenn ich sterbe oder wenn ich gestorben bin, das geht niemanden was an, hörst du, sagte Anna, niemand geht das was an, darüber darf weder gesprochen, noch geschaut werden, unter Todesstrafe verboten muß das sein.

Dori tat es allein, niemand war bei ihr, weder Hugo noch Anna, Nina konnte es nicht mehr sein, Vater, Mutter auch nicht, Richi nicht, nicht einmal die Krankenschwester mit den blauen Lidern war im Zimmer, auch die mußte mal hinaus. Sofort benützte Dori die Gelegenheit, war weg, eine Erleichterung war das, die Anna beinahe zum Jauchzen trieb. Wieso lebt denn die noch, die ist medizinisch gesehen längst tot, sagten die weißen jungen Männer bei ihrer Besprechung. Sie lassen mich verdursten, sagte Dori, sie schwatzen lieber draußen, als frischen Tee aufzugießen, geben Sie ihr bitte sofort etwas zu trinken, herrschte Anna im Gang die Schwester an, unmöglich, sie würde ersticken, die Schluckbewegungen der Speiseröhre haben aufgehört, der Tropf gibt ihr, was sie braucht.

Ist sie jetzt gestorben, rief Anna, dann wäre ich nicht hier, sagte die Wärterin, sah sie mißbilligend an, Anna sah den Totenkopf an, er hatte Fieberblasen, aus denen Blutfäden rannen, die Fingerknochen fuhren nicht mehr über die Bettdecke. Was sieht Dori, Wolken, ziehende Wolken, einen Weiher mit einer roten Seerose, sie muß auf das Wasser hinaus, ein Alter erwartet sie, nimmt ihr die goldene

Kette weg, zerreißt sie, gibt ihr die zerrissenen Stücke, setz sie zusammen, du mußt sie zusammensetzen, du verlierst sie sonst, die bringt das doch nie zustande, die kann doch nicht rechnen, so dumm ist Dori nicht, hat die Stücke zusammengebracht, Dori ist gut, sie kann schlafen.

Links saß Hugo, rechts saß Anna, Hugo löste Kreuzworträtsel, Anna las über die beste Art sich zu schminken, dann über Frühlingsmoden, Hugo hielt die Hand, dünn wie Fischknochen. Wenn Dori quengelte, sagte Hugo, ja, ja, dann war Dori wieder still. Sie hatten vom Morphium auf hohen Dosen Valium umgestellt, am Bett hingen die Körpersaftsäcke, gelb, dunkelbraun. Anna öffnete das obere Klappfenster, sie hielt den Gestank nicht mehr aus, ging auf den früheren Zug. Hugo, der vor zwei Monaten Dori, als sie noch bei Bewußtsein war, einen Vorschlag zur Güte machte, Pillen sollten sie gemeinsam nehmen, im Ehebett gemeinsam gefunden werden, blieb sitzen. Dori hatte das mit den Pillen abgelehnt, aus Gründen, die Anna nicht einsah, nicht genau wenigstens. Hugo, der alle Tage nach der Arbeit an Doris Bett gesessen hatte, ließ auf den Grabstein, auf dem sich eine Rose abhob, den falschen Namen meißeln, sie hatte nicht Dorothea geheißen, Dori hatten sie alle gerufen. Doch Hugo, der eben nichts von Dori wußte, hatte Anna nicht gefragt. Nur wer die Kindheit, fremd und unwissend, zusammen verbrachte, weiß etwas voneinander, etwas, was andere nie wissen, nie zu wissen trachten, nie zu wissen verurteilt sind.

Zu Annas Erleichterung hatte Anna eine Woche lang Dori nicht mehr sehen müssen, dann wurde sie eingesargt, bevor Anna sie noch einmal sehen mußte. Leichen mit so viel Chemikalien müßten schnell weg, der Einsarger sagte es zu Hugo. Fremd stand der Sarg auf dem fremden Friedhof, er war naß, es regnete, nicht fest, doch dauerhaft.

Anna rätselte eine Weile an einem Spruch herum, den Dori gemacht haben soll, nach Aussage Hugos, doch Dori, manchmal log sie, wie ein Kind lügt, sich die krausen Lippen mit der Zunge benetzend, hatte es mit der Wahrheit auch diesmal nicht zu genau genommen. Wie sollte sie auch, das war nie von Gutem, sie sprang weg, bevor sie zu erhaschen war, war ein dünnes Kind, immer ein wenig untergewichtig war sie, also Dori, wie war das ganz genau, was hast du gesagt, nein, das glaubte Anna nicht, rührselig warst du nie, dafür hast du zu viel gelacht, das Lachen anderer nachgemacht, immer erinnert sich Anna an dich als lachend, überlachend, weglachend, wegspringend, haareschüttelnd und auslachend, das mit der Hinterlassenschaft der letzten Sprüche hast du nicht mitgemacht, also, das gleicht dir Dori, »Ich werde sterben, wenn ich Gott verziehen habe«, nie genau mit deiner Aussprache, nie ganz einwandfreie Rechtschreibung, den letzten Brief, mit deiner Stecknadelschrift geschrieben, hat Anna bald verbrannt, der konnte nicht zweimal gelesen werden, so hahnebüchen einfach war der, zum Schreien.

Der Kopf ist ihm zu schwer, er trägt ihn schräg, auf die Schulter geknickt, Richi, zwischen zwei seiner Schwestern geschoben, im Garten vor dem Hortensienbusch, hat das Kies verscharrt mit seinen Schnürstiefeln, für den Augenblick, den der Lichtstrahl festhält, hat der Kleine seine Ungeduld bezähmt, bevor er davongeht mit rundlichem Watschelgang, als wären zwischen seinen Beinen noch Windeln. Auf jeder Photographie sitzt, steht er zwischen seinen Schwestern, zwei oben, zwei unten, auf der Treppe, links die jüngern, rechts die ältern, auf dem Moosrasen, sie sind Rahmen, er hält Abstand, er ist allein. Lacht, sagt man den Kindern, Dori lacht, weil sie meistens lacht, Schotti lacht nicht, Nina hat ein Babylachen, Anna weiß nie, wann genau zu lachen ist, Richi lächelt in sich hinein, als sei er uralt.

Er hatte bald ein eigenes Zimmer. Immer war Richi dort, wo Anna sich wunderte, ob er es wirklich sei. Immer war er ihr voraus. Anna ließ das Kabel des elektrischen Kochers auf den Küchenboden herunterhängen, paß auf, der Strom, er rinnt weg, Richi rief es, er lachte, lachte Anna aus. Sie hätte gerne gewußt, was er wußte, sie wußte nicht, was er dachte.

Die alte Anna, auf Photographien Spuren suchend, sah,

daß er ein hübscher Knabe gewesen sein mußte, mit hellem dichtem Haar, das keinen Kamm brauchte, ein blankes Gesicht trug er spazieren, mit ausladendem Hinterkopf auf schmalem Hals, so wie die meisten Knaben von Natur aus hübsch waren, immerzu unversehrt. Knaben sollten sie alle geblieben sein, in harmloser, entsetzlicher Jugend gefangen, nein, Anna wünschte keinem Richard so etwas. Auf einer sonnenheißen Brücke standen sie, die Mädchen unter Sommerhüten, Richi, die Sonne auf dem Kopf, trug einen ärmellosen Pullover, Kniesocken unter den Knien eines Aufschießenden, der in Windeseile in die Schulbänke muß, später weg in ein abgelegenes Tal. In einer Klosterschule verschwand er, von der Anna keine Vorstellungen hatte, als die von Kirchenmauern, Zellenfenstern, Mönchen in Kutten, die durch die Gänge stoben, die Hände in den Falten verborgen, scharfe Mönche, die alles wußten. Anna las das Wort Philosophie, das Richi aus der Klosterschule nach Hause brachte, mit Schaudern. Dieses Wort also war der Beweis für die Welt, daß die Welt die Welt ist, weil Thomas von Aquin, zum Stehpult eilte und die Welt aufschrieb in seine Folianten, bevor sein Gebäude in die Luft flog und die Beweisführung aus Axiom eins und Axiom zwei, daß das Feuer, wenn es Feuer ist, kein Feuer mehr ist, der Beweis des Feuers ist.

Chemie lernte Richi auch. Anna stellte sich vor, wie der Mönch aus dem Dunkel ein violettes Pulver hervorzauberte, blaue Steine sprühend knisterten, aus dem Rauch ein Geist sich formte, an die Decke stieg, die Schüler sich in die Bänke duckten, sie sah das Gestaltlose gepackt, heruntergezerrt, in den Kübel geworfen, der finstere Mönch lachte, zeigte sein Gebiß, sie sah seine Kreide an die Tafel fliegende Zeichen hämmern, kleine Staubhaufen sich auf dem Boden sammeln, wachsen, während auf den Zweierbänken die verspritzten Tintenkleckse trockneten, die Schüler, aufspringend, überwältigt und sich umarmend, die Augen rieben. Anna beneidete Richi, diese Schule war nur für Knaben. Anna mußte froh sein, daß sie vielleicht in das Seminar durfte, das könnte für Anna etwas sein, in die Schule ging sie ja gern. Richi hatte es gut, er lernte Griechisch und Latein. Wunderbare, neue Fälle stürzten die Sprache in einen Gischt, der zu pfeilschießenden Kristallen erstarrte. Latein erklärte alles, die Pflanzen, die Krankheiten, das Credo, das Gloria in excelsis Deo. Wer alles erklären konnte, hatte es gut, mußte nie Magenbrennen haben, der fürchtete sich nicht vor denen, die alles wußten, doch es nie genau erklärten. Griechisch, das mußte die Höhe des Wunders sein, die Sonne, der Tempel, auf der Landkarte im Atlas unten, im Blau des Meeres die grünen Gebirge, wo Orpheus lebte, Eurydike zu Ödipus sprach, der es Sybille sagte, von der Anna es erfuhr, Griechisch, das mußte das Allerschwierigste sein, das Allerhöchste.

Wenn Richi in die Ferien nach Hause kam, brachte er Schulbücher mit. Anna stürzte sich darauf, las schnell, blätterte, verstand nicht viel, wurde wütend, warf die Bücher weg, holte sie, las langsam, zwei Lektionen mußte sie lernen pro Tag, bis zum Ende der Ferien mußte sie fertig sein. Latein war zum Fürchten, das lernte sie nie, da mußte man ein Gedächtnis haben, Anna hatte kein Gedächtnis, Griechisch war noch furchtbarer, nicht einmal zu lesen war es, Anna hätte nie vermutet, daß sie dumm war, ihr blieb nichts übrig, nur das Seminar.

Richi erzählte nichts von der Schule, niemand wußte, ob ihm sein Leben dort gefiel. Zuerst aß er den ganzen Tag, füllte ein Geschirr mit Konfitüre, auf jeden Bissen Brot strich er einen Löffel voll Konfitüre, das tat er eine Stunde nach dem Morgenessen, dann aß er das Mittagessen, verschwand, um drei Uhr setzte er sich hinter die Konfitüre, putzte sich den Mund, verschwand, nach dem Nachtessen hörte er Radio in seinem Zimmer, er hatte einen alten Apparat, geschenkt von einem Händler, zum Funktionieren gebracht. Mutter buk viel, wenn Richi daheim war, er hatte Kuchen auf seinem Zimmer.

Dann ging er arbeiten, zu einem Velomechaniker, zu einem Elektriker, er trug ein Übergewand, seine Schuhe waren zerbeult, um die Hände kümmerte er sich nicht. Mutter stellte ihm ein Warmwasserbecken hin, hielt die Töpfe zu, bis er sich gewaschen hatte. Sonntags trug er jetzt eine Krawatte, den Geruch, den Anna zuerst an ihm gerochen hatte, den Klostergruch hatte er verloren. Dann reiste er wieder ab, mit einer Truhe voller Kleider und Eßwaren, geräuchertem Speck, Dauerwürsten, Kuchen, Äpfel. Die schwere Truhe wurde mit einem Wägelchen zum Bahnhof gebracht. Sie hatte eine Querstange mit Vorhängeschloß, den Schlüssel trug Richi in der Brieftasche mit dem selbstverdienten Geld.

Später ging Richi auf Reisen. Er trug einen Rucksack, hohe Schuhe, er fuhr zuerst mit der Bahn, dann per Anhalter. Er arbeitete in Hotels. Bin auf dem Packpaß zwischen Graz und Klagenfurt, mittags zwölf Uhr, sehe das Land Steiermark, das Land Kärnten, herrlicher Sonnenschein, schrieb Richi. Aus London, aus Paris kamen Ansichtskarten, the city's stream of life ne'er seems to rest, Place de la Concorde, la plus belle place du monde. Mutter legte ein Album an, wunderbar, sagte sie, woher er das hat, sie selbst war noch nie im Ausland gewesen. Was suchte Richi, was sah er, was hörte er, wer sah sein Sehen, wem lieh er sein Ohr. Jugend trieb ihn, der Drang, flüchtig wie eine Vormittagsstunde, in kein Bild zu passen. Halbgelesene Namensfetzen der Geschichte, der zerwühlten Tragödie, von der er zwar Worte verstand, nicht aber das Blut, er würde es einst schreiben, das Schauspiel, den tumultuösen Betrug der Vergangenheit würde er klären. Er faltete Europa, Paris auf Leningrad, wenn er alles gesehen hatte, The Abbey, The Tower, Piccadilly Circus, L'Arc de Triomphe, la tour d'Eiffel, la Cathédrale, die Newa, den Newskij Prospekt. Wenn er den Männern der Städte begegnet, Nelson, Napoleon, den Dichtern des Zukünftigen begegnet war, würde er selbst einer von ihnen sein. Manchmal schloß er die Augen um Ohr zu sein, er schluckte die fremden Sprachen, sein Gehirn wandelte sich, ihm wuchs die metallene Haut der Franzosen. Die kühlen Füße des Briten, als er über die Westminster Bridge fuhr auf dem oberen Deck des Busses, ertrugen die Alpenschuhe nicht mehr, er ließ sie in der Untergrundbahn stehen. Wenn er die Städte erobert hätte mit seinem Blick, sie durchgeknetet mit seiner Sprache, die er sprach, als wäre er in ihnen geboren, er mußte sie bloß hören, und er behielt sie, als wären sie ein ihm gewachsener Teil, ein Sinn, der ihn klärte und vernebelte, würde er ein Weltenbürger sein.

Anna beneidete Richi. Woher er das hat, sagte Mutter, was schreibt er hier, here is a dream, man dreamed. Wenn Richi von einer Reise zurückkehrte, war er eine Weile sehr freundlich. Er trank den Kaffee wie ein Monsieur, Mutter machte ihm keinen Pfefferminztee mehr.

Als Anna das Haus nach Mutters Tod räumte, fand sie Erziehungsberichte, Gymnasialzeugnisse in einem Kuvert, das Richi selber nach Hause adressiert hatte. Betragen beim Studium: hält sich viel in den Gängen auf, wo er schwatzt und rauft; Benehmen gegen Vorgesetzte und Mitstudenten: gut; Religiös-sittliches Betragen: gut; Verhalten in der Freizeit: sehr gut; Gesundheitszustand: gut; Sonstige Bemerkungen: war ein zuverlässiger Zellenmeister. Sonst fand sie nichts von Richi, der wahrscheinlich alles verbrannt hatte, er machte halbjährlich einen Funken im Garten, warf viel Schriftliches in die Flammen, sein Gesicht bewegte sich hinter dem Feuer wie eine geschnitzte Maske. Er schien der einzige zu sein, der sich von Ballast zu befreien vermochte, Nina war ihm ähnlich, auch sie zerriß Briefe, Dori behielt jeden Fetzen in den Schubladen, Schotti verbarg sie in den Stirnlappen, Anna im Gedächtnis.

Um halb elf nachts schob sich Richard, genannt Ross, durch den Türspalt. Wenn er pfiff, folgte Borste, Minuten später Also, dann Piccolo. Zur Sicherheit trug Also ein

Buch, was unnötig war, die Patres hielten um die Zeit der Fasnacht nächtliche Exerzitien. Um elf ging der Präfekt durch die Gänge, blieb manchmal vor einer Zellentüre stehen. Also, der Unterschied zwischen mußte und sollte ist der zwischen Tag und Nacht, der Tag muß, die Nacht soll, meinte Also. Piccolo war an der Reihe, den Guardian zu spielen, hinter den dreien die Pforte zu schließen, später, zu verabredeter Zeit, zu öffnen, den Schlüssel hinter die Fußnägel des Kruzifix zu hängen, lebensgroß an der Wand. Piccolo ging in die Zelle zurück, drei Treppen hoch, dann durch zwei Gänge, er beeilte sich nicht, barfüßig verrenkte er seinen Körper, im oberen Gang nahm er Anlauf, schlug ein Rad, der Holzboden gab nach wie das Innere einer Bratsche. Falls einer Begegnung nicht auszuweichen war, spielte er den Schlafwandler, stolz auf seine Fähigkeiten. Er stellte den Wecker, starrte eine Weile auf die zwei blassen Rechtecke des Fensters.

Borste, der Kräftigste, stellte sich an die Mauer, Ross und Also schwangen sich mit seiner Hilfe darüber. Borste zerrte den Holzklotz aus dem Gebüsch, stieg darauf, eilte den andern nach. Obwohl er sich das letzte Mal den Fuß übertreten hatte, das Bord fiel hinter der Mauer steil zur Straße hinunter, ich bin geknickt, doch habe ich keinen Knacks, meinte er, hätten sie es verabscheut, den leichten Weg über den Friedhof der Mönche zu nehmen. Auf der Straße fielen sie in Trab, ihre Schuhe klopften einen gleichmäßigen Rhythmus, manchmal ritt über ihnen der Mond, von leuchtenden Wolken verschlungen und ausgespien. Die Burschen sprachen nichts, selbst Also schwieg. Sie wußten bald nicht mehr, waren sie es, die liefen oder lief der Himmel ihnen davon. Sie kamen bei der Wirtschaft an. Kein Licht kam nach draußen, wer eintrat, stolperte die Stufen hinunter. Die Lampenschirme waren mit rotem Kreppapier bedeckt, in den Lichtkegel warfen Männer die Karten, zwischen die Flaschen schoben sich ihre Arme, als gehörten sie nicht zu den Körpern. Die Burschen aus dem Dorf, die in der Mitte des Raumes saßen, wendeten die Köpfe nicht. Manche schienen zu schlafen, die Unterarme auf die Tischplatte gestemmt, die Haarschöpfe pendelten, andere, sich an das Glas klammernd, wehrten sich, legten die Hand an das Gesicht, hielten den Mund offen, schlossen die Augen, bohrten in den Ohrmuscheln, einer gröhlte, fuhr mit der Hand über den Tisch, als wische er Brosamen weg, das Geräusch der Stimmen war ein dickes Mus, das einkochend Blasen platzen ließ, der Qualm legte sich platt an die niedere Stubendecke. Die drei hatten sich in den hinteren Teil der Wirtschaft verdrückt. Ross trank Rotwein, Borste Bier, Also Kaffee im Glas mit Schnaps und Zucker. Sie schwiegen. Einer mußte den Platz halten, abwechslungsweise traf es jeden, der nahm Lektüre aus der Kitteltasche, die Vorlieben waren verschieden, Borste las: Neue Aspekte mathematischer Methoden; Ross: Russisch in dreißig Tagen, dann Kurzkrimis: Finden Sie den Täter; Also las: Vom glückseligen Leben, wechselnd mit: Nackte Atomkerne, freie Elektronen. Frische Luft schnappen, sagte der Platzhalter zum Wirt, mußten mal raus. Borste sagte, kleiner Dauerlauf, kommen wieder. Ross sagte, amore more ore re, juguntur amicitiae.

Wenn das Mädchen mit dem blauen Faltenrock an ihnen vorbeigegangen war, an der hinteren Türe stehenbleibend, die Spange seiner Pferdeschwanzfrisur löste, war dies das Zeichen. Sie drehte den Kopf, senkte die Augenlider und glitt hinaus ins Dunkel. Zuerst erhob sich Ross, verschwand unhörbar. Borste rückte lesend den Stuhl an die Tischkante. Also schaute eine Weile zum Ausschank hinüber, sein Stuhl fiel um, Nashorn, sagte Borste. Also ging rückwärts, bis er die Türfalle im Rücken spürte, dann verschwand auch er. Borste konnte nicht weiterlesen. Er versuchte sich vorzustellen, wie die andern es mit den beiden Mädchen taten. Es gelang ihm nicht. Das Quälende daran war, daß, wenn er vor dem Mädchen stand, er denken mußte, daß hinter der Wand Ross vor seinem Mädchen stand, daß die Mädchen es nachher einander erzählten, wie er dastand, es ihm nicht gelang, seine Hände von ihren Brüsten zu lösen, er ihren Mund suchte, ihre Haare in den Mund bekam, er ihren Hals suchte, ihren Fingern auswich, die ihn an den Ohren zupften, er ihren Leib drückend, wartete, wartete, bis sie ihn wegstieß, weggelaufen war. Und er endlich, auf die Knie gesunken, es selber tun konnte, im Heu liegend, sein Gehirn auslöschte, sein Leib ihm auf die Zunge floß und er zu überlegen begann, ob Jahre vorbeigegangen waren oder Minuten, ob er zu laut gewesen war, in der Stille, die er nun fühlte, als hielte er die Welt in der Hand, und er, er sei der erste Mensch, der sie zu schälen vermochte, und er schälte sie rückwärts, so daß sie ganz wurde, endlich ganz.

Als sie entdeckt wurden, war Ross allein vom Dorf zurückgekommen. Hinter der Pforte traf er neben Also den Präfekten. Hat der Zahnweh gehabt, sagte nachher Ross. Also, sagte Also, der war mir auf den Fersen wie Hamlets Geist, Arschloch, sagte Ross. Piccolo war mit Fieber im Krankenzimmer, Borste hatte freiwillig verzichtet, unabkömmlich wegen mangelnder Motivation, hatte er auf einem Zettel hinterlassen, Also wurde streng getadelt, Ross streng verwarnt. Für das Stillschweigen zahlte Borste Ross zweihundert in Raten, Piccolo unterschrieb einen Schuldschein. Richards Verwarnung wurde von einem Brief an die Eltern begleitet.

Ross zog alleine los. Auf seinen einsamen Gängen wäre Anna gerne mitgegangen, später, als sie den Brief der Schule fand, mit der Verfügung, daß es Richard versagt werde, wegen groben mehrmaligen Verstoßes gegen die ethisch-sittlichen Pflichten eines Klosterschülers, trotz erfolgter Warnung, mit seinem Klassenjahrgang die Reifeprüfung abzulegen, da die Maturität offensichtlich nicht erreicht sei, zumindest in bedenklicher Weise auf moralischer Ebene verzögert, in Anbetracht der vorherigen guten Zeugnisnoten es aber der Erziehungsrat in Erwägung ziehe, besagtem Schüler, nach einem halben Jahr der Bewährung, die Gelegenheit zu erteilen, die Schlußprüfung nachzuholen.

Richi verreiste. Mutter rotköpfig, würgte an Tränen, was hat er gemacht, fragte Anna, er ist nachts ins Dorf, man hat ihn beim Trinken und Kartenspielen erwischt, alle andern sind in der Zeitung mit Photo, haben bestanden, er muß noch einmal in die Schule zurück. Anna ärgerte sich, schämte sich, wenn das die Leute erfuhren, sie haßte es, ins Gerede zu kommen, gut, daß er weg ist, sagte sie. Anna verzieh es ihm damals nicht, später hätte sie gerne gewußt, welche Ausgänge er gefunden hatte, welcher war es gewesen, vielleicht einer durch die Kirche, von der Empore herab an einem Heuseil oder schlicht durch den Hauptausgang als freier Mensch? Später hätte sie auch gerne gewußt, ob es das erste Mal war, dort im düsterbewaldeten Alpental oder ob er sich einfach zwischen Ställen und Häusern herumgetrieben hatte, mit den Bauern geredet, mit Dorfburschen gerauft, ihnen zugeprostet, bevor er den Bierschaum aufgesogen hatte.

Richi erzählte nichts. Sein Schweigen machte ihn zu einem eisern Abwesenden. Er war nicht zu Hause, auch wenn er zu Hause war. Er war nie viel zu Hause. Er war im Militärdienst, schnell wurde er Leutnant. Anna mochte den Hübschen, gern wäre sie mit ihm zum Tanz. Nur Halunken spielen Fußball, hatte der Vater einst gemeint, für Bubenspiele hatte Richi nie viel Gelegenheit gehabt, Kartoffeln gegraben, Weinberge gespritzt hatte er, früher Kaninchen gefüttert, eine Sau gehütet hinten neben dem Stall.

Als Leutnant fuhr Richi Motorrad. Er erklärte den Rekruten die Mechanik des Motors, die Burschen standen mit übereinandergelegten Händen breitstiefelbeinig im Halbkreis um ihn, rückten an ihren Mützen, hatten die Hände auf den Patronentäschchen quer über der Brust. Die Gier nach der Maschine, gestillt wurde sie erst nach langem Stehen. Sie brausten hintereinander über den asphaltierten Berg, weit unter ihnen lag der See ohne Ende im Dunst, die Straße war ein federndes Band, das sich über die Erde zog. Sie, die eiförmigen Geschosse, weich, mit tickendem Blut stiegen sie von der Maschine, mit steifen breiten Beinen, als wären ihre Hoden leer, verschwunden im Genuß ihrer Unverwundbarkeit. Sie gingen in eine Gartenwirtschaft, tranken, ohne das Glas abzusetzen. Richi schwatzte italienisch, schnell hatte er sich an den Dialekt gewöhnt. Er kannte den padrone, Richi hörte zum voraus, was er antworten würde. Zu allem, was Richi sagte, lachte der.

Am flachen Ufer des Sees fuhren sie mit den Vorderrädern des Jeeps ins Wasser, stürmten eine Pergola, banden Weinlaub um die Hüften, tarnten das Fahrzeug unter Blättern. Über ihre nackten Oberkörper rann der Schweiß. Sie krochen in die Laubhöhle, schliefen eine Weile, dann schwammen sie im See, die Laubbüschel auf den Köpfen, die Nagelschuhe im Busch versteckt. Ihr Posten schien vergessen zu sein. Mücken kamen, der See erlosch, sie saßen am Ufer, die Helme im Lehm, draußen trieben die Tarnblätter, waren bald nicht mehr zu sehen. Aus der Packung holten sie Proviant, machten ein kleines Feuer, erhitzten Wasser, einer hatte Grappa. Friedlich, wir bleiben hier, sagten sie, wenn die uns nicht finden, gelten wir als vermißt. Sie erzählten einander Witze, Richi wußte keinen, nie konnte er einen behalten, mit dem Lachen vergaß er sie. Die feine Linie, die ihn von den Kameraden trennte, weg war sie, käme sie nie wieder, nie hätte er gemocht, daß das zu Ende gehe, die Nacht im Sommer, die Lichter jenseits des

Wassers, das an ihren Füßen leckte, sich zurückzog, wiederkam.

Beim besten Willen erriet Richi nicht, was er werden sollte. An der Universität mit den Klappbänken, hoch übereinandergereiht, unter der grauen Decke sich im Dunkeln verlierend, absteigend, zur Arena hinunterfallend, in deren Mitte ein Männchen den Abriß eines Buches vor sich hermurmelte, geriet er in Lesungen über die biochemische Struktur des Tetrododoxins, über die Historischen Inschriften zur Römischen Kaisergeschichte, dann in Altägyptischen Pyramidentexte im Vergleich mit demotischen Schriftrelikten, in die Philosophie der symbolischen Formen mit besonderer Berücksichtigung ihrer Wechselformen im Raum. In einem Einführungstext über Mathematik las er, daß sie keine Naturwissenschaft sei, das Objekt ihrer Untersuchung ein Schema, das eine gewisse Beziehung zur Außenwelt nicht verleugnen könne, im übrigen aber für freie begriffliche Konstruktionen Raum böte. Richi flüchtete aus der Studentenberatung zu den Juristen, nach ein paar Wochen saß er hinter dem Projektionsapparat eines Kunstgeschichtlers. Vater redete von Zeit verlieren, Mutter redete von der Renovation des Hausdaches. Richi verließ die Universität, ging an die Lehramtsschule, nach zwei kurzen Jahren war er Sekundarlehrer, naturwissenschaftliche Richtung.

Anna war enttäuscht. Er hatte es nicht viel weiter gebracht als Vater, Anna hatte es so weit gebracht wie Vater. Richi war viele Jahre länger zur Schule gegangen, hatte Latein, Griechisch gehabt, alles Dinge, von denen weder Vater noch Anna eine Ahnung hatten, und jetzt war Richi nicht viel mehr als sie, stand mit einer Kreide vor einer Wandtafel, vor der Anna sagte, das ist der Buchstabe A, und er sagte, das ist die Winkelsumme eines Dreiecks, Anna fragte, was gibt eins und eins, und er erkundigte sich nach der Hauptstadt Italiens.

Richi trampte durch Spanien, wünschte, eine Stelle im Ausland zu finden, wollte in die Schweizerschule nach Mexico, vorher jedoch zog er durch Griechenland. Daß er dort eine Woche im Krankenhaus lag wegen vergifteter Muscheln, erfuhr Anna später, als der Arzt ihr den Verlauf der Meningitis erklären wollte, erklären, was sich immer mehr verdunkelte. Richi wollte nichts als einen guten Start ins neue Leben in den Städten nahe den Urwäldern, wo er die Hyänen sehen wollte, die Affen auf den Affenbrotbäumen, die Panther auf den Agaven. Eine Meningitis cerebro-spinalis, sagte der Arzt. Richi wollte zu den Azteken in die Stadt Tenochtitlán, zum goldenen Gott mit der Hand auf dem Schädel, es wäre vielleicht gut, wenn Sie sich impften, sagte der Tropenarzt, gegen Pocken, Lähmungen, Tropika-Fieberschübe. Richi wollte alles sehen, das Hochland, das Tiefland, den Popocatepetl, die Türme der Spanier, die Sierra Madre del Sur, die Mangrovesümpfe, die Kakteen, die Yuccas, die Pyramiden, die Opferblutschalen der Maya. Richi, der, weil er noch nichts gesehen hatte, alles sehen wollte, wurde eine Woche nach der kombinierten Impfung von seiner Zimmervermieterin gefunden, bewußtlos. Im Spital starb er nach drei Tagen. Anna war an einer Schule und fragte, was gibt drei mal vier, Dori kochte für Hugo Milchreis, Schotti war in der Anstalt auf einem Korbstuhl, schaute in den Kreuzgang, Nina, wo war die, in jener Minute, als Richi zum Gott der Namenlosen, zum lautmalerischen Gott Xipe Totec, zum Gott der Griechen oder zu Gott dem Allmächtigen Vater ging, dem es aus diesem zeitlichen Leben in die Ewigkeit abzuberufen gefiel unsern innigstgeliebten Sohn und Bruder.

Anna kam nach Hause, sah Mutter, eine alte Frau, die nicht mehr redete, am Fenster saß, die Hände auf den lauwarmen Heizkörper legte, draußen gaffte ein Apriltag.

In der Nacht hörte Anna Mutter am Fenster weinen. Anna hatte Mutter noch nie so weinen gehört, es war nicht ihr Weinen, das sie weinte, es war eines, das Anna erschreckte, mehr als der Tod erschreckte. Richi hatte schnell gelebt, sie hoffte, daß er gelebt hatte, am Ende starb er, Mutter lebte noch, tot saß sie auf einem Stuhl. Anna wagte sie nicht anzusprechen auf Richi, das wenige, das sie wußte, hatte sie vom Spitalarzt, zu dem sie gereist war. Sie mußte lange auf ihn warten, dann hatte er nicht viel Zeit, war soeben vom Reiten gekommen, auf seinen blassen Knabenlippen lag die Anstrengung des Erinnerns, es tat ihm sichtlich leid, das sah Anna, Richi war nicht viel jünger als er gewesen, vielleicht zwei, vielleicht drei Jahre. Nachher bereute es Anna, daß sie mit ihm gesprochen hatte, das Wort Todeskampf, das er gebraucht hatte, war kein medizinischer Ausdruck gewesen, er schien sich selbst daran zu stören, verbesserte sich zum Wort Stupor, die Wörter reflexartige Bewegungsstürme brauchte er auch.

Die Mutter erwachte aus ihrer Agonie, organisierte Todesanzeige, Beerdigung, Leichenmahl, in alter Form. Auf den Totenbildchen sah Richi knabenhaft jung aus, Anna wagte es kaum anzusehen. Er sah aus, wie er ausgesehen hatte, bevor er auf Reisen ging, Haare in Unordnung, Hemd offen, in den Augen Glanz, im Blick die Ferne, auf den geschlossenen, etwas vorgestülpten Lippen, die fremde Sprache, und er, ein Chamäleon, färbe sich auf ihrem Untergrund, wie es ihr beliebte und es ihm gefiel, Richi, der Tramper, der Liftboy, der Lateinliebhaber, der Städtefahrer.

Und ihm, dem Mutter eine kleine Watsche gibt, weil er sich beim Schuhwichsen den Pullover verschmiert, wird abends Schokolade ans Bett gebracht, weil Mutter es sofort bereut hat, und er, mit rotnassem Gesicht, springt über die Holzleiste des Kinderbettes, umarmt sie, die sich ihm, dem Einzigen, Zuneigende.

Er hat mich nicht mehr erkannt, sagte die Mutter, sie wiederholte es, dann sagte sie nichts mehr. Bei der Beerdigung weinte sie nicht, dafür Anna. Bis Mutter sagte, hör auf, jetzt kann uns nichts mehr passieren. Womit sie recht hatte, was sich erst später zeigte, wie alles erst später sichtbar wird.

Nina, die Jüngste, heiratete als Erste, was Anna nicht erstaunte. Nina hatte immer gewußt, was sie wollte, sie war die Sicherste der Schwestern gewesen, das Weniger im Mehr kümmerte sie nicht. Aber er ist reformiert, sagte die Mutter, sie grämte sich. Was siehst du an ihm, fragte Anna. Mir ist wohl in seiner Gegenwart. Ist das alles, sagte Anna, ja, sagte Nina, was willst du mehr. Hast du damit genug, sagte Anna, Nina gab keine Antwort, ließ sie stehen mit der dummen Frage, die Anna allein zu beschäftigen schien. Wie man einfach einen heiraten konnte! Für Anna war Heirat Russisches Roulette. Sie hätte Angst, das Ding zu berühren, noch mehr die Trommel zu drehen, noch mehr die Handbewegung an die Stirn zu machen, unvorstellbar abzudrücken. Der Gedanke an eine Wohnungseinrichtung, haarsträubend war der, Bettücher, Handtücher, welches Eßgeschirr, welche Sitzgelegenheiten, Schlafstellen, die Farbe der Zitronenpresse, die zur Farbe des Nußknackers passen müßte, tagelang würde sie darüber nachgrübeln, zu keinem Entschluß käme sie. Mit Abscheu sah sie Ninas Zweizimmerwohnung, in der neben den Doppelbetten der Doppelkasten stand, nur für Seitwärtsschritte Platz war. Das Zimmerchen, das der Aufenthaltsraum sein sollte, schien Anna ein Pferch. Aus dem Büro kam Nina abends nach Hause, lebte mit Franz in dem Zimmerchen, der auf dem abgeräumten Tisch seine Arbeiten schrieb, Student war er. Daheim hättest du mehr Platz, sagte Anna, Nina lachte, ihr Lachen dünkte Anna Verrat. Was studiert er, fragte Anna, etwas Technisches, Nina sagte es frohgemut. Anna hörte nicht auf sich zu wundern, was genau, sagte sie, etwas Elektrisches, rief Nina, die auf dem engen Balkon Blumentöpfe ordnete, ich verstehe nichts davon. Wenn ich dich wäre, würde ich es verstehen, sagte Anna, Nina lachte, rückte mit ihrem Lachen weit weg von Anna, die nichts mehr fragte, abreiste, mit Grausen und Neid an das Leben Ninas dachte, die tat, was zu tun war, tagsüber Briefe tippte, Telefonauskünfte gab, abends kochte, Zeitung las, Hemden bügelte. Wie Ninas Nächte waren, darüber hatte Anna keine Vorstellung, nicht mit Nina hätte sie tauschen mögen, aber vielleicht täuschte sie sich. Später wußte Anna, daß sie auch von Nina nichts verstanden hatte, auch Nina war ihr unsichtbar geblieben.

Aber Anna erinnerte sich an die Orange. Bleischwer lag sie in Mutters Hand, wurde geschält, die Schalen fielen wie Barchent, das kleine Geräusch, wenn die Frucht auseinandergebrochen wurde, hatte Anna gern, es trieb ihr den Speichel in den Mund. Mutter legte den Schnitz an Ninas Lippen, Ninas Zittern hörte auf, sie öffnete die Fäustchen, legte weißliche Fingerchen auf Mutters Hand, saugte am Schnitz, ihre Augen drehten sich, gelber Saft rann ihr über den Schorf am Kinn, Nina hatte am Gesicht Schuppen, an den Schläfen silbrigen Glanz. Anna bekam die Schnitze, an denen Nina gesaugt hatte, manchmal hatte Nina lange daran gesaugt, Anna aß auch die Häutchen, Feuchtes war immer an ihnen.

Zuerst roch Anna den Regen, er roch nach Blättern, Staub, Straße, dann nach nichts, Anna roch das Brot, das sie unter dem Kapuzenmantel trug. Sie schaute ins Fenster des Bäkkers, grüne Schlangen lagen hinter dem Glas, streckten schwarze Zungen aus den Köpfen. Anna wollte so eine Schlange, sie spürte den Wunsch in ihr herumrasen. Sie legte die Stirn an die graue Scheibe, schnaufte, ihre Zunge ging ein und aus, auch die Zunge der Schlange bewegte sich. Anna fuhr mit dem Zeigefinger über das Glas. Eine Fremde stand neben ihr, versprach, die Schlange für sie zu kaufen, sie ihr zu bringen, sie wisse, wo Anna wohne, sie solle bloß schnell heimlaufen. Anna lief, sprang, das Brot fiel in den Dreck. Zu Hause wartete sie, ihre Ohren hingen an der Klingel, auf dem Abtritt ließ sie die Tür offen. Sie stritt mit Nina, Nina wollte immer Familie spielen, wollte Mutter sein, Anna wollte jetzt nicht Vater sein, sie mußte die Klingel hören. Sie stürzte in den Gang, es war die Post, sie rannte, es war der Hausierer mit dem Schubladenkasten, es waren die Zwillinge. Langsam, während des Abendessens, begriff Anna. Die Fremde hatte gelogen, gelacht hatte sie, sich belustigt über sie, die Anna.

Nina und Anna gehen zu Bett, rief die Mutter. Nein, sagte Anna, ich gehe nicht, du bist doch immer mit Nina gegangen, nein, jetzt nicht mehr, ich bin größer. Geschirr abtrocknen mußte die, die größer war, Anna stellte sich auf die Zehenspitzen, schluckte den Speichel, dachte an die

Schule, in die sie bald ging, ganz dünn war Nina, so ein Baby, hatte keine Ahnung, weder von der Schule, noch von Schlangen, jene war sicher ganz verstaubt gewesen, so lange, wie die dort gelegen hatte, aus klebrig süßem Gummi war sie sicher gewesen, eigentlich eklig.

Nina und Anna gingen unter einem Schirm, den Anna hielt. Ich werde naß, sagte Nina, du wirst nicht naß, sagte Anna. Es regnet nicht mehr, rief Nina, weg war sie, zwischen den Leuten verschwunden, die eng vor Anna sich vorwärtsbewegten, stehen blieben, ihr das Tuch ihrer Kleider ins Gesicht hängten. Anna sah eine Lücke im Menschenstrom, rannte los, schob sich an die Jahrmarktstände, blieb vor den Süßwaren stehen, den roten gelben Haufen, den Himbeerzeltchen, Zitronenzeltchen, den Zuckererdbeeren, Zuckerstengeln, Biberfladenschnitten. Es gelüstete sie, sie verwarf, vielleicht sah sie besseres. Sie tastete nach dem Geldbeutelchen, die Fünfer, Zehner waren noch drin. Sie verabscheute die Püppchen mit den Glotzaugen, die Armbanduhren liefen nicht, in den Wundertüten waren bloß grüne Bonbons, die Ketten, Ringe, Broschen ließen Anna gleichgültig, was sie fand, suchte sie nicht, vielleicht hatte sie etwas übersehen. Sie begann eine neue Runde, traf Nina, die lutschte, im Haar eine Spange mit Veilchen, hast du Geld, sagte sie, leih mir welches. Anna lieh nicht, vielleicht sah sie noch besseres, etwas, was sie noch nicht gefunden hatte. Nina traf Anna, hast du noch Geld, Anna lieh ihr. Nina kaufte türkischen Honig, ließ Anna naschen. Der Schirm war Anna im Weg, halt den Schirm, Nina hielt ihn.

Anna hastete den Ständen entlang, die dicken Frauen hatten klebrige Stimmen, die Drehorgel war verschwunden, die Waren wurden in die Kisten zurückgepackt, sie bereute, nichts gekauft zu haben, das Geld war wertlos. Anna warf es Nina zu, die kaufte eine Handvoll Ballons, die Sonne fiel in den Regen, Anna schaute den Ballons nach. Nina warf sie in die Luft, nicht alle, sagte Anna, warum nicht, sagte Nina.

Anna traf Nina im Zug. War das Nina, sie war es. Anna hatte nicht gewußt, daß Nina in diesem Zug heimfuhr, nein, wie hatte sich Nina verändert. Durch die Wagen gehend war sie zufällig auf sie gestoßen, die auch durch die Wagen gegangen war, beide standen im fahrenden Zug. Wie verändert Nina war, verzögert erkannt hatte sie dieses junge Mädchen mit den Funken in den Haaren, mächtig zugenommen hatte sie, es stand ihr, viel Fische hatte sie gegessen im Institut am Meer, Fische waren gut für die Haut. Ninas Haut leuchtete, vorbei die magere Wedernochzeit, das kummerbauzige Waschbrettalter. Taufrische Dame war Nina, die französisch sprach. Die Koffer hatte Nina im Gepäckwagen, der Camioneur wird sie mit dem Fuhrwerk bringen. Die weite Reise hatte Nina weder beschädigt noch ermüdet. Im Institut gab es Nonnen, die ritten durch die Brandung in gerippten Badeanzügen gleich Delphinen, unter Pinien tranken die Schülerinnen Tee, Honig war auf den Butterschnitten, in den Gängen flüsterten die Mädchen. Wer Deutsch sprach, bekam einen Strafpunkt, wer drei Strafpunkte hatte, bekam keinen dessert soufflé aux framboises garni à la crème. In den Betten gab es keine

Leintücher, die soeur de ménage gab Wolldecken aus, die Mädchen verdunkelten mit ihnen die Fenster, ah, le clair de lune wandelte das Dachzimmer in einen metallenen Gitterverschlag. Bei Ausflügen kam der Gärtner mit, einen Karren mit Eßwaren schiebend, je chante les louanges de celui qui me nourrit, sang die Schwester. Anna konnte nicht genug Nina anschauen, sie wäre auf der Stelle auch in dieses Institut gereist, aus dem man mit solch seidenem Panzer herauskam, mit Haaren, die zwischen Rot und Braun hin- und herzischten.

Anna hatte das Haus gefunden. Die Beschreibung Ninas war zwar ungenau gewesen, zwei Treppen abwärts nach dem Dorfplatz, es waren dann vier gewesen, durch einen Torbogen, es war ein Durchgang durch das Gewölbe einer Burg, rechts neben der Kirche, hatte sie gesagt, von rechts oder links hätte nicht gesprochen werden können, die Kirche stand wie in die Luft hinausgestemmt, auf dem Kamm eines Berges, das Haus war auf die Mauer hinaufgebaut, welche die Häuser des Dorfes vor dem Absturz zurückhielt. Das, mit der vierbogigen offenen Galerie, die unter dem Steinplattendach auf zwei Seiten ums Haus führe, stimmte, Anna ahnte, den Kopf im Nacken, die ungeheure Aussicht, der von dort oben, talauf, talab zu begegnen war. Anna hatte den Satz auswendig gelernt, sie konnte nicht italienisch, als sie die paar Worte gesagt hatte, wußte sie, daß sie diese Sprache lernen mußte, sie war wie das Essen von Früchten. Die Schwarzgekleidete überschüttete Anna mit einem Schwall von Lauten, denen Anna mit si si Signora auszuweichen versuchte. Die Frau trug den Schlüssel auf der flachen Hand, übergab ihn Anna wie ein Geschenk. Anna stieg die Treppe hinauf, es war der Aufgang zu einem Palazzo, ein Fuhrwerk hätte durch das Tor ziehen können. Sie trat in eine Halle aus gemauerten Quadersteinen, an deren dunklem Ende wiederum eine Treppe aufwärts führte, durch eine vergitterte Maueröffnung fiel grünes Licht. Anna kam in einen Flur, begrenzt durch eine Balustrade aus dunklem Holz. Längs dieses Flurs öffnete sie eine Tür nach der andern, kam zuerst in einen Saal, der als Küche dienen mußte. Im Kamin hätte ein Ochse Platz gehabt, ein verrusselter Kessel hing an einer Kette, verkohlte Teile von Stämmen lagen unter ihm, an der Wand stand ein ganz kleiner Tisch neben einem Schüttstein. Der zweite Saal mußte ein Aufenthaltsraum sein, vielleicht ein Eßzimmer, an einem langen Mahagonitisch standen altmodische Stühle mit dunkelroten Polstern, ein Feuerplatz war in die Wand eingelassen, der dunkelblaue Verputz in den Ecken grünte feucht. Der nächste Saal war der Festsaal, auf dem löchrigen Parkettboden standen zwei Polsterstühle, an der fleckigen Wand hing ein großer goldumrahmter Spiegel, von der Kassettendecke ein verstaubter Lüster herab. Im nächsten Saal stand das Bett in der Mitte. Zu diesem Bett war Anna gereist, weil Nina aus diesem Möbel die Steppdecke zurück haben wollte, eine seidene Scharlachdecke mit violetten Orchideen, aus denen lila Zungen herauslampten. Das Haus ist zum Fürchten, hatte Nina gesagt, ich hielt es nur aus, weil Filippo dort war. Nina verstand es, als sie die Wände des Schlafsaales sah. Unten waren sie mit einer fleckiggelben Farbe bedeckt, über der halben Höhe waren Malereien, verblichene Szenen aus dem Marienleben, Palmen, Säulen, Tempel, am meisten Schwierigkeiten hatte der Maler mit der Menschendarstellung gehabt, die Gestalten, in schwebender Stellung, waren durch die Farbreste der Mäntel zu unterscheiden, alle Marias hatten einen gewölbten Bauch, die leeren Flächen waren gestrichen mit einem Blau, das mit dem Plamgrün abblätterte. Anna riß den gesuchten Gegenstand vom Bett, schlug die Türe hinter sich zu, ging zum Eingang zurück, einen Moment hatte sie das panische Gefühl, ihn nicht mehr zu finden. Von jedem Saal aus war die Galerie durch eine trübbeschlagene, klirrende Glastüre zu erreichen gewesen, sie war hinausgetreten, hatte sich an der Brüstung halten müssen. Annas Blick war in die Tiefe gestürzt, durch die Schlucht eines engen Tals auf einen Stausee hinunter, er prallte hoch, zertrümmerte an einem bedrängendnahen Gebirge, auf dem jeder Eiskristall glitzerte, jeder Felsschrund glänzte. Das Ende der Welt zeigte sein schneidendkaltes Gebiß. Anna schwindelte es, mit verklebten Augen stolperte sie die Treppe hinunter. Draußen setzte sie sich auf die Sandsteinplatte einer Mauer, die so warm war, daß Anna kaum mehr aufstehen wollte. Die Aussicht hatte sich mild verändert, sie sah auf einen kleinen Friedhof mit Blumen, an die Portalwand einer Kirche, um die Schwalben pendelten, und an eine schiefgewachsene Palme. Wer war dieser Filippo, wie war er, ein Romeo, ein Schuft, ein Mann. Nina, Anna begriff es, kapierte es nicht, war von Franz, dem netten Häuschen, das er selbst gebaut hatte, weggegangen, bis Filippo von Nina genug hatte, aus welchen Gründen, Anna konnte es dazumal nur ahnen.

Später, in der Zeit, als sie mit sich selbst zu reden pflegte, hätte sie sich gesagt, daß die Liebe kein Boden sei, auf dem man stehen könne, zumindest kein verläßlicher, daß nichts so erschöpfe wie die Liebe, daß niemand es lange aushalte mit ihr, jede Fluchtmöglichkeit über kurz oder lang ergriffen werde, daß nichts die Natur des Menschen mehr negiere als die Liebe, die Natur, die auf Vernunft und Gewöhnung angelegt sei, während die Liebe, ein Höhenrausch, unweigerlich von der Schwerkraft besiegt über die Geröllhalde abstürze, zerschunden liegenbliebe. Nichts als das Fleisch könne geleckt werden, bis die Narben gewachsen, sei man dann alt genug, sie zu ertragen. Damals war Anna fünfunddreißig, Nina zweiunddreißig, war das alt, war das jung, einmal bejahte sie das Altsein, verneinte es alsbald kräftig. Als Anna später erwiesenermaßen alt war, ihre Jahre bewiesen es, erschien ihr die damalige Koketterie mit dem Alter als letzter Sproß der Jugend.

Anna nahm immer an, daß Nina verpimpelt worden sei, als Jüngste, mit Südfrüchten, Bananen gefüttert, Zappi, der sich längst die Zähne ausgebissen, mochte sie, er spaßte mit ihr, setzte ihr die Mütze schief auf die Locken, sie hätte es noch länger als drei Jahre bei ihm ausgehalten. Sie hatte Freundinnen, war bei dieser, bei jener zum Tee eingeladen. Zur Zeit von Nina mußte zu Hause nicht dringend gespart werden, sie hatte allerlei Vorrechte, ein Fahrrad, neue Skis, weiße Schlittschuhstiefel, Klavierstunden. Bei Großmutters Tod war sie zu klein, bei Vaters Tod kannte sie Franz, der Schock wegen Richi fing Franz auf, Schotti hielt man ihr verborgen. An Nina hatte Mutter immer zuerst gedacht, geht mit Nina hinaus, rief sie, wenn Schotti auf den Fenstersims sprang.

Von Franz geschieden, wohnte Nina in einer kleinen Wohnung mit dem gleichen Hausrat, mit weniger Tassen und Krügen. Sie arbeitete im Büro eines Rechtsanwalts. Daß das keine Arbeit fürs Leben sei, dem konnte Anna beipflichten. Zu jener Zeit war Anna auch unzufrieden, dachte an Aufnahme eines Studiums, Kunst oder Sprachen, sagte sie, ich würde gerne besser malen. Anna wagte nicht zu sagen, daß sie bei Nina nicht gewöhnt sei, sie ungepflegt zu sehen, daß sie, Anna, eine Frisur wie eine Hexe habe, daran sei jedermann gewöhnt, aber bei Nina nicht, nicht bei Nina, noch nie habe sie ein fettiges Härchen gehabt, eine Rocklänge, die ihr nicht stünde.

Nina glaubte ans Heiraten, sie heiratete zum zweiten Mal. Mutter, an altmodischen Gedanken klebend, war bestürzt, dann sagte sie, besser so, Nina ist nicht geschaffen ohne Familie zu bleiben, sie war immer ein Zartes. Zu Ninas Hochzeit waren alle eingeladen, Mutter, Dori, Anna, Schotti auch, kommt ihr vier Weiber, lachte Nina, für euch allein eine Kutsche. Ein Bruder des Ehemanns war Kutscher, Franz der Zweite war bäuerlicher Herkunft. Gesunde Verwandtschaft, sagte Anna zu Mutter. Mutter trug ein neues Kleid, hatte rote Wangen wie immer, wenn sie Wein getrunken hatte, und eine sehr schöne Frisur, blausilberne Haare. Schotti, unter dem Einfluß von Medikamenten, war zu ertragen, sie schwatzte nicht zu viel, nur einmal sagte sie zum Bräutigam etwas Unpassendes, was im Gelächter unterging, Nina doch auf die Lippen beißen ließ, was hatte sie gesagt, Anna erfuhr es von Dori, Nina ist eine Glühbirne, mach keinen Kurzschluß.

Mutter reiste oft zu Schotti, obwohl sie nicht glaube, daß Schotti alldem zuhöre oder es verarbeiten könne, aber sie sei zum Schluß gekommen, daß es falsch sei, Schotti vom Familienleben auszuschließen. Sie habe ihr erzählt, daß der zweite Franz Ingenieur in einer Firma sei, die Kraftwerke baue, Schotti habe gemeint, das sei gut, so müsse Nina keine Not leiden. Nina wohnte jetzt in einem Haus, außerhalb der Stadt, Franz hatte zwei Baugrundstücke erwerben können. Sie bauten auf dem einen ein Schwimmbad, innerhalb von zwei Jahren war die Umzäunung so hoch gewachsen, daß man von der Straße keinen Einblick mehr hatte. Nina blieb ganze Sommertage im Badekleid, zum Schwimmen brauchte sie keins. Anna hatte damals wieder zu malen begonnen, sie blieb nie länger als ein paar Tage, ein Traum, in dem man sich nicht geniert, ohne Kleider unter Bekleideten zu sein, war nicht lange auszuhalten. Als Kind war es Brauch gewesen, daß die Schwestern sich voreinander verdeckten, Anna empfand es als störend, als Beweis abgelaufener Zeit, Nina nackt zu sehen. Nina schien es nichts auszumachen, sie war überall braun. Erst wenn Franz kam, zog sich Nina an. Anna kam dann auch zurück, sie war laufen gegangen. Nina wollte ein gemeinsames Abendessen, Anna sah das nicht ein, Franz sprach sozusagen nichts.

Nina würde davonkommen, sie hätte sicher bald Kinder.

Du wirst nie eine gute Malerin, hatte Eli gesagt, du bist kein Scheusal, alle Guten waren, sind Monstren, Vampire, Mehralsverrückte, Wiedergeburts-Ausgeburten, blutrünstige Shakespeare-Helden. Anna hatte gesagt, das seien überholte Vorstellungen, männliche Zeugungswünsche, der heutige Mensch in seinem Kleinformat sei dazu bestimmt, das Bild eines Bildes eines Bildes durch eine kleine Maschine zu schieben, und daß sie ein heutiger Mensch sei, das hoffe sie sehr. Nein, hatte Eli gemeint, sie sei kein heutiger Mensch, der gegenwärtige Mensch habe keine Erinnerungen. Ob sie einmal etwas Malerisches tun könnten, hatte Anna gemeint, was, hatte Eli geantwortet, das einzig Verrückte sei die Normalität, Heirat zum Beispiel, die bliebe noch übrig, hatte Anna gemeint, der Fürsorge nicht zu Last zu fallen, sich auf ewig zu lieben versuchen. Früher mußten wir in der Fastenzeit fasten, am Freitag nie Fleisch, am Aschermittwoch, am Karfreitag nicht genug essen, Gott schaute auf jeden von uns ohne das Lid zu schließen, er spannte den Rahmen des Bildes mit einem Rahmen, der die Welt war. Du bist wohl im Mittelalter aufgewachsen, hatte Eli gemeint, nein, das könnte sie nicht sagen, hatte Anna geflüstert, damals war sie oft heiser gewesen, wenn sie mit Eli zusammen war.

Nina aber, zu ihrem Vorteil, wie es Anna erschien, hatte bald weniger Zeit nackt herumzulaufen. Sie hatten neue Nachbarn bekommen, Welsche mit Kindern, Nina sollte ihnen Nachhilfeunterricht in Deutsch geben. Sie sollten auf freundschaftlicher Basis viel miteinander sprechen können, hatte ihr Vater gemeint, die Kinder waren neun- und zehnjährig. Nina schwamm mit ihnen, trank Sirup, spielte Federball, wir wollen fernsehen, sagten die Kinder. Wenn diese im Bett waren, die Frau des Romanisten im Kurs für Batik, ging Nina zu ihm. Franz, im Turnverein, würde nicht vor zwölf heimkommen. Der Romanist saß vor dem Kaminfeuer, selbst im Sommer, er korrigierte Aufsätze, las, schrieb. Nina las seine Gedichte, gefallen mir nicht, sagte sie, vielleicht verstehe ich sie nicht, Gedichte müssen nicht verstanden werden, sagte er, getrunken müssen sie sein, selbstgebrauter Branntwein, Monologe eines Einzelnen sind es. Im Gang auf dem Garderobenständer lagen seine schwarzen Hüte, schwarze Schals hingen neben seinen schwarzen Mänteln, Nina schminkte sich, sie rückte das Gesicht nahe an den Spiegel. Wenn sie sich verwandelte, trug sie eine Perücke, deren Gekräusel sie um die Schultern drapierte, zuvor zog sie sich ihre Haare straff nach hinten, als hätte sie keine. Sie zog sich um, fröstelte unter dem Schleier, kam sie ins Wohnzimmer, hatte sie warm. Roland hatte Scheiter nachgelegt, die siebte war auf dem Plattenteller, Bach, Glenn Gould, irgend etwas Klassisches, sagte Nina später zu Anna, in der Zeit, als sie manchmal Anna etwas mitteilte, unzusammenhängende Kleinigkeiten, zum Beispiel, wenn sein Schal weiß war, war er gut aufgelegt. Nachher dachte Anna, hätte in Nina nicht das Mißtrauen überhand genommen, der heftige Widerwille der Geschwister, miteinander zu reden, den Anna seit Kindheit beherrschte, Richi auch, Schotti seit Geburt, Dori seit der Primarschulzeit, nichts hätte es geändert, dachte Anna. Plötzlich fand Nina eine Beschäftigung. Ihre Abneigungen gegen das Handhaben von Schere, Nähmaschine wandelte sich, sie schneiderte Umhänge, lose Tücher verschiedener Stoffe, die sie um Hals, Brust, Hüfte schlang, auch Kopfbedeckungen machte sie, in Warenhäusern, Brockenstuben stöberte sie nach Hüten, die sie mit Gegenständen veränderte. Ihre Beschäftigung ging weiter, sie machte sich auf die Suche nach Büchern, die Königin, 69–30 vor Christus, aus dem Hause der Ptolemäer, gestorben durch einen Schlangenbiß, vielleicht Gebärerin des Caesarion, vielleicht die Verzweiflung des Antonius, vielleicht die Mörderin des Julius Gajus Caesar, vielleicht die Geliebte des Oktavian, alias Augustus. Manchmal stolperte Nina, sie vermochte nicht fehlerfrei zu tanzen, wußte nicht wohin mit den Armen, Nina freute es trotzdem. Daß nicht vorauszusehen war, wie Roland sich benahm, war es, was Nina nicht ermüdete. Eines war sicher, er duftete immer gut, als hätte er in Schaum gebadet. Roland ritt auf dem Schaukelpferd des Sohnes, er hopste um den Feuerplatz, goß Wein über Nina, schlürfte die Flüssigkeit, leckte den Boden sauber, manchmal lagen sie auf der Matratze, nahe ans Feuer gerückt, die Wärme röstete ihre Schultern, das bläuliche Licht des Fernsehers glitt über ihre Gesichter. Nina war beleidigt, daß Roland es ohne ihre Hilfe machte, verärgert, daß er ihr nicht half, zu Nina, beleidigt, entzückt, sagte Roland, entweder lernst du es rasch oder nie. Niemand kann von der Stirne mir nehmen den traurigen Traum, sagte Nina, wollte damit zeigen, daß sie belesen war, Roland, der annahm, sie wüßte, daß er es war, sagte, Göttliche umarmen schnell, Nina war wiederum entzückt. Das Wenige, das sie sprachen, sprachen sie deutsch, Nina wäre sonst nicht zu ihm gegangen, sie hatte Französisch nie gemocht, was sie einst gelernt hatte, vergessen.

Einmal, am besten und am schlechtesten, klopfte es an die Türe. Es waren die Kinder. Sie zogen sich schnell an, Roland rief ununterbrochen, je viens, je viens, attendez, sie rückten die Stühle zurecht, Nina warf den Schleier unter das Sofa.

Dann stand Roland vor der Haustüre, heute abend geht es nicht, meine Frau ist nicht weg. Jene Frau blieb nun öfters daheim, Roland zuckte mit den Schultern, hob die Hände. Dann sagte er, ich glaube, es geht nicht mehr, ich glaube, sie hat etwas gemerkt. Nina legte den Mund auf seinen Schal, der beim letzten hastigen Aufbruch unter ihre Sachen gelangt war. Sie trug ihn unter dem Wintermantel.

Nina sagte zu Anna, mein Leben ist traurig geworden. Anna sagte, spinnst du, warum. Nina sagte, ich kann Franz nicht mehr verputzen, er macht es immer gleich, er langweilt mich, er sagt immer das gleiche oder nichts.

Nina ist wieder weg, sagte Mutter zu Anna, sie war wütend, Anna merkte es, Mutter deckte laut den Tisch, warf die Deckel über den Herd, warum kommt sie mit keinem aus, Mutter klopfte auf den Tisch. Anna sagte, mit Franz wäre ich auch nicht ausgekommen, sie findet vielleicht einen anderen. Ich finde einen anderen, hatte Nina zu Anna gesagt, als Anna sie besuchte in der Wohnung, in die Nina gezogen war. Sie arbeitete im Büro einer Farbenfabrik.

Wer mache die Liebe, las Anna in den Heften, was mache sie. Die Hoffnung auf das Nichtwiederholbare, das erste Augenlicht, den verstörenden Geruch, das mache sie, die Schockwelle, welche ausgestoßen werde, in der Erinnerung an diesen Stoß noch einmal gestoßen werde, noch einmal, auch wenn die Welle immer dünner, seltener, in der Erinnerung der Erinnerung, in vielfacher Verdünnung noch einmal die beiden aneinanderschwemme, daß sie sich noch einmal berührten, zum letzten Mal. Was hielte die Liebe am Leben. Das, was sie alle Morgen aufstehen ließe, durch den Krimskrams gehen ließe, damit sie abends dem Schlaftrieb nachgebend, sich morgens erheben könne, das sei es nicht. Welches seien die Voraussetzungen, damit Liebe geschehen könne. Zwei Menschen, die nichts anderes hofften, als am Leben zu bleiben. Wer ohne Liebe nicht sofort stürbe, sei unfähig zur Liebe. Anna las, daß die Einsamkeit der besten Nährboden der Liebe sei, ein gedüngtes, gewässertes Treibbeet sei sie, auch eine gewisse Melancholie gehörte dazu, welche das lange anstrengende Suchen hinterlassen habe, die Jugend sei in diesem Sinn nicht befähigt zur Liebe, sie habe noch einen unnützen Vorrat an Hoffnungen.

Daß Nina noch einmal zu Franz zurückgekehrt war, wußte Anna von Mutter, Mutter wußte es von Nina. Anna hingegen verlor Nina ganz aus den Augen, als sie für eine Zeit im Ausland war.

Es kam das, was je nach Standpunkt, eine oder keine Katastrophe war, für Nina eine, für Anna eine halbe, für die Betroffene, die Mutter, Julia, keine, Julia, eine Witwe mit fünf Nachkommen, von denen der Sohn ganz, eine Tochter scheingestorben war, die anderen abwesend.

Zu einem Gastmahl sei Julia eingeladen gewesen, sagte Julias Freundin, die ihm Hause wohnte, in der Wohnung der Mutter Julias, Annas Großmutter, deren Tod vor sechsundzwanzig Jahren nie ganz enträtselt worden ist. Sie, die Freundin, erinnere sich noch gut an den Aufruhr Julias, die ihre Mutter gefunden habe mit einem Tuch um den Hals am Fenstergriff hängend, so daß der miese Kerl von einem Doktor, der ständig der Familie das Abnormste zutraute, Zweifel äußern konnte, ob die alte Frau nicht ihren Tod beschleunigt habe, Julia sich aber aus dem Schrecken in der Gewißheit festigte, die Mutter habe sich aus Angst angebunden, in der Hoffnung, ihre Atmung zu erleichtern, in ihrer Herzanfallbedrängnis, eine große schwere Frau, die sie gewesen sei, habe sie geahnt, daß sie, gekrümmt auf dem Boden liegend, keine Möglichkeit hätte, die Attacke zu überstehen, darum habe sie sich am Fenster hochgebunden, um aufrechtkämpfend den Tod zu sehen, eher als am Boden liegend, von ihm erwürgt zu werden.

Bevor sie der Einladung gefolgt sei, sei Julia in jedes

Zimmer des Hauses gegangen, die Freundin habe nicht gewußt, was sie dort mache, Julia habe jede Tür geöffnet, sei in das Schlafzimmer Annas, in Ninas, in das von Dori, von Schotti, in ihr Ehezimmer und in das ehemalige Zimmer von Richi gegangen, dann sei sie die Treppe hinuntergegangen, sei in die Küche, in das Eßzimmer, in die Stube, in die Sonntagsstube und in das ehemalige Arbeitszimmer ihres Mannes gegangen, es sei dann eine Weile nach dem Öffnen, dem Schließen der Türen ganz still gewesen, so daß die Freundin rufend gemahnt habe, Julia komme, wenn sie sich derart versäume, zu spät, das Gastmahl beginne um neun. Es sei ein im allgemeinen nebelloser Abend gewesen, doch sei sie, die Freundin, von leichter Feuchtigkeit anfangenden Herbstes schon erschauert, als sie Julia bis in den Garten hinaus begleitet habe. Julia habe zu Fuß gehen wollen, eine schwache halbe Stunde zum Hotel an der Bahnlinie im andern Dorf, ein Weg, den Julia oft gemacht habe, zu verschiedensten Jahreszeiten, immer dann, wenn sie verreisen wollte, was nicht wirklich viel vorgekommen sei, höchstens zu einer Hochzeit, zu einer Beerdigung, eine Schulfreundin im Dorf unten am See zu besuchen oder um eines der Kinder auf den Bahnhof zu begleiten, lieber noch, von dort abzuholen. Die Freundin hätte Julia nachgeblickt, Julia habe, sich umdrehend, einmal gewunken, dann sei sie festen Schrittes ins Dunkel hineingegangen.

Das Mädchen Salome, das Julia eingeladen hatte, zu einem Fest mit ihren Freundinnen und Freunden, sagte, sie habe sich sehr auf den Abend gefreut, es sei der ihres vierundzwanzigsten Geburtstages gewesen, sie habe deutlich gespürt, daß nun in ihrem Leben etwas Entscheidendes kommen müsse, denn ganz jung sei man mit vierundzwanzig nicht mehr, daß sie sich jetzt entscheiden müsse, ob sie den oder den heiraten wolle. Julia habe immer gesagt, sie solle den Martin nehmen, der liebe sie, der Mann müsse die Frau lieben, nicht die Frau den Mann, das sei besser für die Frau. Sie aber habe zu Julia gesagt, wenn Martin nur nicht so unbeholfen täte, sie hätte lieber den anderen, den Schönen, den, der sie immer habe warten lassen, den, mit dem sie über alles so gut habe reden können, sie hätte dann gefürchtet, der wolle sie nicht, hätte ihre Befürchtungen Julia mitgeteilt, die habe gesagt, da bliebe ihnen nichts anderes übrig, als alles zu versuchen, daß Luki nicht anders könne, als sie zu wollen, und sie hätten dann einen Plan ausgeheckt, den Schönen zu gewinnen, aber das sei jetzt vorbei, der Martin sei schon recht. Sie hätten die Tafel schön gedeckt gehabt, sagte Salome, Blumen habe sie mitgebracht, Kerzen, mit dem Wirt habe sie lange über den Wein gesprochen, der Wirt habe gemeint, Martin solle entscheiden welchen Weißen, der Weiße sei immer eine delikate Wahl, mit dem Roten liege man selten schief, Martin sei ja in die Fachschule gegangen, wo man solches lerne. Sie hätten dann einen leichten Weißen, zur Vorspeise passend und einen Roten, der mit der Hauptspeise Hand in Hand gehe, gewählt, das mit der Hand in Hand hätte Luki gesagt, Martin sage so etwas nicht.

Die Freundin Salomes, Vroni, sagte, sie sei zur selben Zeit wie Julia im Hotel angekommen, sie seien sofort in das Sälchen gegangen, das für sie reserviert gewesen sei, sie habe gehofft, sie sitze neben Martin und gegenüber Julia, gegenüber Luki hätte sie nicht sitzen wollen, sie hätte nie gewußt, was sie mit dem reden solle, mit Martin hätte sie nie studieren müssen, das habe sich immer von selbst ergeben, Martin sei unkompliziert, Wirten täte sie gerne oder sonst Geschäften, bloße Hausfrau sei ihr zu langweilig. Sie habe Julia den Mantel abgenommen. Julia habe Salome umarmt, ihr gratuliert, das Geschenk, habe Julia gesagt, liege bei ihr daheim, Salome habe gelacht und gesagt, die drei Jahre, die sie bei Julia gewohnt habe, kämen ihr vor wie ein Tag, wenn sie Julia nicht gehabt hätte, hätte sie es nicht lange mit ihrer strengen Arbeit ausgehalten, sie dürfe nicht an morgen denken, wie es dann wieder zu und hergehe.

Luki sagte, er habe Freude gehabt, daß Vroni mit Julia hereingekommen sei, auf den Tischkärtchen habe er gesehen, daß er neben Vroni sitze, Julia habe ihm vor ein paar Tagen noch gesagt, ob er etwas vorbereitet habe, was zur guten Laune beitrage, eine kleine Schnitzelbank, er könne doch gut zeichnen, singen auch, er solle die Gitarre nicht vergessen, Erlebnisse, gemeinsame, hätten sie ja einige, wenn sie nur an die Auslosung der Zimmer denke, die sie mit Salome und ihm gemacht habe, weil beide das gleiche große wünschten, mit der Aussicht in die Berge oder an die Verwechslung der von ihm gesammelten gedörrten Kräuter, von denen die einen gegen Durchfall genommen, Durchfall verursachten, wie mit dem gleichen Recht die stopfende Wirkung der andern nicht zur Geltung gekommen sei.

Bei Julia habe er Salome kennen gelernt, sagte Martin,

Julia habe ihn oft zu Tisch gehabt, und wenn er jetzt Salome heirate, hätte Julia sicherlich Freude, Salomes Gründe, die Heirat immer wieder hinauszuzögern, hätte vielleicht Julia ihm sagen können, aber das sei jetzt gleichgültig, Salome habe sich jetzt für ihn entschieden.

Salome, das junge Mädchen, das Julia eingeladen hatte, sagte, sie hätten sich dann alle zu Tisch gesetzt, den Tafelschmuck gerühmt, die Kerzen hätten gebrannt, der Wirt sei mit der Vorspeise hereingekommen, sie hätten alle nach der feinbelegten Platte gelüstet, um recht Appetit zu haben, hätte sie nicht zu Mittag gegessen, habe Julia gemeint, schenk ein, Luki, habe sie gesagt. Da sei Julia, auf der Eckbank sitzend, plötzlich schräg zurückgesunken, habe sich seltsam geräuspert. Alle wären aufgesprungen, Luki und Salome hätten Julia berührt, geschüttelt, doch Julia habe keine Zeichen mehr gegeben. Sofort einen Arzt, habe Martin gerufen, sei zum Telefon gerannt.

Luki sagte, Vroni habe sofort zu weinen begonnen, Salome habe nicht laut geweint, sie, als Arztgehilfin, sei wahrscheinlich an allerhand gewöhnt gewesen, es habe gar nicht lange gedauert, sei der Arzt hereingekommen.

Martin sagte, wie lange es gedauert habe, wisse er nicht, er habe Julia nicht mehr gewagt anzuschauen.

Als der Arzt befohlen habe, den Tisch wegzurücken, Julia auf die Bank gelegt, das Stethoskop vom Ohr gerissen, mein Gott, gesagt habe, die Frau stirbt, da habe er gewußt, daß er jetzt zum ersten Mal das sehe, es sei nicht schrecklich gewesen, eher wie ein Weggehen von etwas Wichtigem, er habe es erst nachher gespürt, daß etwas weggegangen sei, weil plötzlich eine Leere dagewesen sei, Vroni habe so laut geweint, daß er sich wieder zusammengenommen habe, einen Augenblick, als sei er allein auf der Welt, hätte er panische Angst gespürt, sagte Luki.

Vroni sagte, sie hätten alle nichts essen können, nachdem die Männer Julia ins Auto hinausgetragen hätten, sei sie dann auch schnell aus dem Hotel gegangen.

Die Freundin Julias, die in ihrer Wohnung an einem Kleid für eine Kundin nähte, hätte ein Auto herfahren hören, sie habe zum Fenster hinausgeschaut, es habe sie gewundert, wer da komme, Julia würde es nicht sein, es sei noch nicht spät gewesen, sie habe sofort gesehen, daß Julia tot sei. Der Arzt und Luki hätten sie getragen, auf einer Bahre, Julia auf das Bett im Schlafzimmer zu heben habe Salome geholfen. Julia habe eine schöne Bluse getragen, die sie ihr nicht ausgezogen, sie hätten dann noch ein schönes Oberleintuch gesucht im Kasten. Salome habe Julia die Schuhe ausgezogen, und sie habe Julia die Hände gefaltet über dem Spitzensaum des Leintuchs. Luki habe gemeint, er könnte keine Toten berühren, der Arzt habe gemeint, da habe er schon andere Leichen gesehen, diese Frau habe ja noch rote Wangen.

Anna, die nachher alle, die dabei gewesen waren, aufsuchte, es von allen wissen wollte, erfuhr von allen das gleiche, Mutter war tot. Anna saß lange neben dem Kasten am Fenster, schaute zur Mutter hinüber, die auf dem Rücken lag. Base Emma kam herein, komm herunter, sagte sie, das tut dir nicht gut, Anna sagte, laß mich, die Base ließ sie.

Anna war wieder allein im Zimmer, das kein Totenzimmer war, hell war es, sie war nicht allein, dort lag Mutter, jung, ein Mädchen, mit straffer reiner Haut. Anna vermochte den Blick nicht abzuwenden, sie hätte gerne geweint, konnte es nicht, eine klare Traurigkeit trennte sie mit scharfem Schnitt vom letzten Rest des Kindes, das sie gewesen war. Jetzt bin ich allein, dachte Anna. In dem Gedanken lag keine Spur von Wehleidigkeit, die kühle Objektivität des Gedankens, die Gewißheit, das sie es schaffen würde, allein zu sein, erstaunte sie. Sie war voll von kaltem Mut und Traurigkeit. Mutter trug auf ihrem schönen Gesicht ein fremdes Lächeln, das niemandem mehr galt, weder Anna noch der Welt, Anna sagte, du hast es gut, Mutter antwortete nicht, sie fuhr fort zu lächeln, mit diesem Lächeln, das Anna noch nie gesehen, das Anna auf den Stuhl band, so daß sie gar nicht mehr aufstehen wollte.

Essen, rief die Base von unten herauf, Anna fühlte einen wahnsinnigen Hunger, die Küche war voller Leute, Freundinnen von Mutter. Nina war auch gekommen, sie diskutierte mit ihrem Freund, ob Schotti von der Anstalt zu holen sei. Der Freund meinte, das tue gewiß nicht gut, die Beerdigung, der Anblick der Toten. Anna sagte, das gehe ihn und alle einen Scheißdreck an, wenn Schotti eine Szene mache, sei das einzig ihre Sache. Sie holten dann Schotti doch nicht, es war Anna, die einen hysterischen Anfall hatte, als sie allein mit Nina im Haus zurückblieb. Ihr Schreikrampf trieb Nina zum Telefon, der Doktor vom Nachbarhaus gab ihr eine Spritze. Anna war es, als läge sie neben Anna, sie sah, wie Annas Schüttelfrost von ihr herunterrann, als Annas Frost getrocknet war, spürte sie, wie Müdigkeit sie dunkel mit Anna zusammenschwemmte.

Als Dori mit Hugo kam, ging sie nachts zum Klavier, Dori sagte, nimm dich zusammen, wir sind schließlich ein Trauerhaus. Anna hatte den Nachruf auf Mutter zu schreiben, der Pfarrer hatte gemeint, er wäre froh, er wüßte nichts Genaues zu sagen. Anna merkte, daß sie auch nicht viel zu sagen hatte, was konnte, außer Geburtstag, Todestag, Heiratsjahr, Kinderzahl, gesagt sein. Nichts konnte geschrieben sein über Mutters Leben, das ein Teil von Annas ungeschriebenem Leben war. Anna war jedes Wochenende nach Hause gefahren. Mutter hatte nie gewollt, daß Anna so viel heimkam. Mutter ließ Anna allein. Anna war im Haus. Anna war zufrieden. Mutter ging ihre Wege, Anna blieb im Haus, sie wohnte in ihm. Sie ging im Garten herum, sie liebe ihn, liebte Mutters Essen. Nie verließ Mutter das Haus, ohne Anna gekocht zu haben. Anna hatte ein Zimmer mit Farben, Pinseln, einem Maltisch, eine Wand zum Bespritzen, die Zeichnungen lagen auf dem Boden. Mutter besorgte Annas Wäsche. Mutter hatte nie Fragen an Anna. Wenn Anna nicht reden wollte, redete Mutter auch nicht. Mutter las gern, Anna war froh, daß Mutter auch viel las, sonntagnachtmittaglang lasen sie, schwiegen. Mutter verschwand, rief zum Abendbrot. Anna hatte nie gewußt, was Mutter las, es wäre ihre unangenehm gewesen, wenn Mutter sich nach dem, was Anna las, erkundigt hätte. Beim Nachtessen war irgend ein Gast am Tisch, eine Freundin von Mutter, manchmal der Gehilfe für den Garten, solche, die Anna nicht kannte, später Gary, später Salome, Luki.

Wie Anna Ninas neuen Freund gesehen hatte, wußte sie, daß der niemals im Haus leben würde, er paßte nicht hinein. Seit Mutter tot war, war das Haus gestorben. Es roch nicht mehr gut, die Zimmer schrumpften, ein klebrig mürrisches Licht lag in den Gängen. Das Leben verschlug Anna weit weg vom Haus, sie fand es nie mehr, kleingefaltet, zusammengepreßt, wie die Geschichte einer Pflanze im Samenkorn, lag es von nun an in einem Teil ihres Gehirns.

Anna verreiste. Die Nachricht wegen Nina erhielt sie zur Zeit, als sie zufrieden in einer neuen Sprache sich eingenistet hatte. Sie wohnte in einem ungeheuren Landhaus, gewachsen wie ein Tropenbaum, die Fensterflügel stießen in üppige Pflanzen. Rosen lieben unser Klima, hatte Mister Leaf gesagt, der ihr höflich die Tür öffnete, wenn sie mit ihm zusammentraf. Anna, wir können es nicht mehr ohne Sie machen, bleiben Sie. Das Haus erstreckte sich eingeschossig mit Fangarmen in die Landschaft hinein, wurde von Gärten umschlungen. In den Gärten konnte Anna lange wandern. Sie mochte die Sprache, von dicken Wörterbüchern wurde sie umlagert, amüsiert. Draußen saß sie neben der Umfriedungsmauer, malte den Anblick, von allen Seiten malte sie ihn, von der Ostseite, die terrassenförmigen Anlagen der Rosengärten, von der Westseite, wo die Roßstallungen lagen, von Süden her, wo der Bach war, die Weiden, das Haus eine verwinkelte kleine Stadt, die den

Himmel auf ihrer Schulter trug. Anna fühlte das kleine Messer einer kleinen Liebe, die Liebe zu einem unzeitgemäßen mastigen Roman. Sie wich Mister Leaf aus, horchte von weitem auf seine Stimme, wenn sie in der Halle an den Stiefeln, den Lederjacken vorüberging, roch sie deren Geruch. Er kam von Abwesenheit in Geschäften zurück, das Auto um die Rasenrondelle der Einfahrt hielt wie eine Gondel aus Seide, der Chauffeur öffnete draußen die Türe. Mr. Leaf polterte herein, warf den Hut auf das Gestell, ob jemand da sei, alle sollen herkommen, sofort, er rief laut, lachte laut, alle hätten zu kommen, zu trinken mit ihm, die Hunde, jeder seiner Bewegungen lautlos folgend, waren zu schwarzen Teppichen geworden, Anna eine Fürstin, der der Heimkehrer seine Referenz erwies. Der Sherry, die Kehle zwickend, jagte den Appetit, Anna hatte den Tisch bereit, im Kamin leckte das Feuer die Stämme.

Aus ihrer Landschaftswollust, den Hausbildern, Gaukeleien schreckte sie das Telegramm auf. Am selben Abend war Dori am Telefon. Warum, sagte Anna. Niemand weiß es. Wann, sagte Anna. Gestern nachmittag. Beide schwiegen. Anna hörte das Schnupfen von Dori. Ich weiß nicht, ob ich komme, sagte Anna. Du mußt, sagte Dori, du wirst doch nicht deine Schwester, es nützt ihr nichts mehr, sagte Anna. Dori weinte, ja, sagte Anna, wenn ich kann, komme ich, wohin, sagte sie, übermorgen, sagte sie. Sie legte den Hörer auf, setzte sich, sie spürte, wie das Zittern kam. Sie müssen reisen, Anna, Lewis bringt Sie zum Flughafen. Aber es sei doch bloß ihre Stiefschwester gewesen, weit älter als sie, woran starb sie, an einer Krankheit, deren Namen sie nicht wisse, sie hätte sie kaum gekannt, sie glaube wirklich nicht, daß sie an diese Beerdigung zu reisen habe, Nina habe eigene Kinder gehabt, die würden das Nötige veranlassen, ihr Mann sei auch noch da, übrigens ein lieber Mensch, Nina sei glücklich mit ihm gewesen, auch mit ihren Kindern sei sie glücklich gewesen, Anna habe nie etwas anderes erfahren, sie sei überzeugt, daß Nina ein glücklicher Mensch gewesen sei, natürlich sei es traurig, doch sterben müßten sie alle, ob früher oder später, das mache keinen Unterschied, die Krankheit, soweit Anna erfahren habe, sei eine schmerzlose gewesen, eine Art von Leukämie, Blutverlorenheit, Nina sei verdämmert, schlafend eingeschlafen, in überwältigender Müdigkeit, zu müde, um an ihr zu leiden, so habe es Dori erzählt, sie werde der Familie schreiben, ihr Beileid ausdrücken, später werde sie die Familie besuchen, jetzt nicht, jetzt seien alle in Aufregung, später, wenn der Schrecken sich in Milde verwandelt habe, dann werde sie sicher noch genaueres erfahren, nicht nur die Tatsache ihrer Fastnichtmehrverwandschaft würde wiederum bestätigt werden, Nina habe eine andere Mutter gehabt, von Vater in die Ehe gebracht worden sei sie, neun Jahre älter als Anna sei Nina gewesen, Nina habe ihr eine Unbekannte bleiben müssen, als Anna zehn gewesen, sei Nina schon verheiratet weggezogen, dazu käme die Tatsache, daß sie von Nina seit Jahren nichts mehr gewußt habe, weil Nina sich merkwürdigerweise nie um ihre Stiefgeschwister gekümmert habe, nie einen Brief, nie ein Telefon, nie auch nur eine Karte zum

Namenstag oder zu sonst einem Tag, nie auch nur eine kleine Mitteilung über ihren Zustand, selbst zu Familienfesten sei Nina nie erschienen, alles habe Anna über sie indirekt erfahren müssen, durch eine Kusine, man wisse, daß Kusinen nicht überschwengliche Mitteilerinnen seien, alle diese Fakten zusammengenommen ergäben den Hinweis, daß Anna nicht jetzt die Umstände einer Reise auf sich zu nehmen hätte, zudem sie sich sehr fürchte vor dem Fliegen.

Anna wußte später nicht, wem sie das, in welcher Reihenfolge erzählt hatte, sie war befriedigt gewesen über ihren Wortschatz. Sie erinnerte sich der Betriebsamkeit der folgenden Tage, das Jubiläum von Mister Leafs Firma, Thirty Years Leaf for leaves. Turn over a new leaf, schrieben sie auf Papiere, die sie über die Eingangstüre hängten. Leute kamen, das Fest vorzubereiten. An einem Abend kamen dreiunddreißig Gäste, an einem andern neunzehn. Es gab Musik, Tanz, Alkohol, Essen. Als der Rummel vorüber war, hatte sich die Geschichte Ninas in starre Unwirklichkeit gedreht. Vielleicht stimmte sie gar nicht. Dori hatte schlecht gelogen, Anna schlecht gehört. Annas Zorn auf Nina legte sich. Dann kamen die Bilder der Qual. Sie sah es. Wie Nina herumwanderte. In schlechten Kleidern, sie, die immer gewesen war, als hätte sie über die Möglichkeiten sich gut anzuziehen nachgedacht, Nina, als käme sie von einem Fest. Nina, die sich um kein Aussehen mehr kümmerte. Ninas Zögern oder Nichtzögern vor der Entscheidung. Eine Sekunde, zwei, drei Sekunden, ehe sie den Draht berührte, den Tod berührte, den Blitz, der sie zerstückelte. Dori hatte in Bruchstücken geredet, Anna mußte die Stücke genau zusammensetzen, es gelang ihr nicht, endlos war sie an der Arbeit. Eine Zeitlang telefonierte Anna jeden Abend mit Dori. Wärest du gekommen, sagte Dori, du bist selber schuld, sagte sie, hast du sie gesehen, nein, die sie gefunden haben, haben gemeint, es sei besser, sie nicht mehr anzusehen, sie hätten sie sofort eingesargt, an der Beerdigung seien wenig Leute gewesen, die üblichen, Franz eins nicht, Franz zwei sowieso nicht, der allerletzte Freund auch nicht, von dem habe sie sich schon lange getrennt. Annas Qual schien sich zu vermehren, durchlöcherte sie wie ein Sieb, durch das die Tage sickerten, ohne etwas anderes zu hinterlassen als Trauer. Nina habe noch eine Krankheit bekommen, die Zähne seien ihr ausgefallen, einer um den andern, Dori habe sie noch einmal besucht, eine frühe Parodontose, ein Virus, wahrscheinlich, vielleicht, in dieser Form irreversibel, hör auf zu telefonieren, sagte Dori, komm du zurück, ich kann nicht mehr, hör auf zu telefonieren, sagte Dori, Nina hat nicht mehr gewollt, daß sie besucht wird, depressiv ist sie gewesen, hat alle Spiegel aus der Wohnung entfernt, begonnen hat es im Unterkiefer, hör auf zu telefonieren, sagte Dori, wie meinst denn du, wie mir zumute ist, meinst du, ich möchte alles immer wiederkauen. Der einzige Trost ist, daß Mutter das nicht mehr erleben mußte, sagte Anna, ja, sagte Dori, auch Base und die Tanten hätten das gemeint, Mutters Freundinnen auch.

Anna erinnerte sich ihrer früheren Anfälle. Sie erschrak nicht wie die Köchin Mary, die meinte, Anna sei herzkrank. Die Frau, an die sich Anna klammerte, als wolle sie in das Kindsein zurück, in deren Zimmer sie umgezogen war, und bei der sie sich langsam erholte, oder war es, weil es überraschend Frühling wurde, oder war es, weil sie auf eine Reise mitgenommen wurde in den Norden. In einem Jaguar schwangen sie durch Buchenalleen, ohne Flügelschlag segelten sie. An den Fünfuhrteetischen in weißen Moorschlössern fand sie an süßsalzigen Gebäcken Geschmack, vergnügte sich an den Tröstungen eines Reichtums, der ihr gehörte. We're glad to have you with us, don't go back again, sagte Mr. Leaf, und Anna sagte, I am glad to be with you. Sie wandelte sich nochmals vom Kind zum jungen Mädchen, der starke Vater tanzte mit ihr, time is with you, sagte er. Mrs. Leaf schaute von weitem zu ihnen her, sie saß an der Wand aus dunklem Palisanderholz, manchmal legte sie die Hand an das Ekzem, das sie am Hals hatte, wie eine Wunde, mit Puder bestäubt. Anna hatte kein Bedürfnis nach einem Mittagsschlaf, Leaf hätte nie bemerken dürfen, daß sie gewöhnlich nach dem Essen verschwand, eine junge Frau schlafe doch nicht mitten am Tage, das sei doch pure Faulheit. Wenn er in Geschäften abwesend war, schlief sie, bis sie ohne Ortsgefühl, ohne Zeitgewissen erwachte, irgendwann nachmittags, am Geräusch eines fernen Rechens auf einem noch ferneren Kies.

Als Anna aus dem Ausland zurückkehrte, merkte sie verwundert, daß sie ein paar Tage lang beim Reden übersetzen mußte. Sie dachte noch lange in den anderen Wörtern, hätschelte sie, verlor sie, leicht wie Haare. Lebensgefahr beim Berühren der Leitungen, Anna sah die gelbe Tafel mit den schwarzen Zeichen zu spät. Anna las sie, als müßte sie diese Sprache wieder neu erlernen, als hätte die Nachricht auf sie gewartet.

V

DAS BILD

Anna, wohl oder übel, vergelstert, zog, die freigelassene Stierin, die störrische Jungfrau, in ein Universitätsstädtchen, in eine Einzimmerwohnung einer neuerstellten Siedlung. Ebenerdig, sagte sie im Büro der Agentur, aber wir haben nur eine im siebten Stock, sagte die Blonde, je höher desto schöner. Parterre, sagte Anna, je tiefer um so sicherer, die Blonde telefonierte müde. Anna, die nur die nötigsten Einrichtungsgegenstände mit sich führte, das Nichtmehrgebrauchte aus dem Elternhaus war von einem Ramschhändler geholt worden, fühlte sich auf dem Sprung in eine bessere Welt. Der Wohnkochschlafraum hatte die Form einer Schachtel, als Gucklock diente ein Fenster mit einer Türe, die auf ein paar Meter Gras hinausging. Das Gras grenzte an den Beton des nächsten Hochhauses und an die Stützmauer eines steilen Hangs, die Wohnblöcke lagen gestaffelt übereinander. Anna dachte eine Weile nichts, als daß sie hinausspringen könnte, jederzeit hinaus, barfuß hinaus, im Nachthemd hinaus. Sie wartete auf den Beginn des Semesters, auf dem Rasenviereck lernte sie französische Vokabeln, machte Spaziergänge hinter die Siedlung über den Hügel, sie ging an einem zerfallenden Bauernhaus vorbei, kam zu flacher Ackerlandschaft, die fern im Nebel endete, an den Rändern der Äcker standen vereinzelte, mürrische Gestrüppe. Niemand begegnete ihr. Wo kam sie her, sie ging am besten dorthin, woher sie kam, verirren mochte sie sich nicht in dieser leeren Gegend, in der kein Blick eine Rast fand.

Daß die Mitstudentinnen alle viel jünger waren, merkte Anna an den ersten Wochenenden, alle waren verreist, verschwunden in ihren Familien, in deren Währschaftigkeit. Anna stellte sich vor, wie sie geheilt werden mochten von der Unwirklichkeit, den Wunden des Geisterhaften, der Bücher Drangsal. Wenn sie zurückkamen, war die Lernfabrik eine Fortsetzung ihrer nie unterbrochenen Schulgewohnheiten, wenig enttäuscht waren sie, die Kautätigkeit blieb dieselbe, die Verdauung auch. Die Anordnung der Bänke war verschieden, die Wandtafeln größer, der Lehrer stand an einem Pult mit Mikrofon. Daß er die Schüler nicht kannte, war ein Vorteil, sie konnten fernbleiben ohne Absenzenstrich, falls sie gewußt hätten warum. Am Ende der Schulzeit hatte Anna in eine Reihe zu stehen, eine Unterschrift zu erhaschen in ein Büchlein, manche der Unterschriftgeber warfen einen flüchtigen Blick vom Schreibpult auf die Danebenstehende, welche zu lächeln versuchte, das Lächeln einer sich heftig Erinnernden an die Monologe des Schreibers, der ein wenig zögernd mit der Schrift seines unleserlichen Namens, sich auch zu erinnern versuchte, ob er diese Gestalt irgendwo einmal gesehen hatte, vielleicht in den Gängen des Gebäudes, vor den Türen, die leicht zu verwechseln waren. Sich im Stockwerk irrend, war das Vewirrliche passiert, das Altgermanische schoß in Miltons Paradise die Affen, Goethes Zahnweh verhinderte den

Subjonctif, der die Logik des verunmöglichten Möglichen war. Wäre Anna sich ihrer Verzweiflung bewußt geworden, hätte sie, als sie scharfsichtig sah, daß sie das Latein nicht mehr lernte, aufgegeben, ihre Habe genommen, wäre verreist, zu anderen Stotterern, am besten zu Schriftlosen, zu solchen, bei denen das Buch noch zu erfinden wäre. Niemand würde ihr Weggehen bemerkt haben.

Doch Anna blieb und traf Jonny in der Mensa. Mit Jonnys älterer Schwester war Anna in die Dorfschule gegangen. Er war der Jüngste aus jener Familie, in der die Mädchen verdienen gingen, um den Knaben das Studieren zu ermöglichen. Jonny hatte alles hinter sich. Er arbeitete an der Abschlußarbeit, saß in einer dunklen Wohnung, in die Anna eintrat, als ginge sie als Kind in jenes alte Haus, in dem Nana gewohnt und in dem es nach Abort, manchmal nach Keller gerochen hatte. Jonny holte Wein, erinnerst du dich, sagte er, an die Trämel, die im Bach geschwemmt wurden, an den ersten Sozialisten, den Veloflicker, an die Engel der Kapelle, wegen Unheiligkeit hinter einem Tuch versteckt, erinnerst du dich an den Seppi, der Zalpzalp jauchzte, an die Statue, von Haus zu Haus getragen, an den Geruch der Schnapsbrennerei, erinnerst du dich an die Tabakfelder mit dem roten Blütengekraus, unter den Scheunendächern an Schnüren die verrunzelten Blätter. Anna erinnerte sich an nichts, das Dorf war Atlantis, sie wollte vorwärts. Jonny schien nichts zu tun. Keine Papier lagen herum, keine Bücher, ich erforsche einen Dichter, sagte er, er ist ein Verschollener, lebte in der Steiermark. Anna erschauderte, fragte, Jonny sagte, erinnerst du dich an die Fasnacht, nein, sagte Anna, ich habe alles vergessen, Jonny lachte, trank. Er spielte mit der Katze, warf ihr den Korkzapfen hin, kraulte ihren weißen Bauch. Anna begriff, Jonny war jung, kurz über Zwanzig, er hatte Zeit, ein Gedächtnis, er brauche kaum etwas zu notieren, er gehe in die Bibliothek, forsche, gehe heim, spiele den Hausmann. All das, was Anna, viel älter als Jonny, als Hindernis vor sich sah, hatte er hinter sich, nur einen Punkt müsse er noch setzen, vielleicht zwei, dann sei er fertig. Er besaß alles, was er brauchte, um heimzukehren, als Fahnenträger, als Herold, als Eroberer der Fremde. Jonny kicherte, prostete Anna zu. Anna hatte fettige Haare, fühlte sich alt, hatte keine Zeit, vergaß alles, nichts konnte sie zusammenbringen, ihr Kopf war ein vollgestopfter Kasten, kaum öffnete sie ihn einen Spalt, fiel Kunterbuntes heraus, verknäulte, verwirrte sich, sie würde es nie schaffen, verlor auch das, was sie einst behalten hatte, war im Streit mit ihrem Gedächtnis, ein großes Loch war es, alles verschwand in ihm, als wäre es nie gewesen.

Jonnys Frau kam von der Arbeit, mürrisch stand sie vor dem Küchenkasten. Anna versuchte ihr Lachen zu dämpfen, die Junge war nicht so hübsch, wie sie hätte meinen sollen, als Frau eines Siegers. Anna hatte Mitleid mit ihr, an einer Kasse in einem Laden arbeitete sie, füllte Gestelle auf, in der Altstadt, drunten am Fluß, an dem Anna noch nie gewesen war, es zog sie immer auf die Hügel. Doch Jonny, ihr Mann, war bald der Gekrönte, rettete den verschollenen Dichter, vor dem sich die Nachwelt verneigte. Jonny würde bald eine gute Stelle antreten können. Die Frau strich ihre Haare zurück, begann Salat zu waschen. Der

Ausguß roch wie der in Nanas Küche, fehlten nur die schwarzen Bleche, mit den gelben weichen Apfelkuchen, die nach Rost geschmeckt hatten.

Aber da kam, zu Annas Glück, la belle Hélène. Hélène verursachte Annas Unmöglichkeit, Latein zu lernen, Annas Unfähigkeit zeigte die Möglichkeiten von Hélène. Sie trafen sich in der Waschküche. Annas Wäsche war aus der Maschine genommen worden, Anna haßte den Gedanken, daß jemand ihre reinen Leintücher berührt hatte, sie wartete auf die Fremde, ihr gottvergessen die Meinung zu sagen. Sie gingen sofort in die Wohnung von Hélène, Anna blieb den ganzen Abend. Jeden Abend verbrachte sie mit ihr, mit der polnischen Französin. Zuerst ging Anna unter dem Vorwand, die Sprache üben zu müssen, an die schwierige Sprache war nur sprechend heranzukommen. Später vergaß Anna die Sprache, sie ging, um Hélène anzuschauen, ihre Stimme zu trinken, ihr Lächeln zu essen, auf das verruchte Wimpernfächeln über den grünen Augen zu warten. Auf den Seidenhaaren, aufgebaut zu einem Turm, in dem sie die Papierröllchen der Widerstandskämpfer versteckt gehalten hatte, tönten die Bimmelglöckchen des Lebens, von dem Anna bloß gelesen hatte, aber für Hélène hatten sie geläutet. Anna hörte Hélènes Lebensroman zu, in Fortsetzungen, jeden Abend bis in die Nacht, das Drama, vor dem Anna den Mund aufriß. Von Liebe, Verführung, Flucht, Gefängnis, von der Geburt eines Sohnes, vom Haß auf den Abtrünnigen, welcher die Leidenschaft verraten hatte. Das Ergebnis des bewegenden Ablaufs, ein quengeliger Kleiner, der immer eine verstopfte Nase und Mühe mit Sprechen hatte, war Anna lästig, sie wollte die Schöne allein. Das reife Parfum ihrer Haut erschien Anne ein Geruch, dem nachzuspüren sich lohnte. Das, was Anna nie auch nur berührt, immer gesucht, hatte Hélène getrunken in großen Zügen, Anna beneidete die Trinkerin, fürchtete den Trank, Anna betastete mit den Augen Hélènes Gesicht, an ihren Lippen hing ihr Atem. Sie, die Steppenreiterin hatte die Liebe durchlebt, und Anna war noch nie in jenes Land eingedrungen, hinter die furchtbaren Gebirge hatte sie nie auch nur eine Zehe gesetzt. Wie war er, fragte Anna. An Hélènes Lächeln ging Anna blind in das noch nicht betretene Paradies. Ein Lügner war er, ein Schuft, ein Bezwinger der Unversehrtheit, ein Gebetbuch-Fledderer. Anna wurde dessen nicht sicher, war vielleicht nicht er der Vernichtete? Wie die Liebe so der Preis, dachte Anna, sah Hélène in der Rüstung ihrer gepolsterten Haut, die einen Flaum trug wie eine Steinfrucht. Annas germanisches Gehirn war verhext vom gutturalen Romanischen, Hélène sprach lange Sätze wie aus Jocelyn, sie sprach wie Rousseaus Julie. Nie würde Anna so sprechen können, nie im entferntesten ähnlich schreiben. Wo Anna ein dümmliches Ja sagte, sagte Hélène, ich würde es bejahen, wenn das Geschick, mein Herz, auch meine Tränen es erlaubten. Wo Anna barbarisch nein sagte, lächelte sie ein östliches Lächeln, schob den Kopf in den Nacken, Vogelschwingen huschten über die Stirne, von Versailles her kam die Verneinung, ja meine liebe Freundin, sagte sie, alle, die meinen Namen zu tragen verurteilt sind, werden nie glücklich werden, ihre Klagen werden eine unzerreißbare Kette sein, die ihre Freundschaft verbindet. Anna redete nichts mehr. Sie malte. Hélène beim Kartoffelschälen, beim Kartoffelessen, beim Kämmen, beim Gähnen. Auf dem Stuhl in ihrer Plüschdeckenwohnung, auf dem hohen polnischen Bett, auf dem sie wie die Pompadour lag. Anna zeichnete Hélène häßlich. Während sie die Aquarellfarbmischung ausprobierte, welche die Farbe ihres Teints am besten wiedergab, zerrann la Belle in den Wasserflecken unter dem Dackelhaar-Pinsel. Ziehen Sie sich aus, dachte Anna, ich hoffe, daß ihr Körper eine quallige Fettmasse ist, ein aufgestockter Misthaufen unter einer Seidendecke, steigen Sie vom Glockenturm herunter, chère Hélène, ihre Haarpracht hat falsche Einlagen. Weil Anna keine Übersetzungskünste besaß, überhaupt keinen Wortschatz besaß, die Zeitformen verwechselte, dachte sie es barsch auf deutsch. Denn Hélène begann Anna auszuhungern. Anna wurde schmal, noch vergeßlicher, abgezehrter, saß sie vor Hélènes Wohnung, wartete auf ihre Rückkehr. Hélène hatte in Paris in einer Geburtsklinik gearbeitet, Anna schämte sich, nichts darüber zu wissen. Sie las einen medizinischen Wälzer über Geburtshilfe, den sie sich von einer Studentin auslieh. Nun wußte sie alles, trat mit Überzeugung Hélène entgegen, die sie auslachte, über diese Schweinerei der Natur könne nicht gelesen werden, das sei harte Knochenarbeit, über die zu schweigen sei. Anna liebte Hélène, mit Magenverstimmung zu Bett liegend, erwartete sie deren Besuch, in schwarzem Seidenkleid kam sie. Sie gab Anna laue Milch zu trinken, vermutete eine Vergiftung, sie waren am Vorabend Pilze essen gegangen. Anna hätte gern ihre Wangen an Hélènes Schwärze gelöscht, verschüttete die Milch, drückte einen Kuß auf das Ohrgehänge. Hélène schob Anna zurück, meine liebe Freundin, sagte sie, warum suchen Sie sich nicht einen Professor, der sie heiratet, es gibt so viele nette Professoren. Sie stellte die Milchtasse weg und ging hinaus. Anna haßte die schweifende Sprache, in der ständig Durchzug wie in einer riesigen Halle war, aus der Lokomotiven Bahnwagen in immerzu gleicher Reihenfolge zogen, während eine Uhr unaufhörlich die gleiche Zeit bemaß. Langsam mußte Hélène erlöschen, bis sie leicht war wie Asche, weggeweht war in eine andere Wohnung, um näher bei ihrem Sohn zu sein, den sie aus erster Ehe hatte, einen mürrischen Automechaniker, der seine schwarzen Schmierhände nie säuberte, weil er sie damit zu ärgern vermochte, wenn er am Tisch saß, die Kartoffelsuppe schlürfend.

Annas weite Fußwanderungen hätten zusammengezählt eine Weltumkreisung ergeben. Sie ging am Morgen, nahm Proviant mit, kam abends zurück, unterwegs warf sie mit Steinen. Nachts saß sie vor dem Fernseher. Eines Tages, Ende März, verließ sie, vorne in einem Kastenwagen sitzend, das Städtchen, in dem immer ein staubiger Wind geweht hatte. Sie hatte seit langem keinen Fuß mehr in die Universität gesetzt, auch hatte sie nie einen Blick in die Kathedrale geworfen, seit Mutters Tod mied sie alle Kirchen, Särge mit Mumiengestank waren sie.

Als Mutter lebte, Anna sagte es zu Anton, mußte ich zur Messe, Mutter wäre sonst den ganzen Sonntag betrübt gewesen. Seit sie tot ist, ist dieser Zwang weg, die Kirche hat meine Jugend beschnitten, Anton fragte nicht warum, Anna erzählte, ohne gefragt zu sein. Das hatte sie gelernt im Laufe der Zeit, falls man auf Fragen wartete, kam man nie zum Antworten, Anna antwortete, was ihr einfiel. Sie schaute nie, ob Anton noch wach war, er saß mit dem Rükken zu ihr im Lehnsessel, sein grauer Haarbusch zeigte ihr, daß er noch nicht aufgestanden und in sein Haus zurückgekehrt war. Selbstbefriedigung war Sünde, sagte Anna, dabei ist sie die einzige Form der Liebe, wer könnte uns sonst zufriedenstellen, wenn wir nicht selbst es tun.

Ihre Wohnungen werden immer niedriger, sagte der Zügelmann. Anna beschäftigte immer denselben, Ihre Fahrten mit meiner Ware werden sternförmig, sagte Anna. Kurz nach Frühling hoffte Anna auf den Herbst, zu dieser Jahreszeit wählte sie auf der Landkarte eine andere Gegend, erkundigte sich nach Stellen, las in der Zeitung die Inserate, bewarb sich, kündigte, im Winter hoffte Anna auf den neuen Ort, der sicher schön sein mußte, die Menschen erregend, Berggebiet, Flachland, Kleinstadt, Alpenvorland. Mit der Zeit packte Anna nur mehr das Nötigste aus, das Gefühl, jederzeit aufbrechen zu können, besänftigte sie. Die Kinder der Elementarstufe schienen Schneeflocken, Blütenstaub, unter dem Mikroskop wären sie verschieden gewesen, mit bloßem Auge gesehen bildeten sie eine Decke aus Gleichförmigkeit. Bis die Kinder sich an sie gewöhnt hatten, bis sie sich an die neuen Gesichter gewöhnt hatte, vergingen Wochen, in denen Anna die Wunschliste der Erwartungen weglegen konnte, waren die Sommerferien vorbei, war sie am Ende des Alphabets angekommen, sie wußte, daß auch an diesem Ort für sie nichts zu finden war. Hätte jemand Anna gefragt, wer oder was für sie denn zu finden sein sollte, welche Vorstellungen sie sich von dieser Person machte, ob sie die Person vielleicht zeichnen, ein Suchbild entwerfen, eine Liste von Eigenschaften beifügen könnte, nähere Angaben über Bildungsweg, Lieblingsbeschäftigung, Freizeitvorlieben, Traumdichte, vielleicht intimere Details, Körpergeruch, Daumenform, Hautdicke, vielleicht handfestere Einzelheiten, Ersparnisse, Hausbesitz, vielleicht auch vagere Einzelheiten, Liebeslust, Spielverhalten, Körpersaftgehalt, Phantasiekapazität, kurz, hätte jemand von Anna Erläuterungen verlangt zu weiteren oder nähern Person, die sie suchte, in jeder Sekunde ihres Lebens, ihres Umzuglebens, ihres Analphabetenlebens, ihres Lebens inmitten von Koffern, Kisten und Fernseher, ihres Lebens mit Einmaleinsschülern, mit Zeichnungsversuchen, Malausbrüchen, hätte man von ihr einen Beschrieb mit Schemazeichnung verlangt, Anna hätte den Kopf geschüttelt, sie hätte das alles nicht liefern können. Und was Anna nicht weiß, macht ihr nicht heiß. Eines hätte sie sagen können, hätte jemand sie gefragt, niemand fragte sie, ein Mann hätte es zu sein, am ehesten einer mit vielen Namen, einem Zweitnamen wenigstens, Maria zum Beispiel.

Mit dem Französischlehrer pflegte Anna sich auf einem Weg zu treffen, der hinter dem Bahnhof bald in einem Wäldchen verschwand, dort stand sein neues Auto. Sie fuhren eine Weile herum, er fuhr gern seinen schnellen Wagen, sie fuhren in ihre Wohnung, standen unter die Dusche. Er machte es ihr mit der Zunge und dem Zeigefinger, mit der Zunge machte sie es ihm auch, mit der rechten Hand, nicht mit der linken, sie joggelten, johlten. Beide waren glänzender Laune, er blieb nachher nie lange, seine Frau durfte keinen Verdacht schöpfen.

Dem Maler begegnete sie im Atelier. Er verhalf ihr zu einer kleinen Ausstellung im Kirchgemeindehaus, für Anna ein großer Erfolg, sie verkaufte drei Bilder. Es ging für Anna eine Weile gut mit dem Maler, er pflegte sich zu erschöpfen, bevor er dringlich wurde, ließ nachher der Malphantasie freien Lauf, daß er sie nur in seinem Haus treffen wollte, während seine Frau in der Kirchenchorprobe mit anschließendem Jass war, daran gewöhnte sich Anna. Sie bemalten sich mit Schlagrahm, mit Beerenmus, die er mit Gelatine steif gemacht hatte, von seinem Mund kam die Süßspeise in den ihren. Der Maler malte sie mit tropfenden Kerzen auf dem Hintern, sie bestrichen sich mit Teig, schnitten Löcher aus dem Teig. Wenn er in ihre Wohnung kam, pflegten sie zu reden und zu trinken, redeten über den Zerfall des Sittlichen, über das Aussterben der Schmetterlinge, die Degeneration der Menschentiere, den Verlust des Gedächtnisses, die Methode, Kurzsichtigkeit zu begegnen, über die Möglichkeiten eines androgynen Zustands. Anna strengte sich an, einen Gesprächsstoff bereit zu halten. Sie hätte gern mit ihm über Maltechniken geredet, über Sperrholzplatten, ihre Grundierung, über Nowapan, über die Mischung der Gipsgründe. Wenn er besonderer Laune war, gab er etwas von seinen Erfahrungen preis, Firnis und Ölfarbe auf die Rückseite des Kartons, feucht auf eine flache Platte genagelt. Wo hast du das Malen gelernt. Ich habe viel gelesen, sagte Anna. Das ist zu theoretisch, wenn du etwas erreichen willst, mußt du deine ganze Zeit opfern, ausprobieren, forschen, in den Dreck knien, alles, was du selbst erarbeitet hast, ist hundertmal mehr wert als Angelesenes. Die Lichtechtheit der Farben mußt du prüfen, sagte er, streiche sie mit Gummiwasser auf ein weißes Papier, setze einen Teil der Sonne aus, einen Teil laß im Dunkeln, du mußt ein solides Handwerk lernen, geh an eine Kunstgewerbeschule, geh nach Amerika. Beinahe hätte Anna sich an ihn gehangen, seine Schnauftöne durch eine verstopfte Nase stießen sie ab. Sie zeichnete ihn als bärtigen Ziegenbock, er verstand den Spaß nicht ganz. Anna, du bist eine Anfängerin, lerne zuerst das Handwerk, lerne wie man arbeitet, deine Wohnung sollte voll Arbeitsdreck sein, du solltest schmutzige Hände haben, zerschundene Haut solltest du haben. Anna hatte bald einen Umzug vor. Sie telefonierten sich noch eine Weile, sie erinnerte sich eine Weile an seinen Geruch, er hatte nach Salbei gerochen, er nahm Kräuterbäder, etwas nach Olivenöl, nach einer Spur von Knoblauch, was sie nie gestört hatte, sie mochte Knoblauch, seinen Speichel hatte sie nicht gemocht, er war ihr zu schleimig gewesen, aus dem Maul eines Fisches.

Anna erinnerte sich an Gary, sie hätte bevorzugt, wieder einmal richtig vertrauert zu sein, wie sie bei ihm gewesen war, als es zwischen ihnen aus gewesen war. Den Haarausfall hätte sie um alles in der Welt nicht mehr erleben wollen. Seborrhöe, hatte der Arzt gemeint, mit Stricknadel, umwickelt mit Watte, alle Abende diese Tinktur auf den Scheitel, zuerst die braune, dann die gelbe, wochenlang, die Haare in Büscheln im Kamm, um jedes Härchen weinte Anna. Die Ärzte schickten sie reihum, sie gelangte an einen, der ihr Spritzen gab, die sie mit wohligster Lust durchströmten, süchtig hätte sie werden mögen nach den Spritzen, auf den Knien hätte sie den sich weigernden Bösewicht angefleht, ihr noch mehr zu geben. Sie suchte Läden, probierte Perücken aus, sie dürfen die nur mit Haarnetz probieren, meinte die Verkäuferin. Die Krankheit verging, als sie die Stelle gewechselt und reiten gelernt hatte.

Zuerst hatte sie Angst gehabt, diesen Leib zu besteigen, mit der Hand nach der Stelle zu tasten, wo die Schabracke, der Sattel zu liegen hatten, den Gurt anzuziehen um den dünstenden Bauch, während in den mächtigen Hinterschenkeln eine Welle verebbte, die Hufe den Platz wechselten. Immer von vorn an die Rosse herantreten, sagte der Bauer, der ihr hinaufhalf, an der Longe das Pferd im Kreis führte. Anna hielt sich krampfhaft am Sattelknauf fest, das Pferd ging, als säße sie nicht auf ihm, der Bauer redete mit ihm. Anna spürte die Herrschaft des Tieres, es schritt, es trabte, ohne ihren Willen, in gleichmäßigen harten Schüben wurde sie aufgeworfen und niedergezwungen. Das Pferd verwarf den Kopf, Anna sah das Maul, die Nüstern, ihr Erschrecken wandelte sich in ein Ziehen ihres Leibes, kam aus dem Gehirn in die Muskeln der Beine, des Rückens, langsam begriff sie. Der Schenkelsprache, in die Bauchsprache des Pferdes übersetzt, hätte sie ein Wörterbuch schreiben mögen.

Hintereinander, weg vom Geviert, über die Asphaltstraße schoben sie sich schräg tänzelnd, stießen einander in den Wind. Jetzt ließ es bald seine Macht los, raste über die Felder, hin zum blassen Rand der Hügel, leichte Barriere gegen einen abgeernteten Himmel. Taub, gefühllos war es, kümmerte sich nicht um Anna, rupfte Gras, paßte seinen Schritt dem Vorderpferd an, Anna ein geschütteltes Püppchen, wurde wütend, hieb ihm die Puppenbeinchen in die Flanken, nicht fressen lassen, rief der Bauer, der vorne ritt, den Oberkörper nach hinten gedreht, keine Reitstiefel, bloß Stallstiefel trug, der, Anna sah es neidisch, das Pferd des Rosses war, ein Leib und eine Seele.

Vor dem Fenster der Wirtschaft sah sie die nickenden Köpfe, wäre eigentlich lieber zu Fuß zurückgekehrt. Gelangweilt ließ das Pferd den Kopf hängen, je schlaffer es wurde, um so besser konnte Anna es reiten. Als sie sich dem Stall näherten, riß es aus, trabte unter die Bäume, Anna schrie, duckte sich schnell, die Äste stachen über ihren Hinterkopf. Der Bauernbub stand neben ihr, lachte, tätschelte dem Tier den Hals. Nie ihm den Willen lassen, rief der Bauer, Hippolyt ist der gutmütigste, den wir haben, er hat den weichsten Gang. Anna gerädert, hatte abends blaue Striemen an den Beinen.

Eine Reiterin, der Mann vor der Schulzimmertüre wechselte das Standbein, kann das nicht gesagt haben, der Mann war der Vater einer kleinen geschwätzigen Schülerin. Sie lachten, redeten sofort über Ausritte. Er besuchte sie abends. Sie tranken Wein, Anna hatte gut gekocht, sie saßen lange am Tisch. Was malen Sie, sagte der Mann. Sie redeten über die Schwierigkeit, Pferde zu malen. Zuerst muß ich meine Beobachtungen vergessen, sagte Anna, die Harmonie ihrer Leichtigkeit und Schwere. Ich habe ein eigenes Pferd, sagte der Mann, wenn Sie wollen, können Sie es haben, es hat zu wenig Bewegung, ich wäre froh, wenn Sie ihn bewegten. Der Mann kam einmal die Woche, sie saßen am Tisch, redeten über Pferde, über die des Bauern, der die Landwirtschaft aufgegeben und sich dem Reitunterricht widmete, über den White Devil dieses Mannes, der nur einer Gewiegten anzuvertrauen sei, äußerst sensibel auf falschen Druck reagiere, schnell den Sieger spiele, schnell in Rausch gerate, bei einer Könnerin ein Wunderpferd sei, Seide, Kornfeld, ein Gedicht, sagte Anna. Vorhand und Nachhand, Rhythmik des galoppierenden Gedankens, den einen, den es gibt, nur einen gibt es, Strophen desselben Gedankens. Die Beine sind schwer zu zeichnen, einen Millimeter zwischen Erinnerung und Hand, und sie sind futsch. Ich habe mich verbal verpufft, sagte der Mann, jetzt kann ich nicht mehr, er strich ihr über die Haare, sie küßten sich, während er an ihren Haaren zupfte, und Anna dachte, ob er merkte, daß sie invalid war, den Gedanken sogleich vergaß, weil der Mann küßte, wie einer, der sich das Reiten einbildete. Er neigte zu raschem Verpufftsein, bald redeten sie nur über die Liebe, die Gespräche verödeten.

Sie haben Glück gehabt, sagte der Reitlehrer, der, seit er nicht mehr Bauer war, ein Reitkostüm trug. Sie sind jetzt so weit, daß Sie allein reiten können, hatte er gemeint, Sie können Hippolyt nehmen, den kennen Sie jetzt. Anna war stolz, sie tätschelte den Zutraulichen, er war nicht der schönste, aber lieb war er, braunfarbenlieb, verläßlich, ein Gaul. Sie ritt neben dem Pferd des jungen Burschen, der zur selben Zeit wie Anna so weit gekommen war. Vor Aufregung sprachen sie nichts. Der Bauer stand auf die Autostraße hinaus, winkte. Sie erreichten einen Feldweg, begannen zu traben, Hippolyt konnte es gut, Anna konnte es gut, begann das Pferd zu riechen, die Ackererde auch, die Erde war ein Trommelfell, Pferd Anna, Annas Pferd schlugen auf ihm einen wollenen Schlag. Sie gelangten auf eine Wiese neben einem Wäldchen, versuchten einen kurzen Galopp, Hippolyt war brav, einen Mustergalopp legte er hin, wußte genau, wann er aufzuhören hatte, im selben Moment, in dem Anna es wünschte, sie die Muskeln der Unterschenkel spürte, sich in den Sattel zurück setzte, zwischen den Beinen breitbeinig wurde, eine Negermatrone. Sich beruhigend, ritten sie zum Gehöft zurück.

Anna hatte fröhliche Ausrittgesellschaften, alle waren richtig, wie sie waren, lachten, tranken, Anna spürte die Schäfte ihrer Stiefel, klopfte mit ihnen den Boden der Wirtshäuser, roch Leder, sie redeten über das Wesen, das Befinden, die Launen, den Appetit ihrer Pferde.

Anna sah den Eisenbahnzug, weit weg sah sie ihn wie ein Spielzeug, eine kleine schwarze Masse, die sich langsam näher schob, rasch wuchs. Und bevor er an ihr vorbeidröhnte, flachgerissen, raste das Pferd unter Anna weg. Noch wollte sie es zwischen die Beine zurückzwingen, den starken Hals brechen, hoch warf das Tier den Kopf, sie sah den weißen Fleck, der sie wie ein Blitz gelähmt dem wirbelnden Gras zuschlug. Anna stand auf, fiel um und erbrach sich. Hinter den Stiefeln der Kameraden begannen die Pferde zu grasen. Einer reichte ihr eine Feldflasche. Als sie den Schnaps getrunken hatte, erbrach sie sich nochmals. Ihr Blick wanderte an das Ende der langen Wiese, entlang dem Bahngeleise schob er sich, traf einen braunen Fleck. Du hast eine Gehirnerschütterung, meinte eine, ich glaube nicht, sagte Anna, ich muß jetzt etwas gehen. Ihre Augenlider bedeckten das ganze Gesicht, sie ging in schräger, weicher Dunkelheit mit steifen langsamen Schritten auf den Fleck zu, die Wiese hatte hohes Gras. Sie führte das Pferd am Zügel zu den andern zurück. Sie zwang sich aufzusteigen, die Pferdeleiber, die sie umringten, damit er nicht mehr ausbrechen kann, sagte einer, gaben ihr schmerzende Stöße. Die Tiere wellten wie dickes Mus zu den Ställen zurück. Als Anna abstieg, wurde ihr übel, ihr Kopf war ein weicher Ballon, der in einem grauen Baum schwebend, von violetten Nadeln gestochen wurde. Sie verbrachte die Nächte mit Decken auf einem Stuhl, nehmen Sie Schmerztabletten, sagte der Arzt, gebrochen ist nichts.

Anna bereitete sich nachmittagelang auf die Gymnastikstunden vor. Abends kamen die Frauen, beleibte Frauen zu ihr, in eine Turnhalle. Anna war wie ein Mädchen unter ihnen, wie eine Tochter, höflich wurde sie von den Frauen behandelt, alle gingen mit der Tochter sorgsam um, die Mütter lachten, wann die Tochter es wollte, alle waren stolz auf sie, wollten nachher mit ihr zusammen sein in der Beiz beim Kaffee. Anna trank Mineralwasser, die Frauen aßen Nußgipfel, Wurstsalate, die schlanke Tochter sah ihnen beim Essen zu. Alle Übungen machte sie ihnen vor, alle schweren Übungen auf dem Boden, durch die Luft, alles konnte die Tochter, die Frauen lernten es von ihr, nicht so gut konnten sie es, sie hatten nicht diesen mädchenhaften Körper, sie waren schwer, hatten blaue Flecken an den Beinen, Bäuche, die ihnen im Weg standen, dafür war ihre Tochter, wie sie einst gewesen waren, dünn, schön, glatt, sie wußte nichts vom Leben, von der Arbeit des Mannes, der neben ihnen eingeschlafen war, in Nachtjacke, gestreifter Hose, die schweren Arme gefaltet, nichts wußte sie vom Geruch der Kammer mit den schweren Decken, den Frühstücksbroten mit Speck, der Vormittagsputzerei in Treppenhäusern, der Abendflickerei an verfilzten Socken, nichts wußte das Mädchen, das war gut, daß es nichts wußte, die Frauen sahen lächelnd, halb mitleidig, halb wehmütig den Übungen des Mädchens zu, blinzelten, schlossen die Augen, versuchten es nachzumachen, gerieten ins Träumen. Wenn das Mädchen ihren liegenden Körpern entlangschritt, ihre Beine, ihre Arme berührte, die Kugeln der Köpfe anhob, fühlte es ihre Glieder, lau, weich, schwer, wie Brotteige waren sie, losgelöst waren manchmal die Glieder von den Frauen, wie abgetrennt zuckten sie ein wenig, wenn die Tochter sie berührte, während die Frauen in den Schlaf glitten, auf entfernten Planeten ihrer Träume wegtrieben, bis das Mädchen hüpfend, klatschend sie zur Sammlung rief, in die Kolonne zur Musik, die Frauen ihre Füße setzten, als marschierten sie zum Vergnügen, als gingen sie in die Tage des Mädchens zurück, das noch nichts zu wissen brauchte. Schwebend zog es an ihnen vorbei, das Kettchen am dünnen Gelenk silberte, die Frauen lächelten fein.

Der Blick der Frau traf Anna in der Garderobe, einem düsteren Raum, in dem es nach Turnschuhen, nassen Holzgittern roch. Anna unachtsam, immer nachlässig in Sachen Unterwäsche, keineswegs unsauber, nein, das hätte keine der Frauen sagen können, trug einen Slip, der bei den Haaren einen Riß hatte, eher ein Loch, das ganze Wäldchen herausbüschelnd, richtig straff einfassend. Anna wurde es gewahr am Blick der Frau, den Anna traf wie ein neuer Gedanke, ein Gedankenspritzer, eine Dusche, als das Wasser, die Haut, das Hautgefühl hell waren. Anna, verachtend, was Weibchen markierte, Seidenwäsche, Strapse, Blümchen, Rüschchen, Wimpernklebe, Lippenstifte, wurde vom Blick der Frau getroffen, etwas geniert, doch nicht gänzlich fortgestoßen, ein dunkelbrauner, feuchter großer Blick, ein Ausbruch eines Blicks, den die Frau zurückzunehmen wieder versuchte, vergeblich. Die Frau, groß, mütterlichfeist, lockenschwer, starrte auf die Lava des Blicks. Würde sie verrauchen? Nein, die Frau setzte sich auf die Holzbank, legte den Rock auf die Knie, und Anna, ruchlos, unbarmherzig, lud sie ein auf eine ihrer langen, besinnungslosen Wanderungen, die sie wieder aufgenommen hatte. Es würde nicht schlecht sein, jemanden zu haben, der andere Richtungen vorschlüge, den Rücksack trüge. Anna hatte den Zeichnungsblock bei sich, den Klappsessel. Um dienende Begleitung bat sie die Frau, denn manchmal spürte sie kleine Angstanfälle, wenn sie, ohne die Sonne zu sehen, in den Wäldern auf dem Hochplateau niemanden antraf, nicht einen Vogel, kein Getier, nichts als blicklange schnurschmale Wege, wenn sie sich vorstellte, daß auf diesen kein Ausweg wäre, keinen, der ausginge, zu Ende wäre, vielleicht an einer Wirtschaft, über einem Felsabbruch in den Dunst eines geschäftigen fernen Tales. Die Frau, das hatte Anna bereits geschätzt, würde eine Wanderin sein mit breiten Füßen, starken Beinen, auch eine gute Esserin war sie, wer gut aß, trank gut, schon sah sie die Frau, wie sie Proviant einpackte, Grillierfleisch, Weinkaraffe, Kuchenform, Kaffeekrug. Praktisch war die Frau, das hatte Anna auch gesehen, Hausfrauenhände hatte sie, mochte Äste knacken, Feuer anfachen, pfeffern, kneten. Vermißt durften sie werden, auf ihren Marschierereien ins wasserlose Gebiet, in dem Kalkgründe alle Feuchtigkeit durchließen, nichts speicherten, nirgends gab es Brunnen, nirgends Siedlungen. Doch die Weiden waren schön, frei, weit, es gab Blumen, trockene, finstere, helle. In den tieferen Regionen wurde das Gebiet bebaut, Anna hatte die Äcker gemalt, sie berührten den Himmel mit sanfter Steigung. Leer wurde Anna, wenn sie die Äcker, die in die Luft gingen, malte. Sie saß auf dem Klappsessel, die Mappe auf den Knien, wütend wurde sie kaum mehr, weil sie auf die kleinen Bogen mit den kleinen Stiften die nackten Äcker nicht bringen konnte ohne sie zu verbiegen. Die Frau paßte Anna. Sie redete nicht viel, bereitete das Essen, verschollen konnten sie gehen auf ihren eichendorffschen buchenstämmigen ahornfingerigen Wanderungen. Sie hatten alles, die satte Sonne, das Spiel ihrer Muskeln, sie hatten Wolldecken, Regenschutz, manchmal sangen sie beim Marschieren, die Frau zog ein Liederbuch aus der Tasche, sang die Strophe vor, hatte eine schöne alte Stimme, unter ihren Füßen knirschte der Kies, die Schuhe waren staubbedeckt, der Schweiß sammelte sich auf den Wirbeln, ewig marschierten sie im Schritt einer Jugend, von der sie, Gott sei's geklagt, einmal, zweimal, wievielmal schon Abschied genommen hatten, doch noch sahen sie sie, gingen neben ihr, zwangen sie in ihren Schritt. Es wird mir noch gelingen, sagte Anna, sicher, antwortete die Frau, du wirst es schaffen, ich darf nur den Mut nicht verlieren, sagte Anna, du mußt nur nichts vergessen, antwortete die Frau, ob ich es vergesse oder nicht vergesse hängt nicht von mir ab, sagte Anna, ich bin nicht verantwortlich. Sie hatten von der Möglichkeit einer Ausstellung von Annas Bildern gesprochen. Der Mann der Frau war Polizist, die Polizei hatte zwei Schulungszimmer, von denen eines immer unbenützt blieb. Allerhand hatte sich angesammelt in Annas Wohnung, die für Besucher eher ungemütlich wirkte. Anna hatte nicht viel bequeme Stühle, dafür Holztische, Stehpult, Mappen, Staffelei, Böden und Wände waren kahl. Die Frau saß Anna Modell. Anna plante eine Serie von Bildern, welche die Zeit zeigen sollten, Säugling, Kind, Mädchen, Jungfrau, Frau, Altfrau, Greisin, Tote. Die Frau, die nicht mehr jung, noch nicht alt ist, ist die Schwierigste, sie ist in einem Zustand ohne Gleichgewicht, schwankend zwischen sich widersprechenden Wirklichkeiten, die eine schlägt aus, der andern wird aufs Maul gehauen, die eine kämpft, die andere siecht dahin, wer ermordet wen, sagte Anna. Nie ungeduldig werden, Frauen stehen Modell, sagte die Frau. Der größte Feind der Frau ist die Frau, sagte Anna.

Leben sei ein Schlaf, aus dem sie erwache, um wieder einzuschlafen, las Anna in den Heften, die sie zu gewissen Zeiten beschrieben hatte, nur die Sekunden der Aufwachzeiten blieben im Gedächtnis, in der Erinnerung sei nicht nur der Schatten des Glücks vom Schatten der Trauer nicht mehr genau zu trennen, auch die vielen Schattierungen der Gefühle, der Zustände, der Kenntnisse gingen verloren. Zu viel hätte sie geschlafen, wenn sie nicht liebte, hätte sie geschlafen. Wohin denn alle Winter, die Frühlinge, Sommer gegangen seien, eine Schaukelbewegung, ein Lidschlag, ein Geruch, Orange der Sonne, Fahlmond des Herbstes, eine Windfrucht. Wohin seien die dreihundertsechsundfünfzig Tagnächte, Nachttage. Leben sei eine Sandmaschine, eine Maschine, in die Sand geschaufelt, damit sie Sand ausspeie. Die vielen Schulzimmer, in denen sie gewesen sei, mit den Wandtafeln, auf die um vier Uhr der Schwamm gekommen sei, damit um acht die Kreide hätte kommen können, die Eins zu schreiben, die Zwei, um vier der Platz geräumt sei, für die Eins, die Zwei, um acht, der Schwamm, der Platz, die Kreide, die Eins, die Zwei, um acht, um vier, all die A, die sie geschrieben habe, im A ein A, ein A, nochmals, nochmals, Endlos-A, ein Buchstabe im Buch, im Holz, im Ton, im Gips, auf Papier, mit Teig, mit Stoff, mit Spiegel, ein Buchstabe für die Finger, für den Fuß, das Ohr, den Rücken, den Bauch, für die Seele, die auch zu gelüsten sei, abzuformen, aufzuhängen, nicht zu fest, damit sie nicht erdrosselt werde, die Seele ein Hauch, ein Odem, der flog, wohin er wollte, die lose, zweigeschlechtliche, in sich selbst liebende. Wohin der Gesang der Kinderstimmen, vom Veilchenstrauß, vom Blättelein im Wind, vom Frühtau zu Berge? Singen Sie bitte, hätte der Inspektor gesagt, Sie haben eine schöne Singklasse, singen Sie, habe der Herr gesagt, wie schön diese Kinder singen, noch eins gefällig, Zugabe bitte, noch das vom Schweizerknaben und Kein schöner Land in dieser Zeit, ja genau das, singen Sie am Anfang, in der Mitte und am Schluß, ja, lieber Herr, hätte Anna gesagt, ich lasse viel singen, Sie hören, wie viel ich singe, wir singen beinahe ununterbrochen, alle meine Kinder lieben das Singen.

Das ist ein Name für einen Hund oder einen Kaiser, sagte Anna in sein Ohr, welchen wählen Sie, sagte er ihr ins Ohr. Sie hatten sich auf der Tanzfläche herumgeschoben, manchmal waren sie im Gedränge einfach stillgestanden, der Mann griff an das Horn seiner Brille, Anna sah, daß sie seine Hände mochte, er schwitzte, legte ein weißes Taschentuch unter die Gläser, manchmal schaute er sie an, blinzelte, schaute weg, sie sprachen nicht viel, was sie sagten, mußten sie sich nah sagen, der Lärm der Musik war ungeheuer. Was tun Sie hier, fragte der Mann, warum sind Sie hier, fragte Anna. Diesen holst du, nein jenen, warte noch, später, nicht jetzt, später, vielleicht den, nein nicht den, nicht so empfindlich sein, Mädchen, nicht so heikel, so hatte sie sich gezwungen, die Damenwahl des Maskenballes zu benützen, nicht dazusitzen, zu tanzen, angeekelt von den Händen, die sie anfaßten, vom kalten Überdruß der Gesichter, vom Mißmut der Lustigen, dem Langmut der Traurigen. Anna, sich wundernd, daß sie keine Hemmungen hatte, nahm ihre Maske ab, den Hut, sie zog die Handschuhe aus. Er sollte sehen, daß sie nicht jung war, beinahe vierzig, sie pochte darauf, daß er es sah, sie wischte sich die Schminke ab, wie alt sie auch war, der Mann war älter, sie sah es, sie war beruhigt. Sie tranken ihre Getränke, dann gingen sie. Anna ging schnell, sie fiel um ein Haar die Treppe hinunter. Ich möchte nicht, daß Sie fahren, geben Sie mir Ihren Schlüssel, ich bringe Sie heim, morgen haben Sie Ihr Auto wieder. Wenn das nicht Regenbogengekräusel war. Anna überlegte, was sie getrunken hatte, sie fühlte die Arglosigkeit eines Kindes. Er fuhr nicht schnell, er fuhr, als ob er an etwas anderes dächte. Anna dachte an nichts, sie mußte sich anstrengen, nicht einzuschlafen. Er brachte sie an die Wohnungstür und sie, wach, geschminkt, mit makellosem Mund, filmisch auf Stöckelschuhen, den Rock hochgewirbelt, verlor das Gleichgewicht, zum ersten Mal war ihr die Hand geküßt worden. Er ging, sie schloß die Türe, stellte den Plattenspieler an, schüttelte die Schuhe von den Füßen, tanzte zwischen den Tischen, von denen sie die Blätter auf den Boden fegte.

Zum vorneherein muß ich dir sagen, daß ich verheiratet bin, sagte er, meine Frau ist für ein Jahr in Amerika, sie arbeitet mehr als ich. Anna war es gleichgültig, was er redete. Solch einen Liebhaber hatte sie noch nie gehabt. Sie wurde schweigsam, wenn sie ein Wort wagte, würde sie bersten. Ich baue dir ein Haus, sagte er, sag mir deine Wünsche, du weißt nicht, was du sagst, sagte sie, sei still. Anna spazierte in ihrem Haus, so viel sie Cäsar auch von ihm erzählte, von der Eingangshalle, der Wohnhalle, dem Atelier, Unterhausschwimmbecken, Wintergarten, den Kaminfeuern, den Bodenmosaiken, Schlafzimmermauern, Dachkemenaten, er lächelte, kritzelte zu seinem Lächeln auf weiße Blätter. Warum arbeitest du nichts, sagte sie, ich arbeite nur, wenn ich es vor Langeweile nicht mehr aushalte, letzten Monat habe ich eine Riesenhütte fertig gemacht, das reicht eine Weile. Anna sah sein Arbeitszimmer mit Respekt. Warum baust du kein Haus für dich, fragte sie. Er wohnte zur Miete in einer Altbauwohnung, nie, sagte er, heute besitzt man doch keine Häuser mehr, wer eines baut hat einen Dachschaden. Dafür habe ich Zeit, sagte er, und es wäre Zeit, daß du eine Lederhaut bekämst, du seidenhäutige Schlange. Anna betrachtete mit Gefallen ihren Körper, kämmte ihre knisternden Haare, du machst mich schön, sagte sie. Endlich zufrieden, dachte sie, sie war das, was sie immer gewesen war, mit all dem, was nur sie besaß, keine einzige Frau der Welt besaß das, sie war die Sonne. Du tust mir gut, und du bist gut, wo hast du das gelernt, bei dir, sagte Anna. Du hast es dick hinter den Ohren, sagte er, überall bist du genau richtig in meiner Hand. Anna dachte, warum der. Weil sie keine Angst vor ihm hatte, weil sie stärker war als er, weil sie schwächer war, weil sie Angst hatte. Sie liebte alles an ihm, Lachen und Langsamkeit, Haut, Bauch, Schweiß, sein Schweigen, seine Dummheit, nie las er etwas Rechtes, außer Fachzeitschriften las er nichts. Er hatte eine Videofilmsammlung, was für Schmarren du dir ansiehst, sagte Anna, sein Lachen dröhnte. Warum kommst du nicht zu mir wohnen, sagte er, nein, sagte Anna, ich bin lieber in meinen Sachen, ich habe nicht gern rauchige Luft, außerdem muß ich von Zeit zu Zeit etwas arbeiten. Er schaute ihre Arbeiten an, wenn er lächelte, lachten auch seine Ohren, mach, was du nicht lassen kannst, sagte er. Anna merkte zufrieden, daß er nicht vorgab, ihre Bilder gefielen ihm, das hätte sie nicht ertragen, es ist besser, ich meine, ich kann nichts, sagte sie, er verstand nicht, was sie meinte, sie hätte es nicht gern gehabt, wenn er sie verstanden hätte. Er kochte so gut, daß Anna ihn selten mehr zu sich einlud. Er sammelte Mineralien. Sie ging zu ihm, als gäbe es keine Zeit, als ginge sie mit jedem Schritt zu einem Ruhm, nur für sie bestimmt.

Nächste Woche kommt Lea zurück, sagte er eines Tages. Sie hatte es vergessen gehabt. Sie schwiegen. Du läßt dich nicht scheiden, sagte sie nach eine Weile, er sagte lange nichts, dann sagte er nein. Nie, sagte Anna, nie, sagte er. Warum. Warum, warum geht das Wasser abwärts, sagte er. Es wäre leichter, wenn ich dich hassen könnte, nein, dann wäre es schwerer, du findest immer eine Ausrede, sagte sie, ja, sagte er, du hast gut reden, schrie Anna, du mieser Bock, ein mieser verfluchter Hurenbock bist du. Er versuchte zu lächeln, bedeckte sein Gesicht mit den Händen, Anna sah mit Schmerz seine Hände. Ich habe dich nie angelogen, sagte er, ja, du warst immer ein ehrlicher Saubock, laß uns vernünftig sein, sagte er, ich besuche dich sooft ich kann. Und Anna wußte, daß er der Sieger war.

Er kam einmal die Woche, wenn er zweimal kam, betonte er, daß es das zweite Mal war. Zweimal mußte er es ihr von nun an machen, wenn er gegangen war, trauerte Anna nicht um ihn, um es, weil es ihr wieder abhanden gekommen war, langsam verlor sie diese Errungenschaft, glitt zurück in die kaiserlose Zeit. Wer war er gewesen, ein Mittel zum Zweck, ein Medizinmann, mit dem für sie gebrauten Heilgift, ein Exorzist, ein Wundertäter. Langsam begann sie sich seiner zu erinnern, sie liebte ihn noch einmal, gewalttätig versuchte sie ihn zu hassen. Wie eine Litanei sagte sie alle Flüche, deren sie sich aus der Kindheit erinnerte. Sie war stolz, daß ihr diesmal keine Haare ausfielen. Sie malte eine wandgroße Platte mit der, sie wußte es, kindischen Aufschrift: Für den Haß von Anna. Sie malte Cäsar mit Wunden, in einer milchigen Nachtlandschaft aus starkblühenden trotzigen Bäumen, Anna hockte auf ihm, mit Peitschen, an denen silberne Stachelkugeln hingen, er hielt die Arme wie ein Liebender. Die richtige Farbe des Blutes beschäftigte Anna einige Zeit, sie holte sich eine Kanne Tierblut beim Metzger, goß es auf Stoff, auf Holz, auf den Schnee, der noch einmal fiel in jenem April. Sie behielt das Blut, bis es zu stinken begann. Als sie es wegschüttete, in das Klosett, hielt sie die Nase zu, putzte die Schüssel. Sie war zufrieden, als sie weinen konnte. Sie stellte sich vor, wie das Gemälde einst in einem Kunstmuseum hinge.

Zu Anton, der am Baumschneiden war, sagte sie später, als ich das mit Cäsar hinter mir hatte, glaubte ich, daß mir nichts mehr geschehen könnte, was mich zu töten imstande wäre. Anna lachte, warf die Reisige auf einen Haufen. Cäsar war eine Trophäe neben den andern, ein Skalp, über einen Pfosten gestülpt, die Figur eines Karussells. Aber war sie nun alt? Alte erzählten von dem, was gewesen war. Anna las in den Heften. Nie sei der Tod näher als in der Liebe, las sie, nie ferner, als wenn man kühl registriert habe, daß man sie nie gehabt habe, nie haben werde, jene vielbesungene, malefizschöne Verschwörung. Jener einzige Grund, am Leben zu bleiben, der nie der Grund werde, am Leben zu bleiben, es bloß erlaubt sei, mit einer Täuschung, mit einer armen, krätzebedeckten Hoffnung weiterzugehen, die wie ein ausgehungertes zahnloses Tier einem nicht von der Seite wiche.

Anna hatte gern, wenn Rosa mit ihr schimpfte. Rosa wetterte von Zeit zu Zeit, ließ frischen Regen auf Anna fallen. Den ganzen Tag habe ich auf deinen Anruf gewartet, allen meinen Freundinnen abgesagt, wohin willst du, ich suche den Fahrplan, nein, diesmal ohne Auto, die schönsten Wanderungen sind Fußreisen, die das Ende an den Anfang schließen. Anna wanderte viel mit Rosa, sie wurden für Freundinnen gehalten, Rosa war älter als Anna. Älter war nicht ihr Gesprächsstoff. Manchmal legte sich Anna auf einer Wiese platt auf den Rücken, keinen Schritt gehe ich mehr weiter. Rosa sagte, gut, warten wir, erholen wir uns, aber es ist nicht mehr weit. Gut zu Fuß war Rosa, je weiter es ging, um so mehr leuchtete ihr rundes Gesicht. Wenn sie es kann, kann ich es auch, dachte Anna. Was konnte Rosa talentiert gut, schweißlos gut, rotwangig bestens? Das Leben kann sie leben, das männerlose. Komm Anna, sagte Rosa, wir gehen, wir fahren, wir kehren ein, wir trinken Wein, wir bestellen uns Essen, komm Anna, Kopf hoch, Augen auf, wir ziehen los. Männer sind auch Geschöpfe Gottes, sagte Rosa, die man sich selbst überlassen sollte, nein, so redete Rosa nicht, auch Männer haben ein Recht zu leben, aber am besten hältst du Abstand von diesen Molochen, Rosa redete natürlich nicht so, gar nicht so, Anna redete viel mit Rosa. Mit dir kann ich gut reden, sagte Anna, mit dir kann ich gut reden, sagte Rosa. Über was denn redeten diese zwei Weiber? Über die Welt, die Frauenwelt in der Welt, die Weltwelt in der Welt, die für Rosa am Seil Gottes hing, und für Anna eine ganze Weile an Rosas kleinem Rucksack, in dem ein Sonnenhut, ein Fahrplan, eine Schokolade, ein Getränk, eine kleine Schuhbürste lag, denn Rosa war adrett, immer hübsch angezogen, gut frisiert, doch nicht geschniegelt, sie wäre für Anna über Misthaufen gestiegen, wenn Anna dahinter etwas verloren gehabt hätte. Annas Schuhsohle war halb weg, sie latschte wie ein Kamel, Rosa ging zur Alphütte, kam wieder mit einem Messer, einem blitzenden Käsemesser, zwischen blauem Eisenhut die Sohle lag kurzerhand. Anna zog Rosa aus einem Sumpf, riß ihr beinahe den Arm aus, in Rosas Schuhen quietschte der Lehm, Rosa glitt aus, der Dreck platschte ihr über das Gesicht, am Brunnen wusch Anna Rosa den Lehm aus den Haaren. Rosa saß in den Alpenrosen, rot wie der Untergang, Hügel an Hügel, auf dem Berg voller Untergänge saßen sie, aßen Schokolade, tranken Schnaps, verschluckten sich dabei, klopften einander den Rücken, über die Hochebene gingen sie, unter dem Mondschwert wanderten sie, ihre Münder glänzten, das Wermutgesträuch stach ihnen in die Waden, Steine waren Schafe, Felsen Kälber, sie rutschten in die Tobel, hielten einander an der Hand, schlüpften unter Wasserfälle, in den Nebel liefen die Vogelscheuchen der Bäume.

Nächstes Wochenende wieder Rosa, bei jedem Wetter Anna, wohin Rosa, ich weiß wohin, dorthin, wo wir noch nie waren, in die Berge, aber nur dort, wo mir nicht schwindelt, keine Angst Anna, es gibt genug Schwindelfreies, also gut Rosa, nächsten Sonntag, vielleicht schon am Mittwoch, es geht lang bis Sonntag, Mittwoch ist bald, du kannst auch dienstags kommen, montags bin ich auch zu Hause, aber nur bis sieben, dann ist Gesangsprobe, Wein habe ich, auch anderes, vergiß nicht, donnerstags spiele ich. Rosa spielte Klavier.

Anna, in ihrer Wohnung, von beiden Zimmern sieht sie an die Wände von Miethäusern, die im Rechteck um einen Hof stehen, vormittags, wenn sie die kleinen Arbeiten gemacht hat, an den Nachmittag denkend, an den Spaziergang, immer derselbe, sie will ihn nicht ändern, er soll derselbe bleiben, Anna versucht den Gedanken, daß nichts Überwältigendes in ihrem Leben passiert ist, zu verscheuchen. Sie sieht sich im Spiegel, so hatte Rosa ausgesehen, als Anna zu ihr gesagt hatte, du wirst mir zu langsam, ich kann nicht mehr mit dir gehen, ich muß ständig auf dich warten. Rosa hatte ein fremdartiges unglückliches Gesicht gemacht, hatte sich dann mit noch älteren, als sie selbst, getröstet, als sie fünfundsiebzig war mit Achtzigjährigen, immer findet man noch ältere, hatte Rosa gesagt. Rosa hatte sich trösten können, wenn ich den Glauben nicht hätte, hatte sie zu Anna gesagt, die sie besucht hatte im Altersheim. Anna hat sich nicht trösten können. Anna macht keine Besuche mehr im Altersheim. Sie hofft, auf ihrem Spaziergang, gleichgültig zu welcher Jahreszeit, vielleicht auf der Bank, mit Blick auf den See, an der Wende der unteren Straße, bei den Neupflanzungen, wo es letztes Jahr undurchdringliches Gestrüpp wilder Himbeeren gegeben hat, gefunden zu werden, ohne daß sie ihren Tod gemerkt hat. Ihre Hefte muß sie zuvor verbrannt haben, in der Wohnung kann sie kein Feuer machen, sie muß sie im Wald irgendwo verbrennen. Wenn es zu stark regnet, zu stark schneit, bleibt Anna in der Wohnung. Die Schreie der Kinder, die sie vom Hof hört, sind dieselben geblieben. Anna weiß nicht mehr, in wie vielen Schulhäusern sie gewesen ist, auf einmal hatte die Umzieherei aufgehört, sie hatte keine Stelle mehr gefunden, blieb an der, an der sie gewesen war. Bei ihren Umzügen mußten viele Bilder, Mappen mit Bildern verloren gegangen sein, wenn sie an die Beige in ihrem Kellerabteil denkt, an den Stapel im kleinen Zimmer, das sie bei der Blocknachbarin gemietet hat, kann das doch nicht alles sein, was von ihren Arbeiten geblieben ist. Manchmal war sie wie auf der Flucht umgezogen, ungeduldig, stürmisch, hatte in den Oberdielen Bilder vergessen, im Elternhaus Sachen liegen lassen, vielleicht liegen sie noch dort, würden einst gefunden und in Galerien gehängt. Anna fragt sich, ob die Resistenz ihres Traumes das Zeichen eines nicht gestorbenen Lebens ist. An die Werkstatt bei Anton denkt sie nicht gern. Gern denkt Anna an ihre Lehrerinnenzeit. Die Gesichter der Kinder, die feuchten klebrigen Händchen mit den abgerissenen Fingernägelchen, der Geruch der Ärmchen, die flüchtenden Augenlider, die Scharen der Lächelnden, Weinenden, das Getümmel der Haarschöpfe, die hüpfenden springenden seiltanzenden weißen Schatten, rosafarbene Wölkchen über den Schulplätzen. Eingegangen sie alle in das eine Kind, das Anna die Hand reicht, Anna schaut zurück, sie tauschen den Blick, der die Zeit vernichtet, bleib, flüstert Anna. Zorniger Schweiß, zerrissene Blätter, gestampfte Buchstaben, die erkalteten Träume, wohin sind sie alle gegangen, in das eine Lächeln, das Anna sieht, wenn sie die Augen schließt, die Jahre einszweidreivier, hier sind sie, hier ist es, sie flüstert, komm her, zeig dich, lächle noch einmal, warte auf mich.

Eines getraut sich Anna nie mehr, die Bilder umzudrehen, die sie gemalt hatte, die Arbeiten, die vertrocknete Feuchtigkeit gestauter Jahre. Sie fürchtet von ihnen erschlagen zu werden. Wenn sie die Bilder jetzt noch gut finden würde, hätte sie keine Ruhe mehr. Wenn sie sie schlecht fände, fade, lächerlich, schlimmer noch, kitschig, Kotzware, wenn alles falsch gewesen wäre, in der Perspektive, in der Gestaltung, in der Form, im Einzelnen falsch, im Ganzen falsch, schlechthin schlecht, wenn sie eine Närrin gewesen wäre, eine ewige Kinderzeichnerin mit Kritzelfiguren, Dreieckmännchen, Farbstiftgebimmel, wenn sie eine Spinnerin gewesen wäre, wenn sie nichts gekonnt hätte, wenn sie ein Schatten gewesen wäre, weniger, viel weniger, kein Dreck, kein Nebel, körperlos, ein Nichts im Nichts, hätte sie noch weniger Ruhe gehabt. Sie zieht den Zweifelsfall vor. Vielleicht ist sie nicht ganz so schlecht gewesen. Eines würde vielleicht, vielleicht zwei würden gefunden werden, in einer Buffetstube hängen, nein, in einer Eingangshalle. Anna sinniert, wem sie die Bilder vermachen soll, vielleicht fällt ihr noch jemand ein.

Wenn heute ihr letzter Spaziergang sein wird, muß sie noch einmal das Licht anschauen gehen, das Licht über dem Wasser, Licht hatte sich immer schwer malen lassen, selbst indirekt ist es ihr nie gelungen, das Licht auf dem Schnee hatte sie oft versucht.

Für den Höhenweg über dem See, der eine Weile in Windungen durch den Wald fallend, dann entlang einer Krete wieder steigend zum Ausgangspunkt zurückführt, braucht Anna viel Zeit. Sie merkt nicht, daß sie mehr Zeit braucht, sie geht schnell, wie früher, von einem Baum zum andern wird sie gestoßen, der leicht sich neigende Weg wirft ihre Schritte vor ihre Schritte, sie muß sich zurücklehnen, die Steigung bringt sie zum Keuchen, das Keuchen beschäftigt sie, wie früher, als sie beschäftigt gewesen war mit dem Gedanken an jenes, das nie aufgehört hatte sie zu beschäftigen. In den früheren Frühlingen war sie den Weg jeweils ein zweites, drittes Mal gerannt, jetzt ist das eine Mal genug, sie denkt an eine Abkürzung. Schließlich ist sie in Eile, sie hat daheim zu tun, es wird ihr schon noch einfallen, was sie zu tun hat. Sie hat keine Zeit mehr. Für das Aufstehen, Ankleiden, Essen, Einkaufen, Kochen, Abwaschen braucht sie zu viel Zeit, zum Fernsehen auch, zum Malen kommt sie zu wenig, aber zum Lesen kommt sie noch, zum Erinnern auch. Anna bleibt in der Wohnung sitzen, sie bleibt beim Gedanken sitzen, daß sie den Schatten der Erinnerung noch nicht ganz von der Nacht verschlingen lassen dürfe. Dann nimmt sie die Hefte, liest, sie hätte sie längst verbrannt, wenn sie nicht hoffte, etwas Unterhaltung aus ihnen zu ziehen. Manchmal versteht sie jene Sprache nicht mehr, sie macht ein Knacken, wie das von Nüssen, die lauter knacken, je tauber sie sind. Manchmal muß sich Anna die Jahreszeit vorsagen, jetzt muß es bald Winter sein, sagt sie, wenn sie hinausgeht ist es Winter, wenn sie heimkommt, ist es Mittag, wenn sie nachmittags vom Lesen aufsieht, ist es April, wenn sie zu Bett geht, kann sie die Fenster offen lassen, wenn sie aufsteht, liegt Nebel zwischen den Ästen des Baumes, der unveränderlich im Hof steht. Wenn sie sich im Spiegel sieht, denkt sie, aha, das mußt du sein, durch die Härchen kämmt sie die grüne Luft, vor den grünen Kacheln hinter ihrem Rücken.

Anna denkt, daß sie nie alt werden wollte, und jetzt ist sie es. Sie wurde es, als sie nicht mehr von der Liebessucht abhing, sie in ihrem Leben eine Randerscheinung wurde, nicht notwendig, nicht mehr die Gestaltung der Welt.

Doch noch einmal, wie viele Male, ist es Sommer geworden. Sie geht schwimmen, abends, wenn alle Kinder gegangen sind, vielleicht noch zwei drei Erwachsene halbbetäubt auf ein Stückchen Gras starren, der Abend wie eine Katze auf der Mauer sitzt. Sie glaubt ihren Jahrgang nicht mehr, da muß eine Verwechslung vorliegen, ein Verschrieb im Geburtsregister, sie ist noch nicht alt. Sie steigt aus dem Wasser, keuchend, könnte schreien, eine zwanzigjährige Lüsterne, noch nie war sie so jung, die Beine prall, lange Oberschenkel tragen sie zum Himmel, ihre Muskeln läßt sie über die Spielwiese laufen.

Und wieder, wie viele Male schon, wird Anna von Erinnerungen heimgesucht, zurückgeschwemmt wird sie, die Reihenfolge der Jahre wird unwichtig, sie wirbeln durcheinander, vermengen sich, vertauschen sich, schieben sich vor, drängen zurück, wie alt ist sie, wie jung, niemand weiß es, selbst Gott wüßte es nicht, ohne Zeit ist die Zeit Zeit, alles ist und war ein Augenblick.

An den Tischen im Speisesaal saßen die Ehepaare, hinter einer Mauer aus Furcht und Vorsicht. Die Langläufer, der Wand entlang, besprachen alle Morgen laut ihre Routen. Anna saß allein in einer Ecke, sah an den Rücken eines alten Mannes, der seinem Enkel Joghurtbecher öffnete. Um das Sprechen nicht zu verlernen, redete sie mit sich selbst, tu nicht blöd, geh an denen vorbei, geh auf dein Zimmer, zieh dich um, hole die Skier, geh zur Luftseilbahn, alle gehen zur Luftseilbahn, nichts ist natürlicher als dorthin zu gehen, richtig. Das Rattern der Gondeln war ein Hohngeräusch auf Annas Furcht. Tu nicht so blöd, sagte Anna, schau die Leute an, niemand hat Angst, keine Gondel ist je heruntergestürzt. Der Bahnarbeiter hatte gegrinst, doch, jede Minute kommt eine herunter, Anna hatte sich geschämt. Sie schaute auf die Kinder in den bunten Anzügen, die Mütter mit der roten Schminke über der Bräune, die Männer mit den Sonnenbrillen. Anna dachte, hopp, los, ließ sich stoßen, ehe sie sich's versah, schwebte die Gondel. Sie schloß die Augen, durfte nicht hinaussehen, unter keinen Umständen hinuntersehen, sie starrte den Burschen an, der ihr gegenübersaß. Er begann auf dem Sitz zu rutschen, griff sich an die Mütze. Anna hörte auf das Rattern, bei den Masten war es am schlimmsten, die Gondel sank, sank, als stürze sie. Anna weinte leise in ihren Handschuh hinein, was haben Sie, sagte der Bursche, Magenweh, sagte sie, wenn er doch mit ihr reden würde, wir sind bald oben, ja, sagte Anna, glauben Sie, daß ich dann oben einen Tee trinken soll, einen Kaffee fertig, sagte der Bursche, nein, sagte sie, einen Schwarztee, gibt es Schwarztee dort oben, jede Menge, sagte der Bursche, meinen Sie wirklich, sagte sie, oder meinen Sie ein anderer Tee wäre besser, der Bursche rutschte unbehaglich auf seinem Sitz hin und her. Neben ihnen saßen zwei Ausländer, Anna wünschte, sie würden sprechen ohne aufzuhören mit Sprechen, sie sprachen nichts. Tu nicht so blöd, dachte Anna, der Bursche schaute hinaus, reckte den Hals. Anna dachte an das Bild, das sie malen wollte, eine Gondel, zerknittert, aus Zeitungspapier, über massiven Bergen, mit wenig Schnee, sie konzentrierte sich auf die Farbschründe der Felsen, die Gondel hätte die Farbe eines Wespennestes, der Himmel wäre schwarz, schwarz wie Sandstein im Regen, Anna geriet in einen Halbschlaf. Als die Gondel in die Halle der Bergstation ratterte, hatte sie Kopfweh. In der kalten Luft wich ihre Beklemmung. Anna ging an den Skilift, während des Hinaufgleitens beobachtete sie den Stil der Fahrer, wie weit mußten sie die Beine öffnen. Dann war sie plötzlich allein. Die weiten finstern Hänge hatten auf sie gewartet, um sie auszuhungern. Sie fühlte ihr Herz pochen. Sie fuhr vorsichtig, nie durfte sie stürzen, nie, wenn sie liegen bliebe, die Hügel würden sich falten und über sie legen. Wenn jemand an ihr vorbeisauste, schaute sie ihm dankbar lange nach, wenn doch jemand stehenbliebe, mit ihr redete. Vor Einsamkeit hatte sie einen dürren Hals. Als das Gelände sanfter wurde, fuhr sie besser, vorhin hatte sie gemeint, sie habe alles verlernt, ihre ängstliche Vorsicht war weg. Je mehr sie sich gehen ließ, um so besser fuhr sie. Sie erinnerte sich des Beingefühls, sie erinnerte den Körper des jungen Mädchens, das leichte Hochziehen, das leichte Tiefdrücken, die Rhythmik der Hüfte. Je enger sie fuhr, um so besser, eine Sache des Schwerpunkts, sagte sie sich, der leichten Verlagerung des Gewichts auf dem Scheitelpunkt des Hügels, Anna jauchzte, sie sang laut. Als sie in die Steilhänge kam, hatte der Schnee tückische eisige Platten. Anna fiel hin, stand auf, fiel hin. Sie wurde müde, ihre Nerven sirrten, wenn sie stehenblieb, zitterte sie, wenn sie fuhr, waren ihre Beine vertauscht, schwer, steif waren sie, sie rutschte, es war gleichgültig, sie mußte hinunterrutschen, nichts als hinunter, so rasch als möglich hinunter. Sehnsüchtig sah sie auf die Talstation hinab. Sie schnallte die Skier ab, schulterte sie und ging einem Waldpfad entlang, die Füße schmerzten, nie gelangte sie hinunter, nie, der Weg stieg an, sie erschrak. Vor ihr lagen sonnenbeschienene harmlose Hügel, sie fuhr, sie fuhr besser, weg war die Schlappheit, sie schnaufte tief, lächelte sich zu, sie lernte es schon noch, nie würde sie es aufgeben. Bei einer verlassenen Liftstation unten an der Talstraße kam sie an. Eine halbe Stunde zu gehen, sagte der Arbeiter, der an der Bretterwand hockte, vielleicht nimmt sie jemand mit dem Auto mit zurück. Anna schleppte die Schuhe, sie schleifte die Skier, streckte den Daumen in die Luft, die Autos bespritzten sie mit Pflotsch. Anna war glücklich, sie hatte den Tag bestanden, sie durfte bloß nicht an die Nacht denken, sie schlief nicht, es war zu heiß, wenn sie das Fenster öffnete, wurde es zu kalt. Sie durfte nicht an die Gondelbahn denken, morgen wollte sie am Übungslift bleiben, üben, die Verlagerung, das Fahren auf einem Bein, den Sturz in das Gleichgewicht.

Anna las ihren Anzeigentext, sie errötete. Als ob jemand zu ihr sagte, also das hätte ich nie von dir gedacht. Sie las es zweimal, dreimal, schämte sich, als ginge sie heiterhellentags ohne Kleider auf die Straße. Unabhängige Frau, las sie, wünscht sich zu verheiraten mit Mann. Lange hatte sie nach der einwortigen, höchstens zweiwortigen Beschreibung des Mannes gesucht, im allerhöchsten Fall durften es drei

Worte sein, denen sie die Wünsche vertraulich aufladen konnte, die unbeschreiblichen Wünsche, in Frage wäre gekommen: großgewachsen klug träumerisch, vielleicht stattlich gescheit zart, vielleicht stark weich still, am liebsten hätte Anna gelesen: Frau sucht Mann, der Mann sollte ein Dichter sein, die Frau ist Malerin. Das ergab aber keine Anzeige. Anzeigen mußten handgreiflich sein, mindestens feste Vorstellungen besitzen, die Reserve beiseiteschieben, zum Busch herausklopfen. Anna bekam einen Haufen Post, in einem Kuvert der Annoncen-Agentur. Manche der Briefe waren aus farbigem Papier, blaßrosa, hellgelb, grün. Eisenbahnangestellter mit guter Pension, las sie, ein Löwe, der beim Streicheln knurrt, ich bin ein Monteur aus der Telefonbranche, bin geschieden, wünsche eine gute Köchin, bin ein Krebs, las sie, auf der Suche nach molligem Fischweibchen, ich bin ein Witwer, der dem Verlust der Gefährtin die Stirn bieten möchte, habe ein Häuschen im Grünen, las sie, auch ein Auto, kommen Sie in meine Arme, auch ein Motorrad steht zur Verfügung, bin etwas behindert, doch noch rüstig, habe Eigenkapital, und suche eine, die mir beim Aufbau eines Geschäftes hilft. Anna las die Briefe, verbrannte sie.

Die Frau lächelte höflich, sie trug einen roten Pullover, saß hinter dem Pult, blätterte in Papieren, zog eine Schublade, wir haben einen großen Kundenkreis, aus allen Schichten, wir werden etwas Passendes auch für Sie finden, füllen Sie bitte diesen Fragebogen aus, Krankheiten, gegenwärtiger Gesundheitszustand, Gebrechen, Gebiß vollständig, ungefähres Vermögen, Interessen, Lieblingsfarbe, Schuhnummer, Schulbesuch, Altersvorsorge. Anna bekam ein paar Briefe, zwang sich die Photos anzusehen, ein Kopf mit Brille, ohne Brille, mit Haaren, ohne Haare, die meisten schauten ernst ins Leere, hinunter in eine Tiefe, die beängstigend vor ihnen lag, ein Photo war von einem Automaten gemacht, einer trug einen Hut, hielt die Lippen, als bliese er Rauch aus. Wollen Sie eine Begegnung mit dem Vorgestellten, bitte kreuzen Sie an, ja oder nein. Anna kreuzte an, schickte die Photos zurück. Einmal gab sie sich einen Ruck. Sie trafen sich in einem Bahnhofbuffet, als sie ihn erblickt hatte, mochte sie ihn sofort nicht, sie wäre gerne gleich wieder gegangen, ihm erging es ähnlich, er rührte in der Ovomaltinetasse, sie schwiegen, nach ein paar Minuten trennten sie sich. Anna sprang auf den Zug, sie pfiff, das wäre erledigt, pfiff sie, ich habe es versucht, ich bin nicht schuld, ich habe alles getan, was ich tun konnte, mehr kann ich nicht tun. Ein glückliches Schulmädchen war sie, welches die Aufgaben gemacht hatte. Der freie Nachmittag lag vor ihr, lang, überraschend, offen waren alle Möglichkeiten, gestopft voll war dieser Nachmittag, ein wilder Lauf, an seinem Ende die vier Wände, die abgestandene Luft, das gewohnte Essen, die Aussicht auf den folgenden Morgen, im selben Zimmer mit den Fenstern auf einen Schulhof hinaus.

Als der Lastwagen langsam die Windschutzscheibe eindrückte, geschah der Bruch in kieselkleine Glasstücke so schnell, daß Anna jäh erwachte. Sie hatte hinter dem stehenden Laster angehalten. Sie hatte dessen Rückwand immer näher kommen sehen, langsam lautlos näher. Die Wand schob sich über die Motorhaube, Anna rührte sich nicht. Sie fühlte nichts, dachte nichts, schlief einen eigenartigen Schlaf, keinen Nachtschlaf, einen Vorschlaf, den Schlaf, den die schlafen, welche sitzen, ohne Aussicht, vielleicht den Schlaf von denen, welche in Räumen ohne Ausgeherlaubnis sitzen, vor dem Fernsehschirm sitzen, auf dem gerade ein Unglück passiert. Die Glassplitter rieselten über das Steuerrad, auf dem Annas Hände lagen, über Annas Mantel, die graue Wand hielt vor Annas Fingern. Mit großer Anstrengung löste Anna eine Hand, berührte das Metall des Lasters. Dann stieß sie die Türe auf, fiel auf die Straße hinaus. Auf dem Rücken liegend sah sie an die Räder des Lastwagens. Unter ihm lag eingedrückt, wie ein rotes Spielzeug, ihr Auto. Die Frau sah Anna nicht, eine Hand sah sie, einen Arm, dann einen Pantoffel, kommen Sie herein, hörte sie eine Stimme, setzen Sie sich. Hinter einem Rock, hinter dem Arm, trat Anna in ein fensterloses Haus, trinken Sie, sagte die Stimme, hören Sie auf zu weinen. Anna erschrak, sie hatte nicht gemerkt, daß sie am Weinen war, es ist Ihnen nichts geschehen, sagte die Stimme, Sie haben Glück gehabt. Anna spürte, daß ihr Gesicht naß war, als sie sich weinen hörte, versuchte sie aufzuhören, es gelang nicht, sie spürte, wie die Tränen herunterrannen. Die Frau reichte ihr ein Taschentuch. Sie hat einen Schock, sagte eine andere Stimme, aha, dachte Anna, ich habe einen Schock, darum weine ich, ich möchte aufhören mit Weinen, es war, als ob die, welche nicht aufhören konnte, ganz klein in Anna, immer kleiner, immer kindischer weinte, bis die ganz Kleine, vom Weinen beruhigt, endlich sich hinlegte, den Daumen in den Mund nahm, suckelte, sich wiegte, immer tiefer in Anna hineinschlüpfte, bis sie stumm in Anna verschwand. Ich konnte nicht überholen, wegen des Postautos, zum dritten Mal sagte es Anna, ich bin nicht schuld, schon gut, schon gut, sagte der Chauffeur, ich habe Sie nicht gesehen, wollte rückwärts in den Hof hinein, Schweine abholen. Schweine, sagte Anna, ja, sagte der Mann, haben Sie die nicht gehört. Sie saß auf der Ofenbank des Bauernhauses, hatte eine Kaffeetasse in der Hand. Die Bauersfrau telefonierte einem Taxi. Ich bin nicht schuld, sagte Anna, ja, ja, sagte der Mann geduldig, ich habe eine gute Versicherung, eine feine Versicherung.

Warum hast du geschlafen, sagte sich Anna, warum bist du hinter dem Lastwagen geblieben, das Postauto war doch vorbei, warum hast du nicht überholt, du hast ihn doch gesehen, du hast gesehen, wie er auf dich zukommt, warum hast du nicht den Rückwärtsgang eingelegt, bist geflohen, rasch rückwärts, ehe er dich zusammendrückte, warum hast du geschlafen, Anna. Ich weiß es nicht, sagte sich Anna, sei still. Anna trank den blanken Schnaps mit Schneid, nachts in der Küche, sie trank ihn nicht besonders gern, sie hoffte, mit seiner Hilfe endlich schlafen zu können, ohne guten Schlaf hielt sie es nicht mehr aus.

VI

DAS GESICHT

Lilien lagen neben den aufgebahrten jungen Mädchen, wächsern und steif. Lilienweiß war der Weiße Sonntag, kalt, nie ganz weiß, weiß wie alter Schnee.

Mädchen, Mädchenscharen drängten sich in die Kirchenbänke, der Pfarrer klopfte mit der Hand auf die Bank, rief die Namen auf, die Namen der beiden, die am wichtigsten Tag nebeneinandergehen mußten, in der Prozession vom Dorfplatz zur Kirche. Annas Zugeteilte war eine, die ihr nicht gefiel, vor der ihr grauste, schmutzig war die, dumm dazu, hatte Ruden. So eine zum Mittagessen einzuladen, nein, Anna stampfte, heulte. Anna ging zum Nachbarmädchen, aber wir sind schon zwei, sagte es. Ich gehe in eurer Mitte, sagte Anna, wir haben die schönsten Röcke, die mit den schönsten müssen zusammen gehen. Sie ging mit gesenkten Augen. Die schwarzen Reihen der Zuschauer am Rand der Straße standen unbewegt. Sie hörte Tuscheln, warum gehen die zu dritt, eines wird krank sein. Durch den Spalt ihrer Lider sah sie die häßlichen gelbweißen dicken Röcke, wenn sie einen halben Schritt hinter den zweien ging, schwang ihr feines dünnes Kleid, weiß wie Morgenschnee war es, genäht aus Mutters Hochzeitskleid. Die Spitzen ihres gehäkelten Schals tänzelten, der war von Großmutter, allein sie hatte so einen Schal. Annas Furcht, die zwei neben ihr könnten davonrennen, schmolz dahin. Sie drängten sich an sie, suchten ihren Schritt. Manchmal mußten sie sich beeilen, mußten wieder stillstehen. Die Musik tönte vom Himmel herab. Die Kirchentreppe hinauf sprangen alle, eine gejagte Herde dünner Rehe. Die silbernen Priester wandelten im Rauch, Orgelschwälle wühlten Annas Bauch auf, nur Wasser hatte sie getrunken. Lamm Gottes, das du hinwegnimmst die Sünden der Welt, in den Knien spürte Anna den kleinen angenehm ziehenden Schmerz. Und sie gingen nach vorn in die Nähe des Altars, knieten auf das gelbseidene Polster. Anna sah auf das blendendweiße starre Spitzentuch, die goldene Schale kam in ihre Hand, sie öffnete den Mund, streckte die Zunge heraus, wagte nicht die Lider zu heben, fühlte die süßlichtrokkene Hostie, die sie um Himmels willen nicht zerkauen durfte. Sie erhoben sich, beugten die Knie, schritten hintereinander an die Plätze zurück, wie sie es geübt hatten. Anna legte die Hände an das Gesicht, der Leib Christi war in ihrem Mund zergangen, rann den Rachen hinunter, im Speichel wurde er Luft. Nun war Jesus in ihr, hatte sie alle Sünden bereut, war ihre Seele weiß, weißer als die Sonne oder wurde sie bestraft, weil sie schwarz war, mit schwarzen Punkten, mit Flecken aus gezackten Rändern, nein, sie hatte gebeichtet, sie hatte alles gesagt, vielleicht nicht ganz alles, fast alles. Anna wiegte ihr Gesicht in den Händen. Die Stimme des Pfarrers stieg hoch, o Herr, ich bin nicht würdig, so wird gesund meine Seele, aber sprich nur ein Wort, Anna wünschte das Wort, spürte ihre Knie auf der harten Bank, wünschte sich das Wort, daß du eingehst unter mein

Dach, aber sprich nur ein Wort, so wird meine Seele, meine Seele ein Wort, ein Wort meine Seele. Die Orgel trieb die Kirche wie ein Schiff vor sich her, die Kerzen stachen in die brennende Luft, die Flammen waren aus Glas, der Drache des Weihrauchs sank auf den Grund. Als hätte sie im Leben noch nie gegessen, spürte Anna den Hunger. Die Mädchen stießen einander zur Kirchentüre hinaus. Anna fing an zu rennen, sie rannte über die Lachen kichernden Schnees, die Häuser waren gewaschen, Grasspitzen bewegten sich im Wind, die Sonne war ein Blitz.

Nie war der Sommer schöner, als wenn der heiße rasche Atem des Mohns begann. Fetzen von Blättern sanken abends auf die modernde Erde, im Morgen öffneten sich neue Blüten, tiefschwarze Samen färbten Annas Fingerspitzen. Mohn roch nicht, das Rot überwältigte, schön und grausam. Als Anna an ihm vorüberging, machte sie einen Knicks, wie die Meßdiener, wenn sie von der einen Seite des Altars zur anderen gingen. Die Blumen wucherten vom Garten auf die Straße hinaus, Anna jagte die Kühe mit Steinen weg, wischte die Heubüschel aus den Zaunlücken, die Blüten schwankten. Es gab kein Rot, das röter war.

Die Zeiten des Jahres, prächtige Kutschen, die vorüberrauschten, noch einmal, noch einmal, nie wieder, war es die alte Anna, die am Straßenrand stehend, ihnen nachwinkte oder saß sie auf dem Bock, dirigierte die Pferdchen, war es ein Bild, das sie malte, eisige Sommer, glühende Winter, Farbtupfer auf eine spröde Wand, Kindheit, Jahrelosigkeit, Schicksal ohne Rest, goldene Schale, Gegenwart.

Einmal war es Herbst gewesen, Anna lebte mit Messern, wünschte, sie hätte noch mehr, flachere, spitzere, geführt mußten sie sein, fuchteln nützte nichts, plötzlich waren die Kürbisköpfe zu nichts mehr zu gebrauchen als zu Schweinefutter. Die Messer flutschten durch das gelbe Fleisch. Mit beiden Armen griff Anna in die Höhlungen, nahm die Kerne, die Schlieren heraus, die Säfte tropften. Augen, Mäuler, Zähne schnitzte sie, steckte Kerzen in die dünnen Böden, schützte die Flammen vor dem Durchzug mit den Deckelstücken. Die fürchterlichste Maske trug Anna im Umzug durch die schwankende lichterversinkende Nacht, in der das versengte Fleisch der Früchte roch. Niemand hatte Angst vor dem Gesicht, die Runzeln, mit der Messerspitze in die Streifenhaut geritzt, leuchteten. Bald fing der Kopf zu tropfen an, unbeschnitten blieb er holztrocken, bis er faulte, von innen heraus.

Und an einem heißen Tag, einem flimmernden Nachmittag, auf der Baustelle am Stausee, die grellweiße Betonmauer schlug wie mit Hammerschlägen an ihre Köpfe, stürzte Mutter über die Schienen einer Rollbahn. In der vergewaltigten Landschaft waren sie gewesen, durch Wälder mit gebrochenen Bäumen waren sie geklettert, plötzlich waren Lastwagen vor ihnen gestanden, Maschinen, Krane, Bretter, Gesteinshaufen lagen wirr durcheinander,

Mutter stürzte. Niemand machte die kleinste Bewegung, wie gelähmt waren alle in der glasigen Hitze und starrten auf die am Boden liegende Mutter. Aus ihren staubigen Strümpfen tropfte Blut, dunkelviolettes Blut, unten an den Beinen hatte Mutter schwarze Flecken, mit einem Silberhäutchen bedeckt. Nie wollte Anna solche Beine haben, nie einen Mann, der untätig stehenblieb. Wie scharfe Dolche waren die Schienen, als die weiße Sonne Staubwolken an den Himmel hängte, die wüste Landschaft verloren dahindämmerte, als das graue Wasser das zerstampfte Ufer beleckte, Mutter sich mit dem Taschentuch das Blut abtupfte, als wie eine Druckwelle die Angst kam, über alle hinweg, über Mutter nicht, die sich aufrichtete und das fleckige Tuch in der Tasche versteckte.

Mutters Anlässe zum Weinen, wann waren die?, die verschiedenen Toten, einmal hatte sie über etwas Gelesenem geweint, in einer Zeitung war ein Bild gewesen mit gestapelten Skeletten, dahinter Baracken. Anna war damals eine Halbwüchsige gewesen, Zeitungen hatten sie nicht interessiert, anderes war wichtig gewesen, die ruchlose gleißendhelle Zukunft, die nur auf sie wartete, mit unvorstellbaren Erlebnissen, damit sie zu wissen bekomme, was hinter allem liege, sie umarme. Damals, am Ende der Dorfschulzeit, war Anna mit den Mitschülerinnen zum ersten Mal in ein Café gegangen, alle hatten Süßigkeiten bestellt, hatten geraucht, zu den sehnsüchtigen Klängen eines Grammophons getanzt, gegessen, geraucht, getanzt, gelacht, bis sie nicht mehr konnten, aus den Schuhen schlüpften, in den verschlissenen Sofakissen lehnten mit rotbleichen Köpfen, kotzerig geworden von ungewohnter Luft, zu vielem Essen, dem Tanzen.

Ein paar Jahre später war das Häuschen mit dem Zimmer, als Café eingerichtet, verschwunden, mit ihm die kleinen Wiesenpfade. Anna, vom Bahnhof kommend, sah die hohen Wälle einer neuerbauten Autobahn, sie ging durch Unterführungen, die heimlichen Zäune, die Wegkreuze waren weg, die große Talebene zerschnitten.

Im Schweigen besitzt ihr eure Seele, der Pater hatte es gesagt, Gott schaut euch an, in diesem Liebesblick lebt ihr, ihr lebt nur, weil Gott euch anschaut, und nach der Predigt in der Kapelle des Instituts, dessen Zöglinge in den Ferien waren, gingen die jungen Mädchen in die Stillschweigestunde. Anna ging in ihr Zimmer, ein Zimmer für vier Knaben, Modellflugzeuge hingen von der Decke, Bilder von Motorrädern vor einer Wüstensonne klebten an der Wand. An einem Tischchen vor dem Fenster schrieb Anna Gedichte. Nichts kam dem Taumel gleich, den sie erfaßt, als sie wußte, daß sie ihr Leben Gott zu geben hatte. Über jedes Gesätzlein des Rosenkranzes schrieb sie ein Gedicht, suchte nach den Reimen am Ende der Strophe, der von den Toten auferstanden ist, in den schwarzen Himmel gegangen, im Heiligen Geist gefangen, in der Hölle zart am Essen bist, nach den Reimwörtern richteten sich die Verse, das Suchen nach den Reimwörtern brachte sie in eine zufriedene Schläfrigkeit. Anna schrieb Sonette, Aufgesang, Abgesang, mit zwei mal vier, zwei mal drei Zeilen. An jedem

Schweigevormittag saß sie am Tischchen. Gesetz des Duftes um die Mitte blätternd bloß / daß ich mir Stumme nichts erbitte / als die Göttin groß, schrieb Anna, und noch mehr solches schrieb sie, Jungfrau in der weichen Morgenhelle / hat einen goldnen Sohn / drei Füße hat sein Thron / Nabelblume Kußfleisch Feigenschwelle. Ein unlöschlicher Durst wurde erträglicher, wenn Anna Reime suchte. Am Nachmittag hielten die Patres Vorträge, am Abend hatten die Mädchen Gesangstunde vor der Messe. Am Ende der Exerzitien brachte sie dem Pater, der ihr am besten gefiel, die Gedichte, ihr Herz drehte sich wie ein hölzernes Rad, eine kleine Mücke war es, zirpte auf jedem Quardratmillimeter ihrer Haut. Der Pater las, sagte, was heißt das wächserne Blut der Rose, was ist das vernagelte Kreuz des Fleisches, was ist die unsägliche Blume des Todes?, Anna sah, daß dem Pater die Gedichte nicht gefielen, er gab sie ihr höflich zurück, schritt weg, sein Talar flatterte hinter seinem hastigen Schritt. Sie waren auf dem Wiesenpfad gestanden, ein schmales Band um die Kapelle, die an der Kante eines steil abfallenden Geländes lag. Wenn die Mädchen aus der Kirchentür an die Mauer traten, trieb ihnen der scharfe Wind vom Tal herauf die Haare hinter die Ohren, die Röcke an die Beine. Anna fror, sie hatte wenig Schlaf, alle Morgen ging sie früh in die erste Messe, abends dachte sie an die Ernährung der Seele durch das Fasten.

Als sie aus den Exerzitien heimkam, war Schotti zu Hause, fing wieder an, in ihrem Zimmer niederzuknien, Anna wurde wieder wütend, fand Beten die dümmste Sache der Welt. Wenn Schotti von der Kirche kam, stank sie nach Weihwasser. Schotti kam wieder weg, Anna glaubte wieder an nichts, am wenigstens an das, was sie hörte, zum einen Ohr hinein, zum anderen hinaus. Damals war Anna sicher, daß sie nie mehr an etwas glaubte, so sicher, wie später nie mehr.

Unsicher war Anna, unsicher wie ein Blatt, kein Wunder, da sie nichts glaubte. Vom Sprungbrett der Badanstalt wagte sie nicht zu springen, die Turnlehrerin kniete neben ihr, redete ihr gut zu, gab ihr leichte Klapse auf den Hintern. Anna sah vom Brett undeutlich tief unten die Gesichter der Mädchen, die gesprungen waren, Anna wäre ums Leben gern eine von ihnen gewesen, sie sprang nicht, wäre lieber gestorben, als zu springen. Die Lehrerin gab ihr eine schlechte Note, Anna ärgerte sich sehr darüber. Wenn sie eine Stelle bekommen hätte, würde sie das Zeugnis sofort verbrennen. Sie vergaß es, fand es viel später wieder und als sie aus Antons Haus wegziehen mußte, warf sie es in den Abfall.

Jugend, gnadenloser Aufprall, Sturz auf ungeschützte Haut, wäre es doch umgekehrt, zuerst alt, dann jung, zuerst Resignation, dann die Wünschelrute, zuerst die Absage, dann die Einladung, der Sieg vor der Niederlage, vor der Schlacht die Wunden.

Geschmückt wie eine Kuh, lachte die Mitschülerin, alle schauten auf Anna, lachten. Anna hatte Alpenrosen unter den Gürtel gesteckt, hatte Blasen an den Füßen, einen zu schweren Rucksack. Im Berghaus blieb sie oben im Zimmer sitzen, war eine Landpomeranze, würde nicht zum

Tanzen geholt, war daran gewöhnt, nicht geholt zu werden, die Stadtblümchen aber konnten es kaum erwarten, gingen hinunter in den Eßsaal, Anna hörte das scheppernde Klavier. Nachts schlichen die Tänzerinnen in die Gänge, flüsterten, Anna im Viererzimmer auf der obersten Pritsche, tat, als ob sie schliefe. Das Rennen, die Schreie, das Gelächter, die Erstickungsanfälle hörte sie, öffnete die Tür einen Spalt, sah die mit Wolldecken vermummten Burschen, die umschlungenen Mädchen, die taten, als ob sie sich wehrten, als ob Küsse eine Schande wären. Sie waren eine Schande, das Gewälze auf dem Boden, einer wurden Haare ausgerissen, ein ganzes Büschel, die Schreie weckten den Professor. Wer wird denn vergewaltigt, sofort zurück in die Zimmer, diese Schreie der Lust, der Schande, wer hat die gehört, das ganze Haus ist wach, welch schlechte Aufführung, so viele Haare verloren, der Professor streckte sie in die Luft. Diesem Fräulein macht das ja gar nichts aus, die hat viel zu viele, schlimmer wäre es bei einem, das nicht viel hat, wohin ging das Auge des Herrn, doch sicher nicht zu Anna, die hatte das bloß gemeint. Wie sie alles an jener Schule bloß meinte. Anna hatte Sonnenbrand, die Fersen schmerzten, sie war häßlich, nie würde sie einen Freund haben, wer schaute sie an, niemand schaute sie an, geschmückt wie eine Kuh, wer wollte eine Kuh, mit Rosen auf der Stirn, Blasen an den Füßen, auf einer einsamen Alp. Wenn es zu schneien begänne, würde die Kuh ein paar Schritte machen, doch noch schneite es nicht, grasend zu Tale mochte sie ziehen, Kühe waren nicht so unbeholfen, standen unter dem Schutz der Natur, doch Jugend hat keine Natur.

Was ist mit den Hauswirtschaftsstunden am Freitagmittag, sagte der Direktor, der sie in das dunkle Zimmer mit den dicken Mauernischen befohlen hatte, warum besuchen Sie die nicht. Anna wagte nicht zu antworten. Sie haben kein Recht von den Pflichtstunden des ersten Jahres fernzubleiben, sagte der Mann mürrisch. Er sog an seiner Zigarre, blickte auf die Papiere auf seinem Schreibtisch. Besonders wenn man Stipendien bezieht, sagte er nach einer Weile. Sie spürte, was sie immer spürte, wenn Menschen sie nicht mochten, als wären diese Menschen beleidigt, daß Anna ihnen kein Vergnügen bereitete. Niemand kann mich zwingen in Stunden zu gehen, die nutzlos sind, Anna sagte es so leise, als dächte sie, daß sie es sagte, ich kann das alles schon lange, ihre Stimme versagte. Was sagen Sie, wir werden ja sehen, sagte der Mann mürrisch. Er saß im Gegenlicht, sie stand vor ihm, konnte sein Gesicht nicht erkennen, sah die Rauchwolke.

Der Mann unterrichtete Französisch. Sie bereitete sich lange auf die eine Stunde vor, er rief sie nie mehr auf. Als er sie nach langer Zeit einmal etwas fragte, erschrak sie, wußte es nicht, er lachte, rief sofort eine, die es wußte.

Nein, so düster war die Jugend Annas nicht, hell war sie, ein Lob von Morgen bis Abend, ein wunderschönes Wunder. Anna, eine starke Stute, wiegte sich entlang des Zaunes, würde ihn bald überfliegen, angeborener Sturm.

Die Lehrerin, eine geschminkte Alte auf flinken Beinen, sah durch Anna hindurch, um die Lieblingsschülerin zu loben, die seit Kindsbeinen die Veranstaltungen erfrischte mit weißem Spitzentanz, solo. Pastellfarben hatte die Tanzlehrerin den Saal hergerichtet, verdunkelt mit Samt, mit Kerzen verschimmert, an der Tapete die Stühle in einer Reihe. Auf Absätzen drehend, zog sie aus einem geschmückten Körbchen die Karten der Paare, rief die Namen im Triumph. Annas Karte wurde vergessen, zum schlechten Glück war noch einer, der auch vergessen wurde, einer, den keines der Mädchen auch nur für einen einzigen Schritt gewollt hätte, er stank, trug einen lächerlichen Anzug, vom Land kam er, mit Pomade auf dem Haar. Sie haßten sich vom ersten Augenblick an, seine verschwitzten Hände machten Annas Rock feucht, den unpassenden, zu dunklen, er schubste sie herum, schielte zu den Fröhlichen hin, in den Schmetterlingskleidern. Den langen Abend mußte Anna ihn erdulden, verlernte mit ihm das Tanzen, übte Walzerlächeln, stand dem Plumpen auf die Stolperfüße, dunkel war der Abend, da nützten alle Kerzen nichts, die Röselein, die Festmusik. Warum hat sie nicht die lächerlichen Blumentischchen umgeschmissen, die Stühle an die Wände geknallt, warum ist sie nicht in die Gesichter gesprungen, hat sie zerkratzt, ist nicht hinausgestürmt in die Kälte der verdammten Mainacht. Nie hat Anna gewußt, warum nicht.

Wenn ich anfange meinen Jugendfeinden zu verzeihen, beginnt das gottverfluchte Alter, sagte Anna.

In der Zeit, in der Bäume den Himmel fegten, die blaue Glocke kurz vor dem Zerspringen war, in der Wechselzeit, Sturzzeit, Anfangszeit, die Katzen vor den Mauslöchern, die Dachtraufen am Musizieren, die Sonne wie eine junge Blume, Anna sechzehn, zwanzig, neunundzwanzig, dreiunddreißig, einundvierzig, vom immerzu gleichen Wind der Unruhe geschüttelt, ein Schütteln, das nie einen Namen bekam, an einem solchen Märztag zog Anna in das Haus in der Gärtnerei Antons ein, hoffte, daß sie hier nun bleiben würde, nie mehr auszuziehen hatte, außer mit den Füßen voran. Anna maß die Zimmer aus, kaufte zum ersten Mal Möbel, richtete sich ein, nun war sie angekommen. Sie mochte das Haus. Es war schlicht, aus Holz gebaut, ebenerdig, es hatte einen offenen Kamin, eine Veranda, von der sie auf das Land sah, zu den Bäumen hin. Sie hatte nicht mehr gewußt, wie es war, wenn Bäume draußen standen, hatte auf Mauern sehen müssen, auch nicht mehr gewußt hatte sie, wie es war, wenn es still war, ohne Autogeräusche, ohne Lärm der Mitbewohner. Anna horchte das Haus aus. War sie nun doch in einem Kloster angelangt?

Der Geistliche damals hatte ihr gefallen, das Herz, erschrocken vom Erkennen, drohte ihr über den Kopf zu schlagen. Anna rannte über die Ebene, auf Kiespfaden zwischen Wiesen und Bäumen ins nächste Dorf, trug eine Mappe, rannte durch die Gassen zur Wohnung des Geistlichen, brachte ihm ihre Herbstbilder. Er schaute sie an, redete mit ihr, mach weiter, sagte er, nimm das rauheste Papier, das du finden kannst, die Bäume müssen Buckel und

Tiefen haben, das Gegenständliche muß das Fremde werden. Die Wohnung lag bedrängt vom Kirchturm, erhielt tagsüber den Schatten der Mauern, abends dröhnte die Glocke durch klirrende Fenster an die Wände, voll von Büchern. Manchmal blieb Anna allein in der Wohnung, der Haushälterin mißtrauischer Unwille störte sie nicht. Die Bücher zogen sie an, sie stöberte, las, sie hätte gar keine Schritte hören müssen, draußen auf dem knarrenden Korridor. Mußte die Täubchen Gottes abstauben gehen, herein kam er, sagte es, Anna stellte sich die Nonnen vor, die ihm ihre Sünden beichteten. Vielleicht wirst du auch einmal so ein Flügelvögelchen, sie erschrak, gab ihm eine Ohrfeige, nicht eine saftige, es war eine streifende Bewegung aus der Hand, er trat zurück, baßverärgert. Speckig wie sein Gewand war sein abweisender Blick. Anna, strotzend vor Jugend, meinte, ein Herz wie eine Regentonne zu haben, wußte nicht, daß das ihr Herz nicht war, eine unglaubliche Sonne war es.

In einem Kloster sollte Anna später trotzdem leben, die Mauern hatte sie selbst gebaut, sie war dort, wo sie nie sein wollte, eingesperrt. Sie ging durch die Tage wie durch einen Kreuzgang, durch immer denselben Gang. Dieselben Schritte machte Anna, trug ein Gewand, unter dem sie den Körper nicht fühlte. Zu ihrem Kloster gehörte ein Schulzimmer, in dem sie Kinder zu erziehen hatte mit Regeln und Spielen. Sie las mit ihnen ein einziges Buch, das ging immer von A bis Z, lernte sie auf einer Drehscheibe die Null nicht mit der Neun zu verwechseln. Manchmal spotteten die Kinder, wenn Schwester Anna mit ihnen turnte, der flatternde Rock verbarg ihre Beine. Anna klopfte das Tamburin, wenn der Bambusstiel des Schlägels an das Metall schlug, klingelte es. Schwester Anna wäre lieber, wenn schon, eine Magdalena gewesen, trug den Beinamen Maria, wie dumm verfuhr das Leben mit allen Marias, sie hatten den Mann Jesu als Säugling gebadet, ihn als Jugendlichen parfumiert, als Mann roch er ihnen nicht, dazu war er zu erhaben. Um acht Uhr liefen die Kinder zu Schwester Anna, um elf liefen sie von ihr weg, kamen um zwei wieder, liefen um vier wieder weg. In den Zwischenstunden spazierte Anna in ihrem Kreuzgang, schaute in das Gärtchen, dort stand ein Lorbeerstrauch, seufzte unhörbar in der Kälte.

Niemand hätte sagen könne, daß Anna nicht eine Lehrerin war, selbst die, die gemeint hatten, sie sei eine schlechte, mußten zugeben, daß sie so eine nicht war. Sie hatte immer ein A von einem B unterschieden. Sie besuchte Kurse, Zählkurse, Zahlkurse, Sprechkurse, Sprachkurse, Kurse für Zeichnen, Zaubern, Pädagogik und Pädiatrie. Manchmal verliebte sie sich in den Kursleiter. Bis sie herausgefunden hatte, daß er nicht in dem Maße verliebt war, wie sie es auch nicht gewesen war, war der Kurs vorbei. Mit der Zeit besuchte Anna keine Kurse mehr, der Kurs für Rollenspiele war der letzte gewesen. Anna hätte Ariel gerne berührt, außerhalb der Kontaktspielstunden, er hatte eine gurgelndtiefe Stimme, kräftige Daumenhände, kraushaarig war er, sehr sanft. Anna hätte gern mit ihm gesprochen. Sie wußte die Wörter nicht, war schlimmer dran als die Kinder, die nach dem Aufklärungsstück, von Ariel verfaßt, mit den normalen Bezeichnungen für ihre Körperteile beruhigt das Theater verlassen hatten. Vielleicht wäre der alterslose Ariel der alternden Anna ein Souffleur geworden, hätte ihr das Stichwort zugeflüstert. Anna war kein Bühnenmensch, Ariel war ein Theatermann gewesen.

Klavierspielen hatte sie nie richtig gelernt. Im Seminar ließ der Lehrer die vorspielen, die es konnten, bei Annas Tonleiterübungen wandte er beleidigt den Kopf zur Seite, vertiefte sich in seine Komposition. Ins Häuschen, das Anton gehörte, kaufte sie ein Klavier, brachte es mit Spielen nicht mehr weit. Nie vermochte sie sich hinzusetzen, vor sich hin zu spielen, sie brauchte immer Noten, fand es schwierig, die richtigen Tasten zu finden, sobald sie sich sicher fühlte, passierten ihr die heimtückischsten Fehler, sechs Finger hätte sie haben müssen, der Fingersatz stimmte nie, die Augen überliefen. Aber Anna nahm Stunden, sie wurden ihr nicht mehr gegeben. Manchmal meinte der Lehrer, nicht schlecht, gar nicht schlecht, Anna schöpfte Hoffnung, sie übte viel. Die Emotionen müssen im Bauchgürtel bleiben, über das Oberarmgelenk dürfen sie nie hinaus, meinte der Lehrer, sobald sie über den Handteller in die Fingerspitzen zucken, ist es mit der Geläufigkeit vorbei. Die gute Spielerin ist eine Dienerin, meinte Anna, sie legt ihrem Herrn einen Teppich unter den Fuß, salbt ihm den Rücken, entfernt ihm die Hornhaut, sobald der Herr auftritt, entfernt sie sich weit, wenn er die Flaschen entkorkt,

Reden führt, die Gäste mit Himmelsweinen bewirtet, legt sie sich vor die Schwelle. Sie sind nicht recht bei Trost, meinte der Klavierlehrer.

Anton arbeitete im Garten, saß im Schatten, Anna roch seinen Schweiß, und das mochte sie. Wenn Anna mit ihm redete, lächelte er, als wüßte er alles, was sie redete. Anna kochte manchmal für ihn, wenn er nicht zur Zeit an den Tisch kam, bekam sie Angst, ging ihn suchen, rief nach ihm. Sie rief gern nach ihm, hätte es nicht gern gehabt, nicht nach ihm rufen zu müssen. Manchmal sahen sie sich wochenlang nicht. Das gefiel Anna. Anton war ein Mann. Ihm konnte das Alter nichts antun. Anna aß kräftiges Brot mit dunkler Rinde, meistens schnitt er das Brot auf, wenn sie zusammen frühstückten.

Nie hatte Anna neben Anton an einen Untergang glauben können, weder an ihren, noch an den seinen. Zufrieden war Anna geworden, ein glatthäutiger Kürbis, eine währschafte geblümte Zeit war die mit Anton, solange sie durch ihn das Leben wie in einem Spiegel sah.

Wehe der, die liebt, liest Anna, immer siege die Magie der Kindheit, das Flugzeug stürze nie ab, die Kugeln flögen einen anderen Lauf, die Welt werde gestoppt, um des Einen willen, um des Einen willen, müsse Gott erschaffen sein. Wehe der Liebenden, sie bewege sich in der Liebe, schlafe in ihr, als sei die Liebe ein Leben, und sie glaube, alles sei getan, sie liebe und meine, das sei das Einzige, was zu tun sei. Einsam sei die Liebende, eine Tigerin, einsamer als ein Kind in der Nachmittagsdunkelheit, entfernter als eine erloschene Sonne sei der Geliebte, die Nächte löschten ihn endgültig aus. Nicht lange werde die Liebe ertragen, sie müsse sich selbst vernichten, um des Weiterlebens willen, das Vergessen der Liebe sei die Gabe für die, welche die Liebe zu ertragen wüßten.

Antons Tod war eine Keule, die Anna ins Bewußtsein schlug. Sie erfuhr ihn durch fremde Leute. Als sie zurückkam von einer kleinen Reise, einer unbedeutenden Ortsveränderung, die nichts veränderte, war alles verändert. Sie hatte immer gemeint, er allein könne nie verschwinden. Er hatte ihr ein Gefühl dauerhaften Lebens gegeben, unzerstörbar, solange seine Gestalt irgendwo draußen an einer Arbeit war. Der oft vorgefühlte Schmerz wurde Wirklichkeit. Die Wirklichkeit vernichtete die Welt. Sie bekam heftiges Heimweh, Rückwärtsschmerz, Schmerz nach sich selbst. Wenn sie sich selbst erkannt hätte, wäre es eine Erleichterung gewesen. Anton hatte Annas Möglichkeiten in sich getragen, Annas letzte Reserven. Sie fühlte die Wunde, nicht die kleinste Samenkapsel war mehr in ihr. Was sie wollte, war das Ende des Schmerzes, das Ende ihres Todes.

Den Garten, die Landschaft Antons empfand sie als feindlich. Eingeschlossen im Haus, dessen Zimmer sie alle verdunkelt hatte, las sie Tage und Nächte hindurch. Sie las und wußte beim Lesen, daß Anton tot war, nichts ihr helfen konnte, tot, was immer das war, er war es, er war nicht mehr um Anna. Sie fürchtete die Erinnerung, jetzt fürchtete sie sie. Die Erinnerung an das komplizierte Einfache, das Atmen, Sehen, Riechen, Essen, Schlafen, Gehen, an die Gelüste des Kindes, alles zum ersten Mal zu tun. Die Sicherheit einer Liebe, der es gelungen war, ihr Gesicht zu verbergen, die Unenttäuschbarkeit einer Liebe, die nie in Worten verkümmerte, diese Rettung Annas war keine Rettung mehr. Sie begann sich zu fragen, warum sie um Anton trauerte. Er hatte sie seit langer Zeit nie mehr richtig angesehen, sie hatten kaum mehr miteinander gesprochen, in der Versteinerung des Alters war er eingemauert gewesen. Die kümmerlichen Reste seiner früheren Tätigkeiten hatten Anna beschämt. Oft hatte sie zornig, angewidert seinem Schlurfgang nachgeschaut. Sein Altwerden war eine Beleidigung gewesen, sein Schmutzigwerden eine Anerkennung der Vergänglichkeit. Es hatte ihr gegraust, in sein gräulich werdendes Haus auch nur hineinzusehen. Nun begann sie im verwildernden Garten herumzugehen, dachte an ihn, der so gut davongekommen war, vielleicht, sie traute es ihm zu, war er irgendwo am Pflanzen, am Säen, Ernten, lachte über den Gram Annas.

In der Zeit nach Antons Tod wurde Anna zum ersten Mal in ihrem Leben dick. Ihr Körper verkam zu einer Masse, mit der sie nur am äußersten Rand etwas zu tun hatte. Das trübe Eigenleben ihres Leibes beschämte sie, sie gewöhnte sich daran, wie sie sich an die Geistererscheinungen der Wirklichkeit gewöhnt hatte. Wirklich war nur der Abschied, die Trennung von den Gesichtern. Anton war der einzige Mann gewesen, dem sie vertraut hatte. Weil sie sich nie mit Erwartungen geplagt hatten, waren sie Freunde gewesen.

In einem der guten Jahre mit Anton hatte Anna den Schuldienst verlassen und war in Pension gegangen. Sie hatten Reisen gemacht. Anton hatte ihr den Koffer getragen, die Abfahrtszeiten der Züge herausgeschrieben, immer hatte er gewußt, wo umzusteigen war. Flugreisen hatten sie nie gemacht, Annas Flugangst war unüberwindlich gewesen. An die Ziele der Reisen erinnerte sie sich ungenau, irgendwohin waren sie gereist. Obwohl für sie ein Ziel der Zweck einer Reise gewesen wäre, hatte sie nie eines gefunden, nie einen Platz, bei dem sie die Gewißheit der Ankunft gehabt hätte. Das Angeschaute war durch ihren Kopf hindurchgegangen, hinten hinaus, Spuren davon waren wie Spuren auf alten Photographien. Beim Betrachten einer Landschaft, eines Monumentes, eines Gemäldes hatte sie manchmal auf eine Erkenntnis gewartet, aber welche?

Die Geschichte mit Anton war eine echte Geschichte gewesen. Sie hatte mit einem unklaren Satz begonnen, mitten in einem anderen, ebenso verwirrenden aufgehört. Zwei Wortpaare drückten das, was gewesen war, am ehesten aus, geboren am, gestorben am, was dazwischen lag, mußte ausgefüllt werden mit Baumstaub, Sommerwind, Laubhaufen, Schneeschwärze. Die millionenfachen Empfindungen von Leere, von Fülle, von zufriedener Langeweile und von kurzer Hast der Aufregung, wer zeichnete sie auf, Anna war dazu nicht imstande. Das Bild, zu dem sich Anna zwang, verstärkte die Stummheit der Geschichte. Sie versuchte Anton aus der Erinnerung zu malen, es mißlang ihr, der Unsichtbare ließ sich nicht malen.

Anna begann wieder zu arbeiten. Zwei menschliche Gestalten standen einander gegenüber, der Mann hatte die Figur einer Frau in sich, die Frau hatte einen Mann in sich, die innere Frau, der innere Mann, soweit die Sichtbarkeit reichte, trugen andere innere Gegenmänner, Gegenfrauen. Sie malte ein großflächiges Bild, ein Erdbeben, eingestürzte Häuser, aufgebrochene Straßen, eine Brücke als Zange in die Luft, auf einem Hügel am oberen Bildrand stand eine Frau, bis zur Hüfte im Erdgestein. Sie malte eine Abhandlung über die Farbe schwarz, dann eine über die Farbe weiß. Sie wußte, daß alles, was sie tat, nicht neu war, es gab nichts, was nicht schon gemalt war, wichtig war, daß sie es selbst noch einmal tat, mit dem Pinselstrich, der nur ihr gehörte, keine Hand war gleich ihrer, keine Schrift, die auf die ihre gelegt werden konnte.

Anna verliert immer mehr Zeit. Wenn es ihr gelingt, dem Tag eine Stunde zu stehlen, bevor er sie wie ein Gauner verlassen hat, ist sie zufrieden. Sie weiß, daß sie eigentlich nichts mehr zu malen weiß. Das Alter ist ein Geheimnis, das sie noch nicht erforscht hat.

Einmal geschah eine kleine Abwechslung. Das Zimmer, das sie bei der Blocknachbarin gemietet, in dem sie die Stapel der alten Bilder aufbewahrt hatte, wurde ihr gekündigt. Es grauste ihr vor der Räumung. Sie gab ein Inserat auf: Alte Malerin verschenkt einen Teil ihrer Malutensilien. Ein junger Mann kam, stöberte in dem Gerümpel, schaute die

Bilder an, trug sie zurück in ihre Wohnung. Bekam er Glanz in die Augen? Er kam wieder, wollte ihr beim Arbeiten zuschauen, wollte mit ihr reden. Wollte er von ihr lernen, bewunderte er sie? Manchmal redete er nichts, saß einfach da, schaute zu Boden, schaute sie an. Sie wußte nicht, ob sie ihn mochte. Er hatte das blaßweiche, etwas gedunsene Gesicht eines Rothaarigen, sie forschte in ihm, was dachte er. Anna spürte, wie ihre Neugier noch etwas zuckte, dann keinen Schnauf mehr tat. Wie mühsam, auch wie ekelhaft, jemanden die Liebe zu lehren. Aber vielleicht wollte er gar nicht belehrt werden. Meinte er, er wüßte alles? Nein, sie wurde geschüttelt vor Angst, sie fürchtete sich, wie mochte er reagieren, würde sie hämischen Spott sehen, Herrschsucht, flüchtete er, willigte er ein, sie fürchtete das Versagen ihres Körpers, der ohne Liebe nie etwas getan hatte. Den Beweis, daß die Festzeit der Sinne, die Schaukelei der Phantasie endgültig vorüber war, wollte sie nicht mit dem jungen Roten erleben, mit einem Mann aus der Vergangenheit hätte sie es gerne erlebt. Im Gehirn das Ende des Mutes für Niederlagen, der Geschmack aller Langeweile auf der Zunge, das war das Alter.

Anna verläßt ihre Wohnung, um ihre Spaziergänge zu machen. Wenn sie zurückkehrt, ist sie nicht hinter dem Mond, sie glaubt, was alle zu wissen glauben, die einen glauben es mehr, die anderen weniger, die einen meinen, sie wüßten es genau, die einen wollen es wenigstens voraussehen, die anderen wollen es hinter sich haben, die einen denken nie daran, die anderen denken meistens daran, lesen Zeitungen, sehen Nachrichten, erwägen Fluchtmöglichkeiten, tätigen Einkäufe, vergessen es. Anna, nicht alt, nie hat sie sich jünger gefühlt, nie ist sie alt gewesen, Alter ist eine Fiktion, wie Jugend eine ist, geht das alles, glaubt sie, nicht mehr viel an. Viele Mieter hat sie wegfahren sehen, die einen haben die Rolläden heruntergelassen, andere nicht. Es hat Tage gegeben, da ist im Treppenhaus ein Gerenne, Gefluche gewesen, wie vor den Sommerferien. Anna will, vorläufig wenigstens, nicht mehr hinausgehen. Sie hat ein Zimmer, in das Sonne auf den Boden fällt, dorthin legt sie sich auf eine Decke, nachdem sie sich entkleidet hat. Über ihr hängt ein undeutlich schimmerndes Gesicht, mondähnlich, was macht ein klingendzartes Geräusch wie von Pferdeglöckchen?, sie schluckt, das Süße ist in ihrem Mund, nichts gibt es, was ihr fehlt, alles ist in ihrem Mund, ihre Hände greifen das Licht, sie greift nach dem Gesicht, es ist fest und weich, es paßt in ihren Mund, sie schluckt.

Das Licht geht langsam weg, noch ist es warm, noch kann sie liegen bleiben, unter den Sprüngen der Erinnerung:

Nie wäre sie in die Maschine gestiegen, die auf die Stoppelwiese heruntergekommen war, aus wächsernem Papier schien sie zu sein, Anna berührte mit dünnem Finger den Flügel. Kommt schnell, hatte Vater gerufen, hastig hatte er Äpfel in einen Korb geworfen, und über die Felder waren sie gerannt, während über ihnen das Flugzeug seine schiefen Schleifen zog, mit einem Geräusch, das sie noch nie gehört hatten, und der Wind, der Wind war durch sie gefahren, als bliese er die alte Welt in Fetzen. Er landet, er landet, hatte Vater gerufen, und sie waren gerannt, aus dem endlosen Dunst heruntergekommen war es, hatte eine kleine Staubwolke in die trockene Wiese geworfen, war still gestanden. Atemlos hatte Vater dem Mann mit der Ohrenkappe den Apfelkorb hingestreckt, und Richi war in den nackenstarren Vogel gestiegen, holpernd raste der über das Feld, verließ die Erde, stieg auf, brachte Richi nie mehr zurück. Als das Flugzeug den Boden von neuem verwirbelte, meinte Anna, es rase die Welt, warf sich seitwärts nieder, Richi sprang mit einem Gump trotzig neben sie hin, hatte wiederum ein Geheimnis Anna voraus.

Amorbogen gespitzt, hatte er gelacht, Anna turteltäubchenschön stelzte in den Garten hinaus, wollte ein Freundchen abholen am Bahnhof, Richi überholte sie auf der Treppe mit einem Sprung, wartete draußen, bevor er abreiste, nur noch auf Mutter, bis sie hinter den Beerensträuchern hervorkam. Sich die Zeit zu kürzen, streckte er die Schuhe neben ein hinterlistiges Köfferchen auf den Gartentisch, feine Schuhe, wahrscheinlich traf er sich noch mit einer, vertröstete sie. Auf den Steinplatten war sein grünes Auto gestanden, Richi hatte den schmalen Kiesweg, Wagenladung von roten Veruccanosteinen herführend, zu einer Ausfahrt gewandelt.

Mutter hatte nie ganz laut gelacht, ihr Lachen paßte zu ihrem Gesicht, an Antons Lachen erinnert sich Anna gut; das Lachen eines Verschmitzten, der für sich alleine lacht, an Elis Lachen erinnert sich Anna nicht mehr, nicht einmal an sein Gesicht. Anna lacht jetzt ihr Lachen, ein monologisches Wiehern, sie schreit wie eine Katze im Juli, Eli ist von der Zeit ermordert worden.

Die Ebene aus Äckern und Wiesland, die vor dem Haus gelegen war, war eine Moorlandschaft geworden, mit Farnen, Schachtelhalmen, Birken, als Dori kam, saß die Familie vor einer Felsenhöhle. Mutter gab Dori zu essen, Vater gähnte gutgelaunt, Richi rauchte Pfeife, neben ihm saß Nina, das Finöggeli, mit gekreuzten Beinen unter seidenem Gewand, sog mit gespitzten Lippen an einem Zigarettenhalter. Vater, Mutter trugen Fellkleider, was Dori zu einem ihrer Lachanfälle hinriß, sie zog ihre Schuhe, die Strümpfe aus, setzte sich neben Vater. Wie hübsch die weißen Füßchen von Dori gewesen sein mußten, Anna erinnert sich des Traums, den Dori erzählt hatte, bevor sie an die Schläuche kam.

Anna liegt außerhalb des Traums an der Sonne. Es ist still, vielleicht war es am Anfang der Welt so still, als wäre nichts. Am Anfang, am Ende nichts, nein, Anna kann das nicht glauben. Zwischen Ende und Anfang, das glaubt Anna, sind unzusammenhängende schwache Erinnerungen, an das, was einst ein Leben war.

In Wahrheit gibt es keine Erinnerung. Wenn sie ist, ist sie falsch, eine Verzerrung des Leidens, ein Verrat an der Freude. Sie ist der Rausch eines Bewußtseins, das am Ende des Verhungerns sich selbst auffrißt. Auch sie, Anna, gibt es nicht. Wenn es sie gegeben hätte, hätte es keine Erinnerung gegeben. Wer frei ist von ihr, der lebt.